ちびヨメは
氷血《ひょうけつ》の辺《へん》境《きょう》伯《はく》に
溺《でき》愛《あい》される
初恋《はつこい》

この物語はフィクションであり、
実際の人物・団体・事件等とは、いっさい関係ありません。

CONTENTS

ユーシア
伯爵家令息だがレオンハルトに嫁入りすることに。気弱な性格だが、頭が良く美人。
ユーチア
ユーシアの小さい姿。幼児になると、夫への愛がダダ洩れぎみ。
レオンハルト
『氷血の辺境伯』として恐れられる軍神だが、ユーシアとユーチアには優しく甘い。
CHARACTERS

クレール
魔素研究所の副所長。
魔素研究の第一人者。
フランツ
レオンハルトの右腕で
騎士団副団長。
チャラいが仕事は出来る。
ケイトリン
ユーシアの異母妹。
ユーシアの美しさに
嫉妬している。

ちびヨメは氷《ひょう》血《けつ》の
辺境伯に溺愛される
初恋

CHIBIYOME wa

hyoketu no henkyohaku ni

DEKIAI sareru

第一章　ちびヨメ爆誕～ユーチアでちゅ～

落雷の轟音《ごうおん》が、怒号も悲鳴も呑み込んだ。

凍えきった躰《からだ》を打ちのめすような土砂降りが、襲撃者たちの血まみれの凶器を洗い流していく。それでもなお、濡れた土と混じり合った鉄錆《てつさび》のにおいは強くなる一方だった。

（どうして、こんなことに）

ひどい体臭のする男に馬車の中から引きずり出され、従僕たちが逃げ惑い無残に斬り伏せられていくのを目に映しながら、ユーシアの頭はその言葉で埋め尽くされていた。

あの暗い屋敷——財宝で飾り立てた牢獄のような生家を出て、これから新たな人生が始まるのだと思っていたのに。不安も恐れも尽きないけれど、ようやく『外の世界』で生きられるのだと、自分に言い聞かせていたのに。

「恨むなら……を恨むんだな」

頬まで髭に覆われた男が、泥の中にへたり込んだユーシアを見下ろしニヤリと笑う。

それと同時に閃いた稲妻が、軽々と持ち上げられた斧をくっきりと照らし出し、こちら目がけて振り下ろされるのを認識した瞬間、首すじに強い衝撃を感じた。

（死ぬのか）

こんなにも突然、こんなにも予想外に死は訪れるのか。

遠ざかる意識の中で思う。

何も残さず、何も生み出さず、ただ生まれて生きたというだけで終わる生。

近隣に小村ひとつないこんな森の中では、きっと死体もすぐにカラスや狼の餌となって、ユーシアがここで死んだという事実すら知られぬまま風化するのだろう。

(こんなことなら……)

首から噴き出す血を我が身に浴びながら、後悔が凶行よりも強くユーシアを打ちのめした。

(こんなことなら、もっと勇気を出して生きればよかった。そうすればこんな……籠の鳥みたいに狭い世界しか知らぬまま、無意味に殺される運命とは、別の道があったかもしれないのに)

そして最期に、顔も知らぬ『夫』のことを想う。

(氷血《ひょうけつ》でも冷血でもなんでもいいから、会ってみたかったたな……)

永遠のようなその一瞬、すべてが死に向かって収束していくその間際、これまでの人生が凄まじい勢いでユーシアの脳裏を駆け巡った。

◆
◆
◆

「お前の結婚が決まったぞ、ユーシア」

「……けっ、こん?」

五年ぶりに父から、家族そろって食事をするよう誘われたと思ったら、前置きもなしに言われた言葉がそれだった。

ぱちくりと瞬きするユーシアを見て、継母キーラと異母妹のケイトリンがさも愉快そうに笑う。

「なんですかユーシア、その間の抜けた顔は。あなたに良いご縁を結んでくださったお父様に、早くお礼を言いなさい」

「ほんっと鈍くさいわよね、お兄様は。そんな調子では先方から追い返されるのではなくて？」

この家においてユーシアの意見が必要とされないのはいつものことだが、二十の歳まで恋愛はおろか婚約の打診すらなかったのに、いきなり結婚話が決まるとは予想外すぎた。

ユーシアはゴクリと唾を飲み込み、おそるおそる父の顔を窺《うかが》った。

「その、お相手の女性はどちらの方ですか……？」

「女ではない、男だ」

「おと、こ」

思わず声が引っくり返る。それが面白かったのか、ケイトリンが「当たり前でしょ」と声を上げて笑った。

「貴族のくせに魔法をひとつも使えないお兄様との子を望む令嬢なんて、いるはずがないじゃない」

そう言ってニヤッと口の端を歪めると、素早く何ごとかを唱える。途端、ユーシアの皿のそばに置かれた灯《とう》火《か》草《そう》の炎がボッ！　と音をたてて伸び上がった。

危うく前髪を焼かれそうになったユーシアが「あっ！」と声を上げて身をよじると、キーラが「うるさいわね！」と目を剝いた。

「食事の席で騒がないで！　その程度のマナーも守れないの、ユーシア！　情けない……『伯爵家の陰気なお荷物』と噂されるのも道理だわ！」

大声を上げたキーラは息を切らし、豊満な胸の谷間に汗が流れていく。そんな彼女に顔を向けた父マティスの額にも汗が浮かび、その目には、ねっとりとした欲望が浮かんでいた。

給仕する使用人たちが気まずそうに視線を彷徨わせるほど空気が悪い。

心なしか焦げ臭くなった前髪に手を当て、ユーシアは小さくため息をこぼした。

ケイトリンの言う通り、ユーシアは魔法を使えない。

このシェーレンベルク王国の貴族は、その多くが体内に『魔素《まそ》』を宿している。

魔素の質により使える魔法の属性が決まり、強い魔素を持つ者は体質まで頑健《がんけん》になりもするが、普通は火・水・風などの魔法の中から一種類のみ行使できる。

行使といっても大概は、灯火草のような媒介となる魔素具《まそぐ》が必要で、魔素具があって初めて、火を点けたりコップ一杯分の水を出したりできるわけだが。

そうした小さな魔法でも、使えると使えないとでは大違いで……。

かつて魔法の力を宿した者たちがシェーレンベルク王国を興し、その子孫が今の貴族たちだと言い伝えられているゆえに、魔法を使えることは貴族の誇りである。

一方、庶民の大半が魔素を持たず魔法も使えない。

そこに差別意識が生まれるのは階級社会の必然で、伯爵家に生まれながら魔素を持たないユーシアが見下されるのも、当然といえば当然だった。

ユーシアにも、自分が出来損ないだという自覚はあるし、貴族の令嬢との縁談はまずないと思っていた。

それでも父や継母が『クリプシナ伯爵家の血筋』という肩書きを利用しないわけがないから、裕福など婦人の三番目の婿だとか、高利貸しの娘に婿入りさせるだとか、貴族とのコネを欲する金持ちと取引するかたちで結婚させられるのでは……などと予想していたのだけれど。

……もしや、高利貸しの娘でなく、父親のほうが結婚相手なのだろうか。

「父上、それでその……相手の方は、どちらの……」

おずおずと尋ねると、父マティスは一瞬たりともユーシアに視線を向けぬまま、「聞いたところで、どうせお前にはわからんだろう」と面倒そうに答えた。

「レオンハルト・イシュトファン辺境伯だ」

「えっ！　イシュトファン辺境伯!?」

思わず声を上げてから、また継母キーラに怒られると思いあわてて口を閉じたが、今度はキーラもケイトリンも上機嫌で満面の笑みを浮かべた。派手な赤茶色の髪もぽってりとした唇も、よく似た母子である。

「無学で引きこもりのあなたでも、さすがに『氷血の辺境伯』の名は聞き及んでいるようねえ」

「それはそうよ、お母様。この国の者なら子供でも知っているのではなくて？『冷酷無比な軍神』『血も凍る無慈悲な剣の化身』と恐れられ、ついた通り名が『氷血の辺境伯』！」

二人は顔を見合わせ「おお、怖い」「野蛮よね」と嬉しそうにうなずき合っている。

「いくら陛下の従弟にあたる方といっても、機嫌を損ねると女にも容赦なく手を上げると聞くわ。そんな恐ろしい方に、まともな令嬢が嫁ぎたがるものですか」

「おまけに領地は王都から遠く離れた北方でしょ。わたし寒いところも田舎も大嫌い！　考えただけで芋くさくなりそう」

二人のひどい言い様を聞きながら、ユーシアは小さく首をかしげた。

彼が持つイシュトファン辺境伯に関する知識と、継母たちの話に、かなりの認識の相違を感じたからだ。

その戸惑いを怯えとでも受け取ったのか、キーラが嬲《なぶ》るようにニンマリ笑った。

「まあ、猛獣のような男であっても、本当に熊や狼に嫁ぐわけじゃないのだから大丈夫よ。それにこの国随一の軍備力を誇る方ですもの。おまけに領地は鉱業と林業が盛んで、資産家としても知られていますからね。あなたにはもったいない、ありがたい縁談だわ」

確かに……自分などが相手で、本当に先方は納得しているのだろうかとユーシアの疑問は膨らむ。

だがその答えも、ユーシアを除く三人の会話を聞くうちに理解できた。

要するに、王様の命令だ。

王族を支持する『王侯《おうこう》派』の筆頭であるイシュトファン辺境伯が、貴族の権利を拡充しようと主張する『貴族派』と対立していることは誰もが知っている。

それが大きな軋轢《あつれき》に発展する前に、一向に結婚する気配のない辺境伯と釣り合う相手を貴族派から選んで婚姻させ、友好関係を築く橋渡しとなれという――失礼ながら大きなお世話を焼かれたのだ。

しかし貴族派の令嬢たちも、ケイトリンと似たような理由で拒絶したのだろう。こうしてユーシアに話が回ってきたのだから。

（でも、よりによって僕では……辺境伯様に対して失礼すぎると思うのだけど）

この国では、同性婚自体は珍しくない。

そして男が身ごもる方法もある。

しかしそのためには『魔抱卵《まほうらん》』という大変高価な魔素具が必要な上、それを用いても必ず子を授かれる保証はない。むしろそれを可能にする条件を満たす者はかなり限定される。

辺境伯という高位にある立場なら、より確実に跡継ぎを得たいと考えるだろう。

それならば大金をかけて不確実な『卵』を男に用いるより、まず女性を選ぶのが『貴族らしい』考え方なのではなかろうか。

(……まさか本当に、僕なんかに頼るしかないほど、お相手にお困りなのかな)

だとしたら気の毒なことだ。辺境伯ともあろう方が、家門の厄介者である自分などから同情されるとは。

……などとユーシアが憂《うれ》えているあいだに、話題はケイトリンの結婚に移っていた。

彼女はすでに、父親同士が親交のあるモートン侯爵の令息アルバートと婚約している。

「待ちくたびれたわ！　アルバート様のお祖母様やご親戚が亡くなったりしなければ、もっと早くに結婚できていたのに！」

不満そうに唇を尖らせるケイトリンに、キーラも「どうせ死ぬなら迷惑にならない時期にしてほしいものよね」とうなずいた。

「年寄りはこれだから困るわ」

年寄りでなくても死ぬ時期は選べないだろうとユーシアは思ったが、黙っておく。

先方の喪中で婚姻が延期になったことへの恨みつらみがポンポン飛び出したあと、王都で盛大に催すという式と祝宴《しゅくえん》の話が続いてから、ようやく気詰まりな晩餐《ばんさん》が終了となった。

「ユーシア坊ちゃまは、もっと大きな顔をしていればいいんですよ！　ケイトリン様のお式にかかる費用はすべて、イシュトファン様から贈られた結婚の支度金で賄うと、もっぱらの噂なんですから！」

乳母のハンナが、怒り露わにユーシアを見据えてきた。

隣でお茶を飲んでいた侍女長のレーネが、ギョッとしてハンナを見る。

「ハンナ！　そういう話を坊ちゃまの前でしないでちょうだいったら！」

「いいじゃないの！　坊ちゃまには聞く権利があるんだから！」

「あなたにお支度金の話をした私が馬鹿だったわ……」

遠慮なく言い合うこの二人は年齢も近く、元はユーシアの生母付きの侍女だったこともあり、クリプシナ家でユーシアが少しでもまともに扱われるよう守ってきてくれた。ぽっちゃり小柄なハンナと、すらりと背の高いレーネ。どちらもユーシアにとっては母親代わりとも言える、大切な人たちである。

ゆえによくこうして就寝前などに、ユーシアの私室に集まってお茶を飲みながら、相談や世間話などをするのだが……。

今夜の話題は、ユーシアの婚姻に関するハンナの怒りから始まった。

ただユーシアは父や継母たちの性格をよくわかっているし、政略結婚とはそうしたものだろうから、今さら腹を立てる気もない。

それより、気になることがあった。

「ねえ。イシュトファン辺境伯は幾度も外敵から国境を守って、『王国の守護神』とも謳《うた》われている方だよね？　本当に継母《はは》上たちが言うほど悪名高いの？」

尋ねると、二人は気まずそうに視線を交わした。

怒りを引っ込め心配顔になったハンナが、「実は」と声をひそめる。

「ここ数年は、悪い噂も多いのは確かなんです。人が変わったように残忍になったとか、敵の首をずらりと門に突き刺して鑑賞しているとか」

「く、首を」

限界まで目を見ひらいたユーシアに気づいたレーネが、「ハンナ！　坊ちゃまを怖がらせないで！」と抗議すると、今度はハンナも素直に「そ、そうね」とうなずいた。

「ごめんなさい坊ちゃま。でも……ハンナは今回のご縁談には反対ですよ。火のないところに煙は立たずです」

「ええ……わたくしもハンナに同意します。できることならお断りしてほしいですわ。でも……」

二人がいくら古参の優秀な使用人で、当主ですら無下にできないほどだとしても、貴族の婚姻を覆す力などない。それはユーシアもよくわかっている。

けれど驚愕と当惑ばかりだった感情が、不安と恐れに傾くのは止めようもなかった。

◆　◆　◆

ユーシアは、シェーレンベルク王国の名門クリプシナ伯爵家の長男として生を享《う》けた。

母ミスティアは資産家で知られたリフテト子爵家の令嬢で、『宮廷の薔薇姫』と謳われる美貌を誇ったが、父マティスとの結婚は、双方にとって不幸なものとなった。

父マティスには、ラコル男爵家のキーラ令嬢という恋人がいた。しかし政略結婚の常で親の命令を拒むことができず、ミスティアを妻とした。が、結婚以降もキーラとの関係は続いていた。

蝶よ花よと育てられたミスティアが、その状況を甘受できるはずもない。

若く美しい自分が嫁いでやった上、由緒正しくはあるが経済的に不安のあった伯爵家に多大な資産をもたらしたというのに、返ってきたのは夫の不誠実と屈辱だけ。

おまけにマティスはユーシアが生まれると、「跡継ぎをつくる義務は果たした」と言い放ち、赤ん坊の顔を見にくることもないまま、キーラと暮らすようになった。

ミスティアもまた、周囲がいくら「坊ちゃまはミスティア様と瓜二つです」と慰めようとも、憎い男とのあいだに生まれた子を愛することができず。

怒りと憎しみに囚われ、赤子の泣き声が聞こえるたび呼吸困難になるほど泣き叫び……それが産後の肥立ちを悪くしたのだろう。ユーシアを産んだ翌年、彼女は帰らぬ人となった。

一方マティスは念願叶って、妻の喪もあけぬうちにキーラを伯爵家に連れてくると、彼女を正妻の座に据えた。

そして連れ帰ったのは、キーラだけではなかった。

二人のあいだにはすでに、娘のケイトリンがいた。ユーシア誕生から半年ほどのちに生まれていたのだ。

紛れもない愛の結晶のケイトリン。マティスは娘のことは溺愛していた。

それに比べてユーシアは、マティスにとって、母親そっくりの容姿で忌々しい記憶を呼び起こさせる、厭《いと》わしい存在でしかない。

ケイトリンが生まれた今となっては、伯爵家の財産すべてを娘に与えたい。婿をとれば後継者としてのユーシアにこだわる必要もない。そう公言して憚《はばか》らなかった。

さらにキーラにとってもユーシアは、資産家というだけで妻の座を奪った憎き女の息子である。そんな者が将来的に爵位を継いで、ケイトリンが受け取るべき地位と財産まで奪っていくなど許せない。その感情を隠すことなくユーシアにぶつけてきた。

そして異母妹のケイトリンも、兄をどう扱うべきかを、正確に両親から学んだ。

――こうした事情が積み重なった結果、ユーシアは常にケイトリンの下に置かれる立場となった。

部屋の大きさも家具調度も、衣服も食事も、ケイトリンには最上級のものを。そして貴族の令嬢に相応しい教育を。一方ユーシアには、使い古しや庶民と同様のものを。ハンナとレーネの説得で渋々雇ってくれた家庭教師は、「中流以下の庶民」だった。

『家族』とはマティスとキーラとケイトリンの三人のことで、ユーシアは彼らと共に出かけたこともなければ、よほどのことがない限り、共に食事をとることもなかった。

「魔法も使えないお兄様はいらない子なの。クリプシナ伯爵家の汚点なのよ」

「本当に陰気な子だわ。ぼんやりしていかにも鈍くさい。優秀で愛らしいケイトリンとは大違いね」

異母妹も継母もユーシアに厳しいことを言うのが楽しいようで、ユーシアもそれに慣れてはいたが、それでもときに自室でひとりになると、悲しくて寂しくてたまらなくなる。どうしても涙をこらえきれないときは、懸命に声を殺して泣いた。

でも、ひとりぼっちではなかった。

レーネやハンナは、ユーシアが泣いていると魔法みたいに気づいて慰めてくれた。

「坊ちゃまは、いらない子なんかじゃありません！」

「優しくて誰より美しく愛らしい、自慢の坊ちゃまですよ」

……気づけばユーシアは家族から、『恥ずかしくて外に出せない子』だから屋敷の敷地の外には出ぬよう厳命されて、王都の商店街はもちろん、近所の公園にすら行けなくなっていて。

妹が豪華なドレスを仕立てていた社交界デビューも、ユーシアには別世界の話だったけれど。

優しい人たちのおかげで、絶望することはなかった。

そしてもうひとつ大きな救いだったのが、屋敷内の蔵書を自由に読めたこと。

父がそれを許可してくれたのは思いやりからというより、単に無関心で、どうでもいいと突き放していたゆえだろう。

そして無関心ゆえに……。

妹のように何人もの優秀な教師をつけてもらうことのなかったユーシアだけれど、両親が軽視していた「中流以下の庶民」の家庭教師がとても博識な教え上手で、ユーシアが持って生まれた賢さを存分に磨き上げてくれたなんていうことは、まったく知ろうともしなかったし。

まして学ぶ楽しさを知ったユーシアが、書架を埋める蔵書を読み尽くした上に、『読んではならないもの』まで手に取っていた――なんていうことには、まったく気づいていなかったのだ。

少なくとも昨年までは。

(父上たちが急に僕の結婚を決めた最大の理由は、それなのかもしれない)

ユーシアはそう推測したが、その件については、ハンナにもレーネにも、軽々に話すことはできなかった。

ユーシアの意思は訊かれぬまま、婚姻の準備は着々と進んでいた。

と言っても、両親がユーシアのために『花嫁支度』をする気配はまったくなく、単にユーシアを追い出すのに最適の日取りと旅程を決めることに精を出しているようだった。

ここでもユーシアのために心を砕いてくれたのは、ハンナたち使用人だった。

持参する荷物をチェックし、体調管理を万全にしてくれたのはもちろん、女性陣は、屋敷と敷地内の雑木林でしか生きたことのないユーシアに、『夫婦の心得』まで説いてくれた。

「よいですか坊ちゃま。主導権は嫁が持つ！　その心意気で臨むのですよ」

「え。辺境伯様を相手に……？」

「相手が脳筋ならばなおのことです！　はいはいと従順なフリをしておいて、いつのまにか手のひらの上で転がしてやる。これですよ！」

「そうですよ。脳筋なんて簡単に、坊ちゃまの美貌にメロメロになってしまうに違いないんですから！」

勇名轟くイシュトファン辺境伯が、いつのまにか脳筋扱いになっている。

だがそれも、『氷血の辺境伯』に嫁ぐユーシアの恐怖心を和らげようとしてくれているゆえだと、ユーシアにはちゃんと伝わっていた。

貴重な休憩時間を割いて、美味しいお茶と明るい笑顔で気持ちを引き立てようとしてくれる優しい二人に感謝しつつも、ユーシアは最大の懸念を抱えたままだった。

——『魔抱卵《まほうらん》』のことである。

魔法を用いる際に必要な媒介具——通称『魔素具』は、その多くが、魔素を宿した自然界の産物である。着火して使う『灯火草』や、少量の水を出せる『水揺草《すいようそう》』などが一般的だ。

そうした植物はそこらにいくらでも生えているし繁殖力も強いので、簡単に手に入る。

しかし『魔抱卵』は、『三辰花《さんしんか》』という非常に入手困難な花の種のことで、値段も相当なものだ。

ユーシアはその貴重な魔抱卵の使用法も、読書により学んでいた。

要はそれを体内に仕込んで性交をし、非常に強い魔素を持つ者が精を注げば、子が宿る——かもしれない。

（お尻に、花の種を入れ、て……）

書物で読むぶんには知識を得るという感覚しかなかったが、いざそれを自分が致すのかと思うと急に生々しく感じられた。

ユーシアは思わず「うあぁ」と火照る顔を両手で覆う。

本当にそんな恥ずかしいことができるのだろうか。

「僕、自信ないよ……」

何より先方が、自分などが相手では、その気になれまいし。

思わず呟いた言葉を、ハンナたちは別の意味に受け取ったようだ。

「そうでしょうとも。お屋敷の敷地の外にすら出られなかった坊ちゃまが、いきなり遙か遠い地で暮らすだなんて」

「イシュトファン様が野蛮人だという噂が的外れであることを、心から祈っております……！」

その点は、ユーシアも心から同意した。

門に首を並べる家に住む自信は、まったくない。

◆　◆　◆

辺境伯との縁談がまとまったことを聞かされてから、ひと月後。

今まさにユーシアは、辺境伯領バイルシュミットに旅立とうとしている。

……目眩がしそうな速度で出発が決まり、「非常識すぎます！」とハンナとレーネの目が吊り上がっていたが。

「先方は多忙で出迎えは無理だというし、向こうの都合に合わせていたらいつになるかわからん。とりあえず行きなさい」

という父マティスの強引すぎる命令に、従うしかなかった。

そうしてレーネの指揮のもと、召し使いたちが目を血走らせながら旅支度を整えてくれなければ、ユーシアは途方に暮れてぼーっとしたまま、なんの準備もできず出発したに違いない。

……予想通り、イシュトファン辺境伯からたっぷりと贈られたはずの支度金が、ユーシアに使われた形跡はなかった。

身に着けるものは何ひとつ新調されず、長距離移動に耐えられるのか心配になるほど古い馬車には、家紋も入っていない。

馬車一台、護衛騎士が二人、馭者《ぎょしゃ》兼馬の世話と雑用を兼ねた下僕が三人。供の者はそれだけ。「これではそこらの商人の巡行のほうが、よほど手厚いわ」とハンナたちが激怒した。

加えて、さすがにユーシアも悲しくなったのは、辺境伯への贈りものが一切ない、ということだった。

両親もそこだけは相応のものを用意していると思ったのに……もらうばかりで返礼せずでは、あまりに先方に対して失礼だ。

バイルシュミットの領民たちとて、こんな貧相な支度で花嫁を送り出したクリプシナ伯爵家をどう思うだろう。

見栄っ張りの父や継母たちのことだから、ユーシアのためでなく、自分たちを良く見せるためであれば体裁を整えるだろう――そう考えていたのは使用人たちも同じだった。ゆえに皆が、上産ひとつ持たせない当主に唖然としていた。

いや、ひとつだけ持たせてくれたものがある。

最後に……馬車に向かって歩き出したユーシアを引き留めて『餞別《せんべつ》』を寄越したのは、異母妹のケイトリンだった。

「この話はご存知？　お兄様」

そう切り出し、ニイッと笑って。

「実はイシュトファン様には、内縁の妻がいらっしゃるんですって！　そればかりか、すでに数人の子宝に恵まれているらしいわよ？」

「……内縁の妻と、子……？」

まさに寝耳に水。ユーシアがぽかんと口を開けて問い返すと、ケイトリンは楽しくてたまらないというように、「そうよお」とくるりと回った。

「子まで儲けているのに正式に籍を入れていないということは、もしかすると相手は商売女なのかもしれないわね。どうせ卑《いや》しい庶民が取り入ったのでしょうけど、イシュトファン様が熱愛されているのは公然の秘密なのだとか」

……なるほど……と、ユーシアの中でいろいろなことが腑に落ちた。

ご令嬢方が『氷血の辺境伯』との婚姻を拒否したのは、悪名高いという理由だけではなかったのだ。辺境伯側にとって、かたちだけの妻など誰でもいいということ。

悪評が付きまとう上に他所に妻子まで囲っている――プライドの高い令嬢たちが、わざわざそんな相手を選ぶまい。

(なんだか……)

生母ミスティアと父の関係のようだ、とユーシアは思った。

父と継母も当然、その件については知っているのだろう。ユーシアには黙っていたというだけで。

いつものように、ユーシアは完全にのけ者。

魔抱卵を使うことに恥じらいを感じる必要などなかった。そんなものの出番はないだろうから。

(ひとりで勝手に先走って、あれこれ想像してしまった……)

そんな自分が恥ずかしくて、赤面しているであろう顔を背けると、ケイトリンは勝ち誇った顔でユーシアを覗き込んできた。

「だからお兄様には、イシュトファン様だって何も期待してらっしゃらないのよ。妻としても母としても。ただ陛下のお指図に従っただけの、形式上の婚姻よ。でもそれでよかったわよね？　なあんにもできないお兄様には、そのほうがかえって気楽でしょう？」

この会話が耳に入ったのか、離れて様子を窺っていたハンナとレーネの顔がこわばっている。ユーシアはそんな二人に、小さく微笑んでみせた。

……本当は、もしかしたら、イシュトファン辺境伯と仲よくなれるかもという期待があった。

もっと正直に言うなら、本で読んだり、使用人たちの家族を見たりして憧れていた、あたたかな家庭を築けるかもと、一縷《いちる》の望みをかけていた。

だがどうやらそれは、叶わぬ願いのようだ。

（そうだよね。僕なんかが相手にされるわけない。僕なんかを伴侶に望む人なんていない。うん、わかってた……）

ならばせめて、万事控えめに過ごそう。相手の負担にならぬよう、追い出されぬよう……帰ってきたところで、もうクリプシナ家に自分の居場所はないだろうから……。

胸の内で自分に言い聞かせてから、顔を上げケイトリンに笑いかけた。

「アドバイスありがとう。助かったよ」

「……ふん」

ひくりと口を歪ませて、ケイトリンはさっさと屋敷に戻っていった。それにつられるように父と継母もユーシアに背を向け歩き出し、見送りに残ってくれたのは使用人たちだけだった。

ハンナが「わたしもついて行けたらどんなにいいか」と涙ぐむ。

だが皆それぞれ王都に愛する家族がいるのだから、ユーシアは最初から自分ひとりで行くつもりだった。

「今まで本当にありがとう、ハンナ。それにレーネに……」

悲しそうに立ちつくしている皆の名を呼び、心からの感謝を伝えて、ユーシアは馬車に乗り込んだ。

ギシギシと不安を掻き立てる音を立て、ゆっくりと動き出した車窓からみんなに手を振る。

突き上げるような悲哀に鼻の奥がツンとしたけれど、それでもまだそのときは、いつかまたこの優しい人たちと再会できる日が来るかもと、そんな希望を持っていた。

◆　◆　◆

ユーシア一行が野盗とおぼしき者たちの襲撃を受けたのは、出発から五日目のことだった。

硬い椅子とひどい揺れにもようやく躰が慣れてきて、同行の騎士たちとも打ち解けてきた、その矢先。

土砂降りが太陽を覆い隠し、昼前と思えぬほど暗い森の中。

馬車から引きずり出され凶刃《きょうじん》を受けたユーシアは、泥の中に横たわり雨に打たれていた。

怒号はまだ続いているが、それも遠く聞こえる。

死を悟った意識の中に、浮かぶのは後悔ばかり。

どうしてもっと早くに勇気を出して、行動を起こさなかったのか。

出来損ないの自分は、親の命令に従うしかないと思い込んで。

もっと広い世界を見てみたかった。

あの鳥籠のような家の価値観に囚われて、自分には何もできない、望みは何も叶わないと抑え付けてきたのは、誰より自分自身だったのに。

それに……。

——歓迎されなくてもいい、多くは望まないから、イシュトファン辺境伯にも会ってみたかった。

(もし生まれ変われるなら。もしやり直せるなら。きっと、きっと……)

◆ ◆ ◆

「……なんてこった」

襲撃現場に駆け付けたフランツは、思わず土砂降りの空を仰いだ。

四方八方に逃げて行った賊を部下たちが追っているが、この雨と森では視界が悪すぎる。騎馬の機動力も活かせない。二、三人でも捕らえられれば御の字だろう。

「手ぶらではレオンハルト様に報告できんよなあ……」

目の前に広がるのは、手ひどく斬りつけられた遺体。損傷が激しいが、おそらく三体。様相から二人は騎士、ひとりは下僕と推察される。

そして容赦なく破壊された馬車。斧で扉を打ち破られている。そんなことをしなくとも、この堅牢《けんろう》とは言い難い馬車なら力尽くで開けられただろうに……恐怖を煽《あお》るためにわざとこんな真似をしたのだ。中にいた者はどれほど恐ろしい思いをしたことか。

が、肝心のその中にいたはずの者が見つからない。

馬車のそばに人が引きずられた痕跡と大量の血だまりがあるから、襲われたことは間違いない。そしてこの出血量では、生存の可能性も低い。

しかし遺体はない。

泥の中を辿っても、それらしき足跡はもちろん、這いずった跡もない。大雨とはいえ、瀕死の人間の移動を追えないはずがないのだが。

「ユーシア様！　ユーシア・クリプシナ様ー！　私はレオンハルト・イシュトファン様の使いの者です、ご無事であればどうか合図をください！」

答えは返らないだろうと思いつつ呼びかける。

フランツたちが到着したのは、まさに蹂躙《じゅうりん》直後だった。野盗たちもまだ残っていた。だからクリプシナ伯爵家令息ユーシアがすでに殺されていたとしても、遺体を隠す時間はなかったはず。そもそも野盗は遺体など打ち捨てるであろう。

「まいったな」

濡れて張り付く髪が鬱陶《うっとう》しくて乱暴に掻き上げ、フランツは大きなため息を吐いた。

騎士フランツ・アーベライン子爵。彼は火魔法の使い手で、レオンハルト・イシュトファン辺境伯の幼馴染みであり、右腕としてもレオンハルトを支えている。

そのフランツは先日、レオンハルトから、「令息を迎えに行ってくれ」と指示を受けた。

あくどい手口で私腹を肥やしているという噂の絶えないクリプシナ伯爵を、レオンハルトは毛嫌いしている。ゆえに王の指図に渋々従ったこの縁談にうんざりしていることも、フランツはよく知っていた。だから連絡を受けた当時、ちょうどフランツがクリプシナ家寄りの道程にいたとはいえ、ちょっと驚いた。

だが両家とも最低限の事務的な連絡以外交わさぬまま、クリプシナ家の意向で、令息のやたら急な来訪が決まった。そのためレオンハルトの警戒はいっそう強まっていたから、護衛がてら早めに自分と令息が接触することで、怪しい点や害意はないか探っておけと、そういう意味に解釈し行動に移したのだが……。

「もう少し早く見つけていれば」

旅慣れない令息のことだから、安全優先で大きな街道を選ぶだろうと思っていたのに……先行して令息を捜していた部下から、近道とはいえ、山際の旧街道へ向かったようだと聞かされたときは驚いた。

野犬や狼が多い上に、盗賊が潜伏しやすいという理由で使われなくなった街道だと、従者は知らなかったのだろうか。

嫌な予感がして急行すれば、案の定だ。

いくら主君と敵対する家門の令息でも、ことさら惨たらしく扱われた下僕たちの遺体を見れば、婚姻のため出てきた若者もこんなかたちで未来を絶たれたのかと、憐憫《れんびん》の情が湧きもする。

まして調査によれば、『引きこもり』で有名な令息らしい。そのまま家にこもっていれば、こんな目に遭《あ》わずに済んだものを。

「せめて遺体を見つけてやらんと」

未だ賊を追っている部下たちの声が雨の向こうから聞こえてくるが、捕縛は彼らに任せて、フランツは改めてユーシアを捜すべく歩を進めた。

――と、そのとき、視界で何かが動いた。

ビチャッと泥を跳ね上げ立ち止まる。

ほんのわずかな油断が命取りという戦場を幾度もくぐり抜けてきたフランツには、平時であっても違和感を見過ごさない習性がついていた。

(殺気も敵の気配も感じなかったが)

剣の柄頭《つかがしら》をするりと撫でながら素早くそちらへ躰を向けると、ガサガサと低木の茂みが動いている。賊が身を隠せる大きさではない。

(ウサギか?)

そう思ったが警戒は緩めず、茂みの奥を覗くと。

「んあぁっ⁉」

敵よりずっとフランツを驚かせるものが、そこにいた。

◆◆◆

ユーシアが生家を出た日から三十日ほど経ったその日。

領地バイルシュミットの湖上に佇むアイレンベルク城の執務室で、レオンハルト・イシュトファンは、先日フランツから送られてきた手紙を読み返して呟いた。

「さっぱりわからん」

窓の外からは壁を補修している部下たちの騒がしい声がする。

アイレンベルク城は、この地域特産の白露石《はくろせき》がふんだんに使われた美しい白亜の城である。少なくとも遠目には。

しかし武人が多いためか、しょっちゅう喧嘩だの力比べだの壁登りだので城の内外を破壊され、そのたび本人たちに責任を持って直させるということが日々繰り返されているので、常にどこかが工事中という城でもある。

喧騒に慣れているレオンハルトは、誰かの「誰だコラァ！　補修用の白露石に呪詛の魔物を描き込んだ奴ぁ！」という怒鳴り声に対し、別の者たちが「レオンハルト様だ」「黒滑石《くろかっせき》を見つけて『馬』と言いながら描いてたぞ」と答え、最初の者が「そうか！　馬だな確かに！　魔物にしか見えねえが馬だ！　そう思えば怖かねえ！」と納得した様子の会話を聞き流し、繰り返し文面を目で辿った。

『現在、ヒルデ河を船で移動中です。災難に遭われた……ご令息？　の心身の回復を最優先にした経路を取っておりますので、予定より日数がかかりそうです。ですが月の末《すえ》にはバイルシュミットに到着できると思います。ユーシア様？　は、ご無事というか、とても無事とは言えないというか、そもそもえーと……。とにかく見ていただくほうが早いので、しばしお待ちください。フランツ・アーベライン』

……何かの暗号かと思い何度も読み返した手紙は、試しに炙ったり凍らせたりしてみたためにボロボロになっている。

レオンハルトは眉根を寄せて、これまた何度も繰り返したのと同じ言葉を呟いた。

「さっぱりわからん」

フランツは、ふざけた言動も多いが根は真面目で聡明な男だ。

よってこれまで、こんな『？』ばかりで要領を得ない報告など寄越したことはない。

ただ、ユーシア一行が野盗に襲われたことと、今日は月の末日なので、そろそろ帰ってくるのだなということはわかった。

「それ以外はわからん」

もう一度呟き、春霞の空を眺めながら手紙を文箱に戻して、さて仕事を再開するかと思ったところへ、フランツたちが帰城したという知らせが入った。

準備が整い次第、報告に来るだろう。それまで溜まり放題の書類仕事を進めておくかとレオンハルトは机に向かった。が、気が散って集中できない。

現在、王都で問題になっている粗悪な武器や防具が、とうとうこのバイルシュミットにも出回っていることが確認されており、軍備を保持する身として看過できない事態となっている。

ほかにも問題は山積していて、面倒ごとを増やしている場合ではないのに……。

レオンハルトは小さく舌打ちして、癖のある銀髪を乱暴に掻き乱した。

フランツが帰ってきたということは、クリプシナ伯爵の息子もやって来たということだ。

その身辺を調べれば調べるほど、『引きこもり』『陰気な厄介者』『なんならカビが生えてる』といった具合に、良い評判がまったく出てこなかった息子が。

そのカビが生えた息子を、いよいよ娶《めと》らねばならない。

これまで数多の戦場をくぐり抜けてきたレオンハルトだが、この婚姻はある意味、人生最大の試練となるであろう。

そもそもレオンハルトには、二十八のこの歳まで結婚の意思はなかった。

地位と資産目当てに群がる貴族たちとの駆け引きにも、欲望にぎらつく目を化粧でごまかし、蛇みたいに絡みついてくる令嬢たちにも、うんざりしていた。

独身主義というわけではない。妻にしたいと望む相手が現れれば結婚する。

だが跡継ぎは実子でなくともよいのだし、辺境伯の重責を担える実力者に継がせればいいのだから、義務感から無理に結婚することはないと考えている。

そんなわけでここ数年は、わざと自分の悪評を広めさせ、ひっきりなしに舞い込んでくる縁談の盾としたりもした。……ちょっとやり過ぎた気がしないでもないが。

しかしそんなことはどうでもいい。

この先も余計な干渉は受けない、家庭を守る前に国と民とを守らねばならない。それが自分に与えられた責務なのだ。

——なんて気負いも人生設計も、従兄である国王ヨハネスの指図を前に吹き飛んだ。

レオンハルトは王族を支持する『王侯派』筆頭を自任しているけれど、権勢を守ることに血眼になっている『貴族派』とのあいだで板挟みの、王の苦労も理解している。

ゆえに不本意ではあるが、どうせ政略結婚するのなら、王に喜んでもらえる結婚にしようと。そう覚悟を決めたのだ。

……まさかよりにもよって、貴族派筆頭のひとりであるクリプシナ伯爵が、息子を差し出してくるとは思わなかったが……。

貴族派とは本来、『特権を得る代わりに王と民とを守る志』を指す。しかしいつのまにか、強欲者たちによる派閥の呼び名と変わり果ててしまった。

無能なくせに選民意識が強く、他者を貶めることで優越感を満たす輩というだけでも蹴り飛ばしたくなるのに、彼らには非合法な『遊び』をしているという噂が絶えず……現に本来の収入に見合わぬ派手な浪費が多いのを知るにつけ、（いつか化けの皮を剥いで牢にぶち込んでやる）と固く心に誓ってきた。

その貴族派の中でも最も大嫌いなクリプシナ伯爵。

向こうもさぞレオンハルトを嫌っているのだろう。王の顔を立てたこちらに対し、カビの生えた引きこもり長男を、厄介払いとばかりに押しつけてきたのだから。高笑いする伯爵の顔が目に浮かぶようだ。

（だがまあ、そのほうが、こちらにとっても好都合）

王のためだ、とりあえず結婚はしよう。

その上で、適当な時期に離縁する。

あのクリプシナ伯爵を義父と呼び続けるなど、まっぴらごめんだ。

どうせカビ息子にとっても不本意な婚姻であろうし、理由はなんとでもなる。王都に返品する気しかない『妻』なのだから、引きこもって出てこないくらいのほうが、こちらも罪悪感を抱かずに済むというもの。

また思考が脱線していたところへ、扉がノックされた。

「ただいま戻りました」と顔を出したのはフランツだ。

ユーシアも連れてきたかとレオンハルトは身構えたが、ひとりで来たらしい。

「ご苦労。襲撃犯は？」

「かろうじて三名捕らえました。内ひとりは重傷だったので押送中に死亡しましたが。それと……念のため、捜索班も置いてきました」

「盗賊捜索のためにか？　のんびり居残っているわけもあるまいし、さすがにもう無駄だろう」

「いえ、盗賊のためではなく、令息のためです」

「令息のため？　どういう意味だ」

訊きながら、レオンハルトは手元の書類に目を通した。次々指示やサインを書き込みつつ、「それにしても」と話を戻す。

「引きこもりがようやく家から出た途端に襲われるとは、たとえあのコバエより鬱陶しいクリプシナ伯爵の息子でも、憐れなことだな。父親には何度頭の中でハエ叩きを振り下ろしたか知れないが」

「あの、レオンハルト様」

「医者は呼んであるから、しばらく静養させてやるといい。城の奥の静かな場所に、引きこもり部屋も用意したから」

「レ、レオンハルト様」

「なんだ？　そういえばフランツ、あの手紙はいったいなんだ。さっぱり意味がわからなかったぞ」

「それです、レオンハルト様！」

「どれだ」

眉根を寄せて顔を上げると、フランツが「見ていただくほうが早いと書きましたでしょう？」と、にっこり笑って視線を落とした。

つられてその視線の先を追うと――フランツの脚のうしろから、三歳くらいの男の子が、ぴょこんと顔を覗かせた。

レオンハルトは目を剝いた。今までまったく視界に入っていなかった。

そんなレオンハルトを見た男の子のほうもビクッと小さな躰を揺らし、琥珀色の大きな瞳にみるみる涙を浮かべる。

あわててフランツが両手を振った。

「レオンハルト様、目、目！　目が怖い！」

「何を今さら」

長く戦場で過ごしてきたせいか、レオンハルトにそんなつもりはなくとも、よく威圧的に見られたり、目つきが怖いと恐れられたりする。いつものことだ。いちいち気にかけていられない。

「そんなことより、その子はどうした。どこの子だ？」

「ユーシア様です」

「は？」

「ユーシア様です」

「……どこのユーシア様だ」

「クリプシナ伯爵家のユーシア様です」

ぽかんと口をあけたレオンハルトを、必死に涙をこらえる幼子が、ぷるぷる震えながら見上げてくる。それからペコッとお辞儀をして、涙目のまま懸命に、可愛らしい声で挨拶してきた。

「お、おはちゅにおめめにかかりまちゅ。クリプチナ家から参りまちた、ユーチアでちゅ」

レオンハルトは、無言で目の前の子供を見つめた。

とても愛らしい子だ。

名匠《めいしょう》の手による、繊細なつくりの人形みたいに。

幼児特有の丸みのある頬はほんのり桃色に染まり、透き通るような琥珀色の瞳がハッとするほど美しい。いかにも柔らかそうな薄茶色の髪は、絹のようにつややかだ。

こざっぱりとした身なりは庶民風だが、街中を駆け回っているような子らとは明らかに趣《おもむき》が違った。

レオンハルトは「ふむ」と呟き、念を入れて尋ねてみた。

「もう一度教えてほしい。きみの名前は？」

「ユーチア・クリプチナ……でちゅ」

「なるほど」

震えながらも答えてくれた幼児にうなずき、レオンハルトはフランツを睨んだ。

「ユーシア・クリプシナではない、ユーチア・クリプチナだ。二十歳の男と子供を間違えて連れてくる奴があるか」

「んなわけないじゃないですか」

「……で？」

説明を促すと、フランツは心得顔でうなずき、「実はですね」と涙ぐむユーチアの頭を撫でながら本題に入った。

「襲撃現場を捜索していたところ、下僕の生き残りを部下が発見したのです。深手を負っていたので入院させてきましたが、その者によると、一行はユーシア様のほかに護衛騎士が二人、下僕が三人の計六名だったそうで」

「六人？　たった？　護衛が二人だと？」

顔をしかめてユーチアを見下ろすと、ビクンと文字通り跳び上がった。

なぜそんなにいちいち怯えるのか。ちょっと目つきが凶悪なだけなのに。

だがレオンハルトと目が合っただけでギャン泣きする子供も珍しくないので、それよりはマシだと自分に言い聞かせ、「ね、驚きますよね！」とこぶしを握るフランツに視線を戻した。

「伯爵家令息の晴れの門出とは思えぬ手薄さです。ちなみに馬車も、壊される前からオンボロだったろうなという代物でした。……おっと、申しわけない」

オンボロ馬車と言われて悲しそうにフランツを見上げたユーチアに、あわてて謝っている。

しかしそれはさらに驚きの事実だ。イシュトファン家からは、王族が使う儀装馬車だろうと良血統の若駒を十頭だろうと、余裕で買える額の支度金を渡したというのに。カビ息子をオンボロ馬車に乗せ、護衛の人件費まで抑えて寄越すとは。

（コバエ伯爵めが、喧嘩を売っているのか？）

内心ムッとしたが、小さい躰をさらに小さく縮めているユーチアを見て、そこはひとまず脇に置く。

「生き残った従者は、その下僕ひとりか？」

「もうひとり下僕がいたはずですが、見つかっていないので生死不明です。で、ですね。ユーチ……ユーシア様についてなのですが、生き残った下僕の証言によると」

そこでフランツはユーチアの前にしゃがみ込み、「話して大丈夫ですか？」と心配そうに尋ねた。

するとユーチアは「大じょぶでちゅ」としっかりうなずく。

（なぜフランツ相手だとぷるぷるしない）

ひいきだ。

そんな胸の内のぼやきは露《つゆ》ほども感じさせぬよう、得意の無表情を保って二人を見る。が、フランツから再び「目！　目！」と注意された。

気づけばユーチアが、またもレオンハルトを見て涙ぐんでいる。

「慣れない子にレオンハルト様の眼光は猛獣並みの怖さなんですってば。しばらく半目でいてください」

「……納得いかん……」

しかし子供を泣かせるのは本意ではない。

仕方なく半目でユーシアを見ると、びっくりしたのか大きな目がさらに大きくひらかれた。

(怯えてはいない。よし)

代わりにフランツが肩と声を震わせているが、報告は続く。

「下僕は、馬車から引きずり出されたユーシア様が首を斬られるのを見たと証言しました。生きているとはとても思えないと。実際、俺も馬車のそばに大量の血だまりを確認しています。しかし、その現場にて、隠れていたこのユーシア様を発見したのです！」

「ジャーン！」と両手でユーチアを示すのを、レオンハルトは半目で眺めた。

「……一日だけ休暇をやるから、書類仕事をしながらゆっくり休んでこい」

「それは休暇じゃなく在宅勤務というのです。違いますよ、疲労でイカれてしまったわけではありません！　その根拠は」

言い募ろうとするのを一旦遮り、レオンハルトは半目のままユーチアを見下ろした。

「先にきみに訊こう。きみは迷子ではないのか？　もしくは、この男がきみをさらってきたのであれば、今すぐ牢にぶち込んでやるから言いなさい」

「ひどい！」と抗議するフランツの服の裾を握って、ユーチアが首を横に振った。

「違いまちゅ。フランチュちゃんは、僕《たちゅ》を助けてくれまちた」

「フランチュちゃん……だと……!?」

舌足らずな発音が面白くて思わずカッと目を瞠ったレオンハルトに、ユーチアが「ひょえっ！」と小さく叫び声を上げる。

「ちゅ、ちゅみまちぇん。ごめんなちゃい」

「怒ったわけではない。謝る必要はない」

フランツから注意される前に半目に戻したレオンハルトに、ユーチアがこわごわ話しかけてきた。

「ちっちゃくなってから、上手く話ちぇないのでちゅ……」

「ちっちゃくなってから……ということはつまり、きみは正真正銘のクリプシナ伯爵家のユーシアくんで、二十歳の男がちっちゃくなったと主張するのだな？」

「はい、ちょうでちゅ！」

コクコクうなずく姿が愛らしい。

しかしわかっているのだろうか、この子は。

「だとしたらきみは、この俺と結婚せねばならないのだぞ？」

これを言えば恐ろしくて、本当のことを言うのではとレオンハルトは思ったのだが。

予想に反して、ユーチアの頬がポッと色づいた。そうしてモジモジと小さな両手の指を組んでから、意を決したようにレオンハルトを見上げてこう言った。

「あの、あの……本当に僕をおヨメちゃんに、ちてくれるのでちゅか？」

「ん？　一応ユーシアくんとはそういう約束になっているが」

「ふおぉ……！　ありがとーごじゃいまちゅ！　僕、二番目のおヨメちゃんでも嬉ちいでちゅ！」

「二番目の嫁？　どういうことだ？」

「はっ！」

ユーチアは一歩あとずさり、両手を口にあてて「ちっぱい」と呟いた。

「人ちゃまの秘みちゅに踏み込んではダメ。万事控えめに」

「ひみちゅ？」

「ちゅまと子がいること、ちらないフリちゅる」

「ちゅまちゅる？」

小さなこぶしをきゅっと握って、ユーチアは何やらひとりで決意を固めている。

そうして、大きな瞳でまっすぐレオンハルトを見つめてきた。

「あの、あの！　僕のことは呼びちゅてでかまいまちぇん！　あの、ふちゅちゅか者でちゅが、どぞよろちくお願いいたちまちゅ！」

「……なん、だと……⁉」

まさか自分との結婚話に、引くどころか食いついてくる子供がいるとは思わなかった。

驚きのあまり半目を忘れてカッと目を見ひらくと、ユーチアがまたビクッと跳び上がり、「あうぅ」と涙ぐむ。

そんな二人の様子を見ていたフランツが、ため息をついてレオンハルトに助言してきた。

「レオンハルト様。信じられないお気持ちはよーくわかりますが、まずは彼の話を聴いてみてください」

「話せますね？」と振り向いたフランツに、ユーチアがコクコクうなずく。

確かに、このままではいろいろ腑に落ちない。

「では、聴かせてもらおう」

レオンハルトはユーチアに、暖炉の前の長椅子をすすめて、フランツに茶と菓子を用意するよう命じてから、自分もそばにあるひとり掛けの椅子に腰を下ろして、ユーチアを見つめた。

◆　◆　◆

土砂降りの中、ユーシアは目をあけた。

雨雲に隠された太陽。

どこまでも暗い森。

雨音の向こうに聞こえる怒号。

混じり合う泥と血のにおい。

ぬかるむ土の上にペタンと座り込んでいる。

冷たい。寒い。

……なぜ、こんなところに座っているのだろう。

ぼんやりした頭で辺りを見回す。

（ここは……）

そうだ。この景色、このにおい。

ユーシアは騎士たちと共にこの森の中で賊に襲われ、そして……。

——殺された。

ドクン！　と心臓が大きく胸を叩いた。

首を斬られた衝撃と恐怖が一気に押し寄せてきて、声にならない悲鳴を上げ傷を押さえる。

——が、予想した手応えがない。

どれほど確かめても傷も血もない。つるんとした肌触り。

「……う？」

おかしい。確かに斬られて、血と泥の中に倒れたはず。

そう思って何度首を触っても、傷なんかひとつもないし痛みもない。

心臓が早鐘《はやがね》を打つ。

「おかちい」

濡れてずっしりと重くなった衣服は、ずたずたに裂けて赤黒く変色し、凶行が夢でも幻でもなかったことを示しているのに。ボロキレと化してユーシアの肩からずり落ち、不吉な鉄錆のにおいを立ち昇らせているのに。

そこでようやくユーシアは、我が身に起こっている異変に気づいた。

傷のことではない。

手が。ふっくらとして、ひどく小さい。幼児みたいだ。

それに声。『おかちい』なんて舌足らずで、ちっちゃな子供みたいな声。

服もそう。なぜこんなに、肩が露出するほどブカブカなのか。

「……なに、これ……!?」

思わずガバッと立ち上がると、襟衣《シャツ》もズボンも下着も、まとめてずり落ちてしまった。もはやすっぽんぽんだ。あられもない姿だが、お陰でひと目で現状を見てとれた。

短い手脚。低い目線。小さな胴。

「ど、どおちて？」

混乱して目が泳ぎ、大樹の下の水たまりが視界に入る。ぬかるみに裸足の足を取られながら駆け寄り、おそるおそる覗き込んだ。

濁った水鏡《すいきょう》の中から見つめ返してきたのは、泣き出しそうな幼児の顔。

どう見ても二十歳の男とは言えぬ顔。

「どおちて……!?」

間違いない。

自分はちびっ子になっている。

「……うっ、ひぅ」

混乱と恐怖に襲われて、その捌け口のように涙が溢れた。

ありえない。なぜ。何がどうなってこんなことに。

賊に襲われただけでも耐え難い衝撃なのに、これはいったいどういうことか。

これが夢なら早くさめてほしい。

けれど心のどこかで残酷なほど冷静な声が、この氷みたいに冷たい雨も、鉄錆のにおいも、むごたらしく騎士や下僕たちの命が奪われたことも、そしてこの小さくなってしまった躰も、すべて現実だと言い聞かせてくる。

怖い。怖い。怖い。

怒号が聞こえてくる。きっとまだ野盗たちがいるのだ。

どうしたらいい？　どこに逃げればいい？　どうやって？

こんな小さな躰で、こんな広大な森の中で、いったい何をどうすればいいのか。

わからない。何もかもわからない。

冷静になれ、とにかく身を隠せと、二十歳のユーシアが警告している気もするけれど。

幼い躰に精神も引きずられるのか、うずくまったまま動けなくなった。

「こわいよ……」

こんなときでも、声を殺して泣く習慣だけは頭に残っている。

声が漏れないよう両手を口にあてて、ひっく、ひっくと、なるべく小さくしゃくり上げた。

「ハンナ……レーネ……たちゅけて」

怖い。寒い。怖い。寒い。

雨粒みたいに、涙がぽろぽろ溢れて止まらない。

「こわい……たちゅけて……」

しゃがみ込んで泣くことしかできず、裸の肩も背も大雨に打たれるまま、体温がどんどん奪われていく。

なんだか頭もふわふわしてきた。

（やっぱり僕、死んじゃう……？）

思考がぼんやりしてきたところへ、よく通る声が、土砂降りを裂いて耳に届いた。

「ユーシア様！　ユーシア・クリプシナ様ー！　私はレオンハルト・イシュトファン様の使いの者です、ご無事であればどうか合図をください！」

ユーシアは弾かれたように顔を上げた。

（イシュトファン様の使いの方……そう言った!?）

間違いない、確かにそう聞こえた。

が、本当だろうか。そんな都合の良いことがあるだろうか。

だってイシュトファン辺境伯の領地は、ここから遙か遠いはず。

ユーシアはドキドキする胸を押さえながら、声の主を見てみようとして、はっと気づいた。

（そういえば僕、すっぽんぽん！）

どうしよう。こんなときばかり二十歳の羞恥心《しゅうちしん》が幅を利かせる。

いやその前に、こんなちびっ子姿で「僕がユーシアです」と出て行っても、信じてもらえないのでは。

「どうちゅればいい……？」

考えなければ。でも寒くて、ぼーっとする。

ユーシアはそのまま、相手を窺おうと潜んでいた低木の茂みに倒れ込んでしまった。

「いちゃい」

低木の枝に引っ掻かれたおでこを撫でて、また涙目になりながら顔を上げると、背の高い青年が、緑の目を丸くしてユーシアを見下ろしていた。

その口がパカッとひらいて、「んああっ!?」と驚愕の声が上がる。

そしてユーシアはといえば、相手以上に驚いていた。

驚きすぎて硬直しているあいだに、その青年――フランツが、「なんでこんなところに子供が」と何度も言いながら、すごい勢いで世話を焼いてくれた。

言葉を出すことすらできないユーシアを抱き上げ、装備品の毛布でくるみ、大急ぎで一番近い宿まで馬を駆ると、湯浴みをさせ食事をとらせてくれた。

卓の向こうに座ったフランツに優しく見守られながら、温かいスープを口に運んでいたら、ユーシアの目からまた涙が溢れて、スープの中にぽとぽとと音を立てて落ちた。

「怖かったね」

優しくいたわってくれる声に何度もうなずく。

彼や宿の人らはユーシアのことを、野盗たちにさらわれてきた子供と考えているようだった。そしてフランツたちによる追走の最中に置き去りにされたのだろうと。

この宿はイシュトファン家の騎士たちが王都に赴く際によく利用しているらしく、宿の女将も従業員もフランツの制服を見ただけで身元を把握していたし、いきなり裸の幼児を連れてきた彼を怪しむことなく、ユーシアの世話を買って出てくれた。

彼らの会話からも、フランツが信頼に足る人物だと確信したユーシアは、「きみのお名前は？　おうちはどこか言えるかな？」と問われたときにはもう、正直に打ち明けようと決心していた。

「僕の名前はユーチア・クリプチナでちゅ。王都のクリプチナ伯ちゃく家から、へ、辺、辺きょ、伯ちゃまに、おヨメ入りちゅるために来まちた」

当たり前のことだが、当初フランツは、おちびになってしまったユーシアが「僕は本当にユーチア・クリプチナなのでちゅ」とどれほど主張しても、まったく信じてくれなかった。

けれどクリプシナ家の系譜《けいふ》を五代前の先祖から暗唱したり、父と継母の特徴や、屋敷の使用人の名前、出入りしていた貴族の名などを挙げてみせたりすると、フランツの表情が変わっていった。

憐れな子供を見る目から、困惑と驚愕、そして探求者の目へと。

「クリプシナ家の家系図を調べさせてもらったよ。きみが挙げた名前はひと文字も間違っていなかった。クリプシナ伯爵夫妻の特徴も、俺が知る情報の範囲にはなるが一致している。よく出入りしているという貴族たちの名も、クリプシナ伯爵と親しい貴族派の者ばかりで信憑性《しんぴょうせい》が高い。そもそもきみのような小さな子が、こうした情報を齟齬《そご》なくスラスラと話せるというだけでも、捨て置くわけにはいかない事態だし」

とりあえず目の前のちびっ子が、クリプシナ家の関係者であることは間違いあるまいと納得したらしきフランツは、「じゃあ、クリプシナ家に送っていこうか?」と提案してきた。

それも当然の流れだったろう。滞在中の宿から辺境伯領に向かうより、クリプシナ家に戻るほうがずっと近いのだから。だが……。

「も、戻りまちぇん!」

ちびユーシアは断固拒否した。

なんなら拒否するあまり宿から飛び出そうとして、勇ましく駆け出した。しかし三歩で捕まり、「落ち着いて」と小脇に抱えられたけども。

手脚をぱたぱたさせながら、懸命に訴えた。

「僕、僕は、おヨメちゃ……おヨメちゃんに、なるんでちゅから！」

すでにあの屋敷に自分の居場所はないし、得体の知れない子供が詳細に伯爵家の事情を知っているとなれば、あの両親がどんな反応を示すことか。想像するだけで恐ろしい。

それに何より、あの鳥籠のような場所には戻りたくない。

外の世界は想像の何万倍も恐ろしいと、文字通り痛感した。

けれど、死の間際に、『もっと勇気を出して行動すればよかった』と涙が出るほど後悔したことも、絶対に忘れない。

広い世界が見たい。

屋敷を出てからたった五日間の旅の最中にも、発見がたくさんあった。初めて見るもの、知ることだらけだった。

それに……自分に同行してくれたばかりに災難に遭った、騎士や下僕たち。

打ち解けて話せるようになってからは、草花の名前や、旅程で食べられる各地の名物料理、そして辺境伯領バイルシュミットについてなど、いろんなことを教えてくれた。

辺境伯の人柄についても。

――妙な噂もありますが、あの方を直接知る騎士仲間たちから聞いたのは、『勇猛果敢《ゆうもうかかん》で尊敬できる方だ』という話ばかりでしたよ――

――ですから、きっと大丈夫。ユーシア様はお幸せになれます。そのためにも、頑張って旅を続けましょう！――

慣れない馬車の旅で、吐き気や躰の痛みと闘っていたユーシアを励ましてくれた。

彼らの遺体や、入院中だという下僕については、フランツが各所に手配し手厚く対処してくれたけれど。

ユーシアにできることは、あまりに少ない。

だからせめて、彼らとの約束を守ると心に決めた。

足がすくむほど恐ろしくても、泣きたくなるほど胸が痛んでも。

もしもやり直せるなら、もう最初から諦めて自分を抑え込んだりしないと。そう渇望《かつぼう》したあの瞬間を、骨に刻んで。

頑張って旅を続ける。

そして、イシュトファン辺境伯にも会うのだ。

「僕は、辺きょ伯ちゃまに、おヨメ入りちゅるために来まちた！　だからクリプチナ家には戻りまちぇん、バイルチュミットに行きまちゅ！」

すっかりちっちゃくなってしまった両こぶしを握って、泣きたくなるのをこらえながらそう訴えると、フランツは目を瞠ってしばし黙り込んでいたけれど……やがてフッと微笑んで、「わかった」とうなずいてくれた。

「ではこの俺、騎士フランツ・アーベラインが、バイルシュミットの主のもとまで、責任を持って花嫁を送りとどけましょう」

彼はその後も「念のため」と襲撃現場近辺にユーシアの捜索隊を残したり——やはりまだ、ユーシアの言葉を信じ切れてはいなかったのだろう——役所に届けを出したりして、あれこれ手配していたようだが。

ユーシアは、ちびっ子になってしまった自分に慣れることで精いっぱいだった。

それでも、打って変わって乗り心地の良い馬車での移動や、初めての船旅の中で、さらにいろんなことを話すうち、フランツはこう言ってくれるようになった。

「きみが本物のユーシア・クリプシナ様ではないと決めつけるより、本当にちびっ子になってしまったのだと思うほうが、無理がない気がしてきましたよ」

それはちびユーシアにとって、ぱあっと視界が明るくなったように感じられるほど嬉しい言葉だったけれど、それでも心配は尽きなかった。

ゆったりと大河を下る大型船。

その甲板に二人で並んで、キラキラ輝く水面を見ていると、心地良い風が前髪を掻き上げて、ちびユーシアの丸いおでこを全開にしていく。

「あの、フランチュちゃ、ちゃ、ん」

「『さん』が言えないんですね？　ちゃんでかまいませんよ」

くすくす笑う彼は、本当に気遣い上手で優しい人だ。

すでに何度も助けてくれたことに対する感謝の気持ちを伝えてきたが、そのたび、「お礼ならレオンハルト様に。あの方の指示がなければ、ユーシア様を迎えに行くこともありませんでした」と返ってくる。

そんな彼のお言葉に甘えて、改めて「フランチュちゃん」と呼ばせてもらった。

「辺、きょー伯、ちゃまは、僕がユーチアだって、ちんじてくれるでちょうか」

「うーん……すぐには信じないだろうと思われます」

「僕、ちんじてもらえるまで、頑張りまちゅ！」

「はい、頑張って下さい！　……あ、でもその前に、レオンハルト様に関する注意事項があります」

「注意……？」

急に教師のように改まったフランツに小首をかしげると、「なんだか子ウサギを見ているようだ」とフランツの顔がほころんだ。

「レオンハルト様は、愛らしいユーシア様と真逆で、見た目がとても怖いのです」

「見た目……でちゅか？」

「正確には、目つきが怖いです。飢えた猛獣並みと言っても過言ではありません。いや、俺たちみたいに見慣れていれば気になりませんし、普通に格好いい人だと思うんですよ？　でも初めて見る子供はまず間違いなくギャン泣きするので……」

「だいじょぶでちゅ！　僕は子供ではありまちぇんから！」

ちびユーシアは、ぽふんと薄い胸を叩いた。

「辺きょ伯ちゃまは命の恩人でちゅ！　恩人のおめめがこわいくらいで、泣いたりちまちぇんよ！　だいじょぶでちゅ！」

◆
◆
◆

――そして、現在。

「なるほど。では本当にきみは、ユーシアくんなわけだね？　ユーチアくん」

「は、い。ゆ、ユーチアな僕のわけでちゅ……」

話し終え、ギャン泣きはせずともウルウルと瞳を潤ませているちびユーシアを、レオンハルトはじっと見つめた。そして半目を保ったまま「よし、こうしよう」とうなずくと、琥珀色の大きな瞳が真剣に見つめ返してくる。

「まず、便宜上、きみをユーチアくんと呼ぼう」

「どおぞ、呼びちゅてでお願いちまちゅ」

「では、ユーチア」

「はい！」

元気に手を上げて返事をするユーチアに、「手は上げなくていいぞ」と言うと、ポッと頬を赤らめ、膝の上に戻している。仕草が愛らしい、まるで小動物を見ているようだ。実際小さいのだが。

ただ緊張が解けないのか、それともやっぱりレオンハルトが恐ろしいのか、ユーチアの瞳は潤んだままだし、かすかに震える口の端から、「どうちよう……」と途方に暮れたような呟きが洩れた。

何か気がかりなことでもあるのだろうか。

こちらから尋ねてやるべきかとレオンハルトは思ったが、ユーチアは何やらひっそりと呟いていて、特に答えを期待しているようにも見えない。

（まあ、いいか）

フランツとは打ち解けているようだから、必要ならあとでフランツにフォローさせよう。そう考えて、レオンハルトは話を続けた。

「本来の、成人したきみのほうは、そのままユーシアで、呼び分けようと思う」

「はい、ちょのように呼んでくだちゃい！」

「ああ、呼ぼう。次にきみの……ユーチアの話の信憑性が高いという点は、俺もフランツと同意見だ。きみが本当に見た目通りの年齢ならば、こんなに普通に会話が成り立つことはなかろうし」

ユーチアの大きな瞳が、さらに大きく見ひらかれた。

「僕のはなち、ちんじてくれるのでちゅか……？」

信じてほしいけれど、きっと無理だ。そう考えていたのが丸わかりの表情だ。

それはそうだろう。レオンハルトとて最初は、幼児の拙《つたな》い作り話のことだから矛盾点やほころびだらけだろうに、フランツはいったい、どんな意図があってこの子を連れてきたのかと、いぶかしみながら耳を傾けていた。だが話が進むにつれ、確かにこれは幼児が持つ知識や会話力とは思えない、と考えるようになった。……もしかすると世の中には、そういう天才幼児も存在するのかもしれないが。そんな子がいきなりユーシア・クリプシナのフリをして現れるというのも、それはそれで現実味がない。

ゆえにレオンハルトは、ためらわずうなずいた。

「八割強というところだが、信じる。否定するより理にかなうと俺は考える」

「さすがです、レオンハルト様！」

ユーチアとレオンハルトに茶と菓子を運んできたついでに、自分も窓際で茶を飲んでいたフランツが、「そう言ってくださると思ってました！」と嬉しそうな声を上げた。レオンハルトのほうも、右腕と頼むこの男の常識を疑わず済んで何よりだ。

とはいえ、ユーチアの身元は調査せねばなるまいし、野盗に襲われた件も気になる。

なぜ野盗たちは、わざわざ激しい雷雨の日に、今では旅人から警戒されて使われぬことのほうが多い旧街道をうろついていたのか。そしてなぜ、いかにも金のなさそうなオンボロ馬車一行の命を狙ったのか。

フランツの報告やユーチアの話を聴く限り、最初から全員殺すつもりの蛮行《ばんこう》だったとしか思えない。護衛の騎士を倒して無力化させようという狙いまではわかるが、無抵抗の令息や下僕たちまで手にかけている。その理由は、ただただ賊の残虐《ざんぎゃく》さゆえだったのだろうか。

騎士たちの遺体は判別がつかないほど惨《むご》たらしい状態だったというし、残虐だったのは間違いない。しかし生き残った下僕の証言と合わせると、死後にわざわざ傷めつけたようで、その理由も判然としない。

そもそもオンボロ馬車からどうにか金目の物を奪おうと目論んだなら、ヨボヨボの老馬でもない限り、一番に狙うのは馬だろう。さらに令息の身分を確認し、金になりそうなら拉致するというのも盗賊どもの常套《じょうとう》手段だ。だがこれも下僕の話によるが、令息は馬車から引きずり出された直後に凶刃を受けたという。

なんにせよ、クリプシナ家とも情報を共有し——気は進まないが、そんなことを言っている場合ではないので――調査と捜索の両方向から、ことを進めなければ。

そして、ユーシアがユーチアになってしまったという事態については……今はまだ、情報が少なすぎる。追々、とするしかあるまい。

「よし」

ひとまず方針が決まったところでユーチアに視線を戻したレオンハルトだが、大きな琥珀色の瞳いっぱいに、限界まで涙が盛り上がっているのを見てギョッとした。

(なんだ、どうした？　ついさっきまで元気に返事をしていたのに、やはり俺への恐怖が勝ったのか？)

内心の動揺を押し隠し、半目で「なぜ泣く？」と尋ねると、ユーチアはポロポロと涙をこぼしながら、ぺこりと頭を下げた。

「ちんじてくれて、ありがとおごじゃいまちゅ。ありがと、ごじゃいまちゅ……！」

可愛らしい声が震えている。

ああ、そうか、と。

レオンハルトは改めて、ユーチアが抱いてきたであろう心細さに思い至った。

凄惨《せいさん》な襲撃現場で保護されて以降も、親しい人もなく見知らぬ場所ばかりの長旅をして……ようやく辿り着いたこの城でも、右も左もわからない。緊張の連続だったろう。

それなのにさらに、目つきの悪い男から、『結婚せねばならないのだぞ』なんて脅されたのだから。

泣きたくならないほうが不思議だ。

(なんという心ない行いをしたのだ、レオンハルト)

内心で己を罵りボコボコにするレオンハルトの視線の先で、ユーチアは、くしくしと小さな両手で不器用に涙を拭っている。

「うれちい……」

呟くユーチアの前にレオンハルトは跪き、そっと小さな手をよけて、代わりにハンカチを押し当てた。

「そんなに擦ると、まぶたが腫れてしまうぞ」

痛がらせないよう、これ以上怯えさせないよう気をつけて、涙を拭いていく。

すると驚いたのかユーチアの涙が止まり、濡れた目がまじまじとレオンハルトを見つめてきた。

「どうした？」

あまりに熱心に観察されて、レオンハルトが半目を忘れて苦笑すると、ユーチアは「あぅ」と頬を赤らめ、ちっちゃな両手を頬に添えた。

「あ、ありがとおごじゃいまちゅ、辺、辺きょ、伯ちゃま」

「レオンハルトでいい」

「レモンタルトちゃま」

誰だそれは。

ブフーッ！　とフランツが茶を噴き出した。

レオンハルトは殺気を込めてそちらをひと睨みしてから、「ちっぱい」とあわてるユーチアの頭を撫でた。

「レオでいい」

「レモ……レオ、ちゃま」

舌足らずは大変そうだ。レオンハルトは怖がらせないよう気をつけながら、ユーチアをまっすぐ見つめた。

「ここまで頑張って来てくれて、ありがとう。バイルシュミットへようこそ。我々はきみを歓迎する」

ユーチアが、小さく息を呑んだのがわかった。大きな瞳が輝いているのを見るに、歓迎されていると知って安堵したのかもしれない。

とにかく彼に今必要なのは、休息だろう。そう考えたレオンハルトは小さな頭から手を離し、フランツを示した。

「俺は仕事があるから、フランツに部屋まで案内してもらって休むといい。夕食は一緒にとろう」

◆◆◆

執務室を出た途端、ユーチアは「ふわあぁぁぁ」と、大きく息を吐き出した。フランツが目を丸くして「どうしました？」と尋ねてくる。

「緊張しましたか？　それとも眠くなったでしょうか」

ユーチアはぷるぷると首を横に振り、キュッとこぶしを握って、フランツを見上げた。

「レオちゃま、かっこよかったでちゅ……！」

「へ？」

ぱちくりと瞬きするフランツに、ユーチアは、先ほど初めてレオンハルトと対面したときから、ずっと抱いていた想いを打ち明けた。

「ひと目見たときから、あまりにかっこよくて、びっくりちまちた」

「ひと目見たときから!?　いや、確かに実はイケメンではありますが」

「輝いてまちた」

「え!?」

「どうちよう、ちゅてきちゅぎてこの世のものとも思えまちぇん……イケメンの神でちょうか」

「破壊の神のほうがまだわかります」

「どうちよう。これが……恋……？」

「えええっ!?」

驚愕の声を上げて固まってしまったフランツの隣で、ユーチアは恥じらって頬を押さえた。

そうなのだ。

実はユーチアは、レオンハルトにひと目で心を奪われていた。

見た目が怖いと聞かされていたから、（お顔を見ても泣かない！）と自分に言い聞かせて臨んだけれど……実際に会ってみたら、別の意味で泣けてきた。

心臓を鷲づかみにされたみたいになって、緊張しすぎて目は勝手にうるうるするし、ぷるぷると震えが止まらなくなるし。

襟足までの長さの緩く波打つ銀髪は、前髪が無造作に掻き上げられ、かたちのよい額が覗いていた。

半目の向こうに見えた深い青の瞳は、澄んで静謐《せいひつ》な光を湛《たた》えていた。すっきりとした鼻筋や凜々しい唇は、彼の高潔な魂を象徴しているに違いない。

かなりの長身で頭身が高いので、すらりとして見えるけれど、実際は筋骨隆々《きんこつりゅうりゅう》で腕も脚も首も太いし、胸板の厚みも相当なものだ。

胸元がV字にひらいたバイルシュミット風の黒い騎士服は、ウエストに剣帯を巻いた膝下まである長衣で、上半身は躰にフィットした作りだが、腰から裾にかけて足さばきを邪魔せぬよう広がっている。それは馬に乗りやすくするためでもあるのだと、同じ騎士服を着るフランツから教わっていた。

白い襟衣《シャツ》と合わせたコントラストも見栄えよく、伝統的な優美さと機能性を併せ持っており、レオンハルトの長身と脚の長さを際立たせて、大変よく似合っていた。

「迫力のイケメンでちゅ……！」

「確かに、迫力はありますね。ヒグマ的な」

堂々とした物腰は威厳に満ちて、ふわふわと頼りない自分とは正反対の、ドンとかまえた山のような存在感で。

それでいて穏やかで理知的で、威圧的なところなどまるでなくて……ユーチアの涙を拭ってくれた仕草は、こわれものを扱うみたいに丁寧だった。そっと頭を撫でてくれた大きな手は、心までじんわりするほどあたたかかった。

『氷血の辺境伯』と噂される人が、あんなにも優しい人だったなんて。

荒唐無稽《こうとうむけい》と思われても仕方ないユーチアの話を、レオンハルトは「信じる」と言ってくれた。

その言葉が、どれほどユーチアの心を救ってくれたことか。ずっとユーチアの気持ちを沈ませて離れなかった重石を、彼は軽々と取り除いてくれたのだ。

ユーチア自身にもわけのわからない、説明のつかない、この状況。混乱に呑み込まれないよう、嫁ぎ先にこれ以上迷惑をかけないよう、自分に言い聞かせるだけで精いっぱいで。

縋《すが》るような思いで正直に打ち明けたけれど、自分自身すら納得できない話を、信じてくれというほうが無理があるということもわかっていた。だからこそ、もしも頭ごなしに否定されていたら、ユーチアはもう、どうしたらいいのかわからなかった。

いきなりちびっ子姿になってしまって、元に戻れるのかもわからなくて。

その恐怖も心細さもすべて嘘だと言われたら、心がポッキリ折れてしまっていたかもしれない。

だがレオンハルトは真剣に聴いてくれた。そして信じてくれた。

突然現れた幼児の涙を優しく拭ってくれた、慈愛深き最高のイケメン。

それがユーシアの……そしてユーチアの、旦那様。

試練の果てに、こんな幸運に恵まれようとは。

この人に嫌われたくないと思うあまり、自分の言動が彼を不快にさせていると感じるたびにビクビク怯えてしまって……本当に失礼な態度をとってしまったと、思い返すほどに落ち込んでしまう。

特にあれはひどかった。

内縁の妻と子がいるというから、ユーシアの存在など無視されるかもと不安だったけれど、ちゃんとお嫁さんにしてもらえると聞いて舞い上がってしまった。

あのときの自分は、かなり鼻息荒くコーフンしていたと思う。恥ずかしすぎる。

その上……。

ユーチアは、ちっちゃな自分の手をじっと見つめた。

「……僕じゃ……じぇんじぇん、釣《ちゅ》り合わないでちゅ……」

しょんぼり呟き、うつむいた。

第二章　恋を知った幼児の威力

ユーチアが辺境伯領バイルシュミットのアイレンベルク城にやって来てから、三日目の午後。

事務仕事に追われるレオンハルトは今日も執務室に籠もっていて、てきぱきと補佐するフランツと共に、国境の門の修繕《しゅうぜん》予算や城の備蓄計画、貴族会議の予測から馬術大会の景品まで、積み上げられた書類の内容をすごい勢いで判断しては、関係部署に割り当てていく。

そんなレオンハルトと向かい合うように置かれた子供用の机と椅子を使って、お絵描きしていたユーチアは、ついつい何度も手を止めて、レオンハルトにポーッと見惚れた。

「ちゅてき……」

思っていることが口に出てしまい、あわてて両手で口を押さえる。

ちびっ子化してからというもの、胸に秘めておくということが難しくなった気がする。それに以前よりずっと涙もろい。

これも幼児の躰に精神が引っ張られるゆえなのだろうか。

それはともかく、ユーチアの声はレオンハルトの耳に届いてしまったらしい。

「何か言ったか？」

「なんでもないのでちゅ。お邪魔ちて、ごめんなちゃい」

ユーチアは急いで首を横に振った。

この城に来た翌日には、辺境伯みずから城内を案内してくれたり、廊下にあった木材などを使って

——聞けばこの城は修繕箇所が多いので、廊下を歩けば大工道具と資材に当たるとのことだが——あっというまに、これまたレオンハルトみずから、ユーチア用の机や椅子を作ってくれたりしたのには驚いた。ユーシアに用意されていた重厚な家具調度は、ユーチアには大きすぎたのだ。

「ちゃんとしたものを買うまでの、つなぎに」とレオンハルトは言ったが、ユーチアにとって、そのまあるく面取りまでされた小さな机と椅子は、金銀宝石でできた家具よりも、価値ある宝ものとなった。

それが今、ユーチアがお絵描きに使っている机と椅子なわけだが。

なぜ執務中のレオンハルトと向かい合い、ちんまり座っているかといえば。

「大丈夫そうならば、あの襲撃事件について話を聴かせてくれないだろうか。もちろん、無理することはないのだが」

昨日、そう頼まれたからである。

未来の夫からの、初めての頼みごと。

ユーチアは即座に「だいじょぶでちゅ！」とうなずいた。

「今ちゅぐにでも、おまかちぇくだちゃい！」

しかし「いや。きみはこのあと昼寝の時間だろう」と押しとどめられ、幼児である身の悲哀を嚙みしめたのだが。

今日はその件について話をする予定で、レオンハルトの急ぎの仕事が片付くのを待っているところである。

……だからといって、初めて恋した相手にお絵描き道具を渡されたユーチアの心境は、ちょっぴり複雑ではあるのだけども。

しかし正直、お絵描きも始めてみれば楽しい。

この地域は鉱物資源も豊富とのことで、ユーチアの手元には、王都のクリプシナ伯爵家でも見たことがない、七色の『色滑石《いろかっせき》』が並べられている。

その石を使って、案内してもらった城の様子などを描いてみた。

クリプシナ家の両親は、真っ白い壁に花模様のレリーフとたっぷりの金を施した部屋だとか、交易品の真っ赤な壁紙の部屋に、天井画がびっしり描き込まれた部屋だとかが自慢で、家具調度にもゴテゴテと大仰《おおぎょう》な装飾が施されていた。

でもこのアイレンベルク城の内部は、石壁を樫《かし》のパネルで覆っただけという造りが多い。ユーチアはこちらのほうが落ち着いて、ずっと気に入った。

そして北の地なので、防寒のため巨大なシート状の羊毛を床に重ねたり、窓際に貼りつけたりしてあるのだが……そこには、らくがきもけっこう多かった。

(らくがき……する子が、いるということだよね)

その事実に思い至ったときの痛みを思い出して、ユーチアは「うぅ」と小さな胸に両手をあてた。

そこへ「上手いじゃないか」と声をかけられ、「ひゃっ！」と躰が跳ねる。

いつのまに移動してきたのか、レオンハルトがユーチアの描いた絵を覗き込んでいた。

息がかかるほどそばにある、レオンハルトの顔。

ドキドキするけれど見つめずにはいられない、凛々しい顔。

「……コーフンちたらダメ。レオちゃまに僕の荒い鼻息かかる」

「何に興奮するんだ？」

「はっ！　また声が出てまちたか⁉」

焦って椅子の上でジタバタするユーチアに気づかず、レオンハルトはフランツと、「ほんとに上手いな」「レオンハルト様と大違いですね」などと話を弾ませている。

そんな彼を見ていると……。

（こんなに立派で格好よくて素晴らしい方なんだもの。お相手がいて当然だよね……）

切ないけれど、そう思う。

親切に接してもらっているとつい忘れそうになるが、彼には内縁の妻と複数の子がいるのだ。

そして実はユーチアは、その人たちの名前も知っている。

亡くなった騎士たちが、ユーシアが眠り込んでいると思って、小声で話すのを聞いてしまったのだ。

『辺境伯閣下に内縁の妻と子がいるというのは、本当だろうか』

『噂は噂だ。キーラ様とケイトリンお嬢様が、名まで挙げていたが』

『その妻子のか？』

『ああ。閣下のお相手の女性はマチルダ。子は三人で、ビアンカ、マルグリット、エーミール』

『噂にしては具体的なような』

『真相は知らんのだから、ユーシア様の耳には入れるなよ』

優しく気遣ってくれた彼らを思うと、じわっと涙が浮かぶ。

だがいきなり泣き出したら、レオンハルトたちを驚かせてしまうだろう。

ユーチアはぷるぷると顔を振り、二人にバレないように涙を拭ってから、自分に言い聞かせた。

(もう充分、良くしてもらっている。これ以上のことを望むのは贅沢すぎるぞ)

もしも今、突然、内縁の奥さんやお子たちが現れたとしても……。

「泣きまちぇん……！」

ぐっと天井を見上げて決意を固めていたら、レオンハルトが怪訝そうに「また何かに興奮しているのか？」と訊いてきた。

そのとき、廊下が騒がしくなった。

複数の人が走り回る音や、犬が吠える声が響いてくる。

「マチルダ、こら！　戻りなさい！」

「ビアンカー！　こら、お前たちまで！」

(……マチルダ……ビアンカ……⁉)

今まさに思い浮かべていた名前を聞いて、ユーチアの心臓がドクンと跳ねる。

もしや……と考える間もなく、レオンハルトが歩いていって扉を開けた。途端、大きな犬が歓喜の表情で室内に飛び込んできた。

続いて、もう三頭。

真っ白な美しい猟犬が、尻尾をブンブン振りながらレオンハルトの周りで跳ねたり、うしろ足で立ち上がったりしている。

しかしレオンハルトが「座れ」と静かに床を指差すと、みごとにビシッとお座りをした。

「見回りに行く任務があるのだろう？　行きなさい。マチルダ、ビアンカ、マルグリット、エーミール」

次に廊下を示すと、四頭とも素直に部屋を出て行く。

そのうしろ姿を見送りながらユーチアは、

「……内縁の……奥ちゃま？」

と呟いた。

本当に突然、嵐のように現れたが……。

ユーチアは呆然として、率直に尋ねてしまった。

「あの、レオちゃま」

「なんだ？」

「今のが……内縁の奥ちゃまと、お子ちゃまたち、でちゅか？」

「……なん、だって……⁉」

ギラリと目を光らせたレオンハルトの隣で、フランツがブハッ！　と吹き出した。「失礼」と目尻の涙を拭きながら、「あれはどう見ても犬ですよ、ユーチア様」と笑いをこらえている。

「レオンハルト様の愛犬マチルダと、去年生まれた子たちですよ」

「えと。じゃあ、人間の奥ちゃまは？」

「俺に妻はいない。だからきみとの結婚が決まったのだ」

そう答えたレオンハルトの目は猛々《たけだけ》しく見えるが、「なぜに俺に犬の妻子が」と呟く声音には、困惑の色が濃かった。

それを聞いたフランツが、また新たに肩を震わせ始めたが……。

「……おヨメちゃん、僕だけ……？」

ぷるぷる震えるユーチアの瞳に、ぶわっと涙が溢れて、結局二人を大いに驚かせてしまったのだった。

「マチルダたちが俺の内縁の妻と子だと、聞かされていたのか」

ときおりしゃくり上げながら涙の理由を話したユーチアに、レオンハルトの目がカッ！　と見ひらかれた。

また気を悪くさせてしまったと思ったユーチアが、ビクッと椅子の上で躰を震わせると、いつものようにフランツが「レオンハルト様！　目！　優しく！」と注意する。

ユーチアはレオンハルトが怖いのではなく、自分が彼を不快にさせることが怖いのだけれど……レオンハルトは「目を瞠っただけなのに」と抗議しつつ、自ら半目になってくれている。

（なんて優しい人だろう）

初対面時からそうだった。得体の知れない子供のために、部下《フランツ》の笑いを誘うほど半目で対応してくれた辺境伯。これほど度量の広い人が、ほかにいるだろうか。

その上……あのときも今も、涙を拭ってくれる感触は、大きな手から想像もつかないほど優しい。

ユーチアは小さな胸をきゅんきゅんさせながら、膝立ちでユーチアの小さな机に肘をついているレオンハルトを見つめた。

「レオちゃま。僕、怖くないでちゅ。おめめをおっきくあけてくだちゃい」

するとピクリとレオンハルトの片眉が上がって、ゆっくりとひらかれた青い瞳が、ユーチアに向けられた。

「……そうだよな？　怖くないよな？」

「怖くないでちゅ！　ちゅ……！」

勢いで『ちゅき！』と言いかけて、ユーチアはあわてて「ふおお！」と口を手で覆った。危なかった。せっかく九死に一生を得たのに、恥ずか死するところだった。

（嫁入り前の娘が「好き」と叫ぶのは、はしたないことだって、本に書いてあった）

クリプシナ家の蔵書の内の一冊、百年前の先祖が書いた『鉄壁の貞操』で読んだ。しかし最後は「貞操守って八十年。鉄壁すぎたかもしれません」という一行で終わっていたので、結局何が言いたかったのか、ユーチアにはよくわからない本でもあった。

そもそもユーチアは娘じゃなく息子なのだが、それはともかく――。

「気をちゅけなきゃ。幼児のこころはダダ洩れごころ」

ひっそりと自分に言い聞かせるユーチアのそばで、レオンハルトとフランツは「そら見ろ。俺は怖くない」「ユーチア様は中身が成人だから特異な事例です」と揉めている。が、同時に「「そんなことより」」と話題を変えた。

レオンハルトは立ち上がり、フランツと共に椅子を持ってきて、ユーチアの向かいに座った。ちょうど三角形を描くかたちだ。

レオンハルトの真剣な眼差しに見つめられて、ユーチアの小さな胸がまた高鳴る。

「ではユーチア。これから襲撃の件について質問するが、無理に答える必要はない。つらくなったり、しんどくなったりしない範囲で、無理せず教えてほしい」

思いやりを感じる低い声に、ユーチアは「はい！」と答えた。

続いて、「じゃあ、まず俺から訊いていいでしょうか」と微笑むフランツにも、「どうじょ」とうなずく。

「あの道を行こうと決めたのは誰だったか、おぼえていますか？」

「えっと……確か、ダミアンでちゅ」

「それは行方不明の下僕の名ですね？」

「はい、ちょうでちゅ。でも……あ、ちょうだ！　連絡が来たって言ってたのでちゅ」

「連絡？」

「はい。三日目の宿にクリプチナ家から、ちゅ、ちゅかい、の者が」

「使い？　使いの者が来たんですね？」

「はい、ちょうでちゅ」

「使いの者がどうしたのだ？」

怪訝そうに眉根を寄せたレオンハルトから問われ、ユーチアは改めて、事件とちびっ子化の衝撃で混乱し、無意識に封印していた記憶と向き合った。

「……ちょうだ。思い出ちまちた。あの森に、父上の友人のちゅりょう小屋があって」

「狩猟小屋ですね？」

「はい。ちょこに泊まって、旅費や防寒着なども受け取りなちゃいって。ちゅいかの」

「追加の？」

「はい。騎士ちゃんたちは、ちょっと迷っていたみたいでちゅけど……」

「それでも行かねばならないと考えるくらい、予算や旅装に不足を感じていたのでしょうか」

フランツは現場を調査していたせいか、これまた察しがいい。

「……きっと、僕のためだったのでちゅ」

騎士たちはユーシアの『嫁入り』の旅がいかにも貧相であることを、気にかけてくれていたから……。

気持ちが重く沈みかけたところへ、レオンハルトが別の質問をしてきた。

「てるてる人形は知っているか？」

「てるてる人形？」

ユーチアは、ぱちくりと瞬きした。

「いいえ、ちりまちぇん」

「なら作るか」

「ちゅくる？」

「え。なんでいきなり!?」

フランツもレオンハルトの急な提案に驚いたようで、ユーチアと共に訊き返したが、レオンハルトは穏やかに、窓からユーチアへと視線を流した。

「まあ、いいじゃないか。ちょうど雨も降り出したし」

その言葉通り、先ほどから雨粒が大きな窓に打ち付けている。

首をかしげたフランツは、意図を探るようにレオンハルトの視線を追って、しょんぼりと肩を落としたままのユーチアに気づいたらしい。途端、腑に落ちたという顔で「ああ、なるほど」と手を打った。

「そうですね！　いいですね、てるてる人形！　作りましょう、ユーチア様！」

「え。えと」

ひとりこの展開についていけずにいたユーチアだが、立ち上がったレオンハルトは何やら棚や机をゴソゴソ探り、戻ってきたときには、大きな両手いっぱいに布や紐などを持っていた。

「てるてる人形というのは、この辺りの地域に古来より伝わる呪《まじな》い人形だ」

「おまじない！」

「ああ。昔は水害をもたらす魔を祓う、祈禱《きとう》目的の人形だった。しかし民間に浸透した今では、『雨がやみますように』と願って窓辺などに吊るす使い方が一般的だ」

「わあぁ……！」

ユーチアの心が浮き立った。

クリプシナ家の蔵書の中に、親子で厄除けの呪いものを作る物語があり、ユーシアはその本がとても好きだった。

香料や薬草を詰めた『薬玉《くすだま》』を作って、軒先に吊るすという方法なのだけれど、両親と子供たちが思い思いに香りを決め、好きな薬草を詰めていく過程がとても楽しそうで……自分もそうして家族と、お互いの健康や幸せを祈り合えたなら、どんなに幸せだろう……そんな想像を膨らませていた。

その夢が、思いがけず叶うのかもしれない。

わくわくを抑え切れなくて、レオンハルトがユーチアの机の上に材料を広げていくのを、立ったり座ったりしながら見守った。

「作り方は、おが屑や不要な布切れなどを布で包み、かたちを丸く整えて紐で縛る。さらに縛った部分に布や花などを挿し込めば完成だ」

「丸い部分には顔を描くんだよ。布や花は、人形に服を着せてやるイメージだね」

説明を付け足してくれたフランツにもコクコクうなずきながら、ますますユーチアの期待は高まった。あの物語で読んだ親子の薬玉と、似た感じになるのだろうか。

するとレオンハルトが、「実物を見たほうがわかりやすいだろう」とまた立ち上がった。が、なぜかその言葉を聞いたフランツは、ギョッとしてレオンハルトを見る。

「レオンハルト様！　まさかアレが今この部屋にあるのですか!?」

「ああ。書類仕事に飽きたとき、手遊びでいくつか作っていた」

「なんてことだ。駄目ですレオンハルト様、それは子供に……じゃないけどユーチア様に見せてはなりません！　って、あーっ！」

なぜか必死に止めるフランツの言葉を聞き流したレオンハルトが、「だって見れば作りやすいだろう」と、自作の『てるてる人形』らしきものを手に戻ってきた。

「見たいでちゅ、見たいでちゅ！」

なぜフランツが焦っているのかわからないが、素晴らしい机と椅子をあっという間に作れてしまうレオンハルトなのだから、『てるてる人形』もさぞ素敵に仕上がっているに違いない。

思わずその場でぴょんぴょん飛び跳ねながら待ち構えるユーチアに目を細めたレオンハルトが、机の上に自作の人形を並べてくれた。

「これだ。途中で飽きたから作りかけだが」

「わー……い……!?」

凍りついたように、ユーチアは動けなくなった。

目の前に置かれたのは、三つの生首。

いや、正確には先ほどの説明通り、詰め物を包んで縛った『てるてる人形』だ。……そのはずだ。

しかしレオンハルトのこぶし大の人形たちに描かれた顔は、もしも拷問された魔物を絵にすればきっとこの顔、という形相で……人形の服にあたる布や花は挿されておらず、それがより一層、生首感を増幅させていた。

窓の外で閃いた稲妻が、硬直するユーチアと生首人形を照らす。

さほど間を置かず轟音が部屋中を振動させ、それにより硬直を解かれたユーチアの口から、悲鳴が迸《ほとばし》った。

「ぴぎゃ――――――っ！」

襲撃の日と同じような天候が、殺されかけたトラウマを呼び起こし――と言いたいところだが、純粋に、稲妻に照らされて笑ったように見えた生首が恐ろしかったのだ。むしろその恐怖が、凶行の記憶を駆逐《くちく》してくれたとさえ言えよう。

「うあぁぁぁん！」

ユーチアは噴射の勢いで涙を流し、無我夢中《むがむちゅう》でレオンハルトにしがみついた。

「どうした!?　雷が怖いのか!?」

レオンハルトは驚いた様子ながらも、長い腕でしっかりと抱きとめてくれた。

えぐえぐ泣きながら広い胸に顔を押しつけると、胸筋の弾力が心地よい。強い安心感が生まれる。

彼が椅子に座ろうとしたところへユーチアが飛びついたものだから、レオンハルトはユーチアを抱えて、床に腰を下ろしている。早く離れなければ申しわけないとわかっているのだが……胸にパフパフと頬をくっつけるのを止められない。

（……あれ？　僕は今もしかして、レオンハルト様に）

「抱きちめられてる……!?」

というより、抱きついているというのが正解だけれど。

そしてパフパフの安心感が、唐突にこの状況を客観視させた。

生首人形と雷にパニックを起こし、号泣しながら辺境伯にしがみついた上、どさくさまぎれに胸にパフパフしているちびっ子。それがユーチア。

カーッと頬が熱くなった。

恥ずかしさのあまり涙も引っ込んだところへ、「まったくもう」とフランツの呆れ声が降ってきた。

「どうした!?　じゃありませんよ。言ったでしょう、その人形は生首にしか見えないんですってば。前にもあなたが作った人形を門に吊るしたら、子供どころか騎士たちですら、恐怖におののいていたじゃないですか」

「生首のわけないだろう」

そこでユーチアは、またもハッと思い至った。

すっかり忘れていたが、ハンナたちが言っていた、『辺境伯は敵の首をずらりと門に突き刺して鑑賞している』という噂。

あれはもしや、この生首……いや、てるてる人形のことだったのでは。

そう考えてレオンハルトを見上げれば、「納得いかん」とフランツに言い返している。

「元は魔祓いの人形なんだから、多少怖く見えて正解のはずだ」

その言葉に、ユーチアは目を瞠った。

そうか。その通りだ……！

「多少なら問題ありませんが」

そう返してからフランツはユーチアの視線に気がつき、「申しわけありません」と苦笑した。

「レオンハルト様が絵を描くと、なぜかもれなく怖いのです」

「いいえ！　悪いのは無知な僕でちゅ！　レオちゃまは、ちっとも、まったく、悪くありまちぇん！」

「へ？　無知？」

目を丸くしたフランツにうなずき、辺境伯の太腿に座っているという状況をど忘れして、ユーチアはまっすぐにレオンハルトを見つめた。

「ちょうでちゅよね！　魔を祓うためのお人形なんでちゅから、生首と見まごう怖ちゃで正ちいのでちゅよね！」

「いや、生首のつもりで描いたわけでは」

「僕が無知でちた。魔を祓ってくれるのだと思えば、このおちょろちい生首人形が、頼もちく見えまちゅ！」

「いや、てるてる人形……」

「ありがとおごじゃいまちゅ、レオちゃま！　僕、もう泣きまちぇん！」

ユーチアがそう宣言したのは本心からで、事実、そのあと人形を作りながら襲撃の記憶を思い起こす作業を再開しても、先ほどまでとは違って、気持ちを強く保てるようになっていた。


「きみたちを襲った盗賊は、フランツらが幾人かは取り押さえて投獄し取り調べを続行中だが、首領には逃げられた」

再び三人でユーチアの机を挟んで三角形に向かい合い、てるてる人形制作を続行しながら、レオンハルトが淡々と告げた。

「奴らの話からは計画性が感じられた。つまりユーチア……きみたち一行を狙っての犯行ということだ。……大丈夫か？」

「はい、だいじょぶでちゅ！」

ユーチアは膝に乗せていた生首人形……もとい、レオンハルト作の『お手本てるてる人形』を両腕で抱きしめ、大きくうなずいた。

「この子も守ってくれまちゅから」

あんなに恐ろしかったのに、今ではユーチアを支えてくれる守護妖精のようにすら感じている。人の心とは不思議なものだ。

フランツは人形を抱くユーチアを見て、「解《げ》せぬ」と呟いているが。

ユーチアはフンスと鼻息荒くこぶしを握った。

「悪者を早くちゅかまえないと、また同じよおに、ほかの人にひどいことをちゅるかもちれまちぇん。ちょれはダメでちゅ。だから僕はもう、ありとあらゆることを、思い出ちてやるでちゅよ！　あのクチャヒゲオだって、とっちゅかまえてやるんでちゅから！」

「クチャヒゲオ？」

詰め物を入れた布を縛る手を止めて、レオンハルトが顔を上げた。

そのギラリと光る深い青の瞳に見つめられ、ユーチアはポッと頬を赤らめる。

「おめめが合うだけでドキドキちゅる……これが、恋」

「ん？」

「あわわ。なんでもありまちぇん。えっと、たぶんちゅ領の人は、僕を斬った人でちゅ。ちゅごくくちゃくて」

「すごく、くさくて？」

レオンハルトが、フランツの通訳なしでも理解してくれた。ユーチアは嬉しくてドキドキして、

「はい！」と見つめ返しながら続ける。

「ほっぺまで、黒いおヒゲがもじゃーっと生えた男でちた」

「くさい髭の男。つまり」

「クチャヒゲオでちゅ」

「なるほど。あとで人相を詳しく教えてくれ。似顔絵を描かせよう」

「はい！」

「そのクチャヒゲオが首領だと思う根拠は？」

うっとりとレオンハルトに見惚れたくなる気持ちを押しとどめ、ユーチアは懸命にあの日の記憶を呼び起こした。

混乱していたが、彼が中心人物だということは伝わってきた。ほかの者らが狩りを楽しむように走り回る中、ゆっくり、まっすぐに、ユーシアへと向かってきた、あの男。

雨に打たれたその顔に、にんまりと笑みを浮かべて。

『恨むなら……を恨むんだな』

そう。確かにそう言っていた。

雨音にかき消されたのか、それとも混乱のあまり聞き逃したのか。何を、誰を、恨めと言ったのかはわからないが。

だから断定はできないけれど、あの言葉が、襲撃になんらかの意図があることを示していたのなら。その『意図』を知るクチャヒゲオこそ、集団の指揮を執《と》る中心人物だったのだろう。

その考えを伝えると、レオンハルトも「確かに」と同意してくれた。

「それは貴重な情報だ。なんとしてもそのヒゲクチャオを捕らえて、証言を得たい」

「クチャヒゲオです、レオンハルト様」

ユーチアはもう一度、レオンハルトにもらった人形をぎゅうっと抱きしめて、「あの……」と二人に尋ねた。

「もちかちゅると、お二人は、僕がおちょわれた理由に、見当をちゅけていたり……ちまちゅか？」

ユーチアがそう尋ねた途端、主従が顔を見合わせた。

その二人の様子で、ユーチアにもわかってしまった。

おそらく彼らも、今ユーチアの頭に浮かんでいる人たちを疑っている。だがユーチアの傷心を思って、口に出すのを控えてくれているのだろう。

だからユーチアは、自分から打ち明けようと決めた。

ずっと心の中に引っかかっていたこと、ずっと頭から離れなかったことを。

「ちゅりょう小屋は、本当にあったのでちょうか」

フランツの表情が曇る。

（やっぱり……）

あの森に、狩猟小屋などなかったのだ。

フランツは、ユーチアではない『本物のユーシア』がいることを想定して、あの森に捜索隊を残していた。だから少なくとも捜索した範囲には、そんなものはなかったと承知しているのだろう。

予定していた旅程を変更しあの森へ行ったのは、クリプシナ家から使いの者が来たからだ。父の友人の狩猟小屋に泊まり、追加の旅費や衣類などを受け取るようにと。

そうして指定された先へ向かった結果、待ち構えていたように、賊が現れた。

オンボロ馬車で、金になりそうな荷を積んでいるわけでもなく、そこらの商人の買い出しよりずっと貧相で、襲ったところで限りなく益は少なそうな一行を、わざわざ狙ったみたいに。

けれど――。

もしもその目的が略奪ではなく、ユーシアを殺害することだったなら？

「……えっと。いきなりでちゅけど、クリプチナの家の者たちは、かなりの見栄っ張りなのでちゅ」

「ああ、知ってる」

「レオンハルト様。率直すぎます」

フランツの言葉に、ユーチアはぷるぷると首を横に振った。

「いいのでちゅ。……見栄っ張りなのに両親は、『クリプチナ伯ちゃく家って、よっぽど困窮《こんきゅう》ちてるのかちら』と思われること確実の、旅支度ちかちまちぇんでちた。レオちゃまや、領地のバイルチュミットの皆ちゃまへの贈りものも、ひとちゅもなかったのでちゅ」

ぴくりとレオンハルトの片眉が上がる。

フランツは微笑を崩さず、「うちから贈った支度金、どこ行ったんでしょうねー」と明るい声を上げたので、ユーチアは「たぶんでちゅけど」と、人形で顔を隠しながら答えた。

「異母妹のケイトリンの結婚費用に、ちゅかわれるかもでちゅ。もうちわけありまちぇん」

ぺこりと下げた頭に、「きみが謝ることはない」とレオンハルトの低い声が降ってきた。なんて耳心地のよい声だろう。

人形で顔を隠したまま頭を上げると、フランツから「ユーチア様？」と問いかけられた。

「なぜそのてるてる人形を掲げてるのですか？　怖いですよ？」

「結婚のおちたく金を、家の者が不ちぇい利用ちたかもなので……もうちわけなくて、合わちぇる顔がありまちぇん」

「いや、代わりにその人形を向けられるほうが心的ダメージを負いますから。てかユーチア様は悪くないんですってば。そうでしょう？　レオンハルト様」

「ああ。きみは被害者なのだから」

ユーチアは人形を下ろして、レオンハルトを見上げた。

まっすぐ見つめ返してくる目とユーチアの目が合って、ちゅき、と言いかけ思いとどまる。危なかった。またダダ洩れるところだった。

「どうちぇダダ洩れるなら、お家の事情をダダ洩らちてやるのでちゅ」

ユーチアも、もうわかっている。

自分は殺されかけたのだ。――父と継母から。

ユーシアが辺境伯領に辿り着くことはないとわかっていたから、嫁入り支度に金をかけなかったのだろう。

体裁を整えたところで、賊を使って襲わせれば金目の物は奪われる。そんなところに金をかける必要はない。

犠牲者の遺体を損なわせたのも身元を隠すため。もしくは狼たちに餌の在り処を知らせるためでもあったかもしれない。実際フランツたちが来てくれなければ、遺体は食い荒らされて、凶行ごと闇に葬られていた可能性が高い。

ユーシアがバイルシュミットに辿り着かなければ、クリプシナ家がどれほど失礼な真似をしたとしても、イシュトファン辺境伯に知られることはないはず。

――そう、考えたのだろう。

そして昔のユーシアなら、こうまでされても隠れて泣くことしかできず、抗うことを諦めていたかもしれない。

だが今は違う。

「恋をちった幼児のダダ洩れの威力、思いちれでちゅ！」

生首てるてる人形に向かって決意表明するユーチアに、レオンハルトとフランツが目を丸くした。

そんな決意を胸に、ユーチアが人形を抱いたままうつむいているのをどう思ったか、先にレオンハルトが口をひらいた。

「ユーチア。きみの——いや、ユーシア・クリプシナの行方を、クリプシナ伯爵家は把握していない。賊に襲われたことは当然、こちらからも連絡を入れたが。その時点で『ユーシア』は見つかっていなかったし、世間的には行方不明のままだ。きみの父上たちもそう認識しているだろう」

フランツも「それに」と肩をすくめて笑った。

「『ご子息は、ちびっ子になっているけどご無事です』なんて言っても、伯爵は信じないでしょうしねえ」

「はい。ありがとおごじゃいまちゅ」

ユーチアはぺこりと頭を下げた。

ユーチアがユーシアであることを把握しているのは、今はレオンハルトとフランツの二人だけだ。

アイレンベルク城に着いてからは、主にレオンハルトが最も信頼する家令と侍女長だけが、ユーチアの身の回りの世話をしてくれている。が、彼らにもまだユーチアの本当の身元は知らせておらず、わけあって某貴族の子息を預かっているとだけ伝えている——と、レオンハルトから聞いていた。

「けどアイレンベルク《うち》では、いつまでもユーチア様の正体を隠しておけませんよね？　そろそろユーチア様の存在が、噂になりつつありますし」

「そうだな……」

「レオンハルト様の隠し子だという噂も出始めましたし」

「……そうなのか？」

「ちょうなのでちゅか!?」

ガーン！　とショックを受けて、ユーチアは思わず立ち上がった。

「僕はおヨメ入りのために来まちたのに！」

ヨメどころか隠し子扱い。

これは一大事だ。

ユーチアの頭からクリプシナ家に関する話が吹っ飛び、ついでに生首てるてる人形も放り出すと、レオンハルトの服の袖を握って訴えた。

「僕、おヨメちゃんにちてもらえるのでちゅよね!?」

するとレオンハルトは、珍しく困り顔になった。

「……ユーチア。いや、ユーシアとして訊くが。きみは本当に、俺と結婚したいのか？」

「ちたいでちゅ！」

いつもなら恥ずかしさが先立つところだけれど、嫁でなく養子に入る羽目になるかもしれぬという危機感が、羞恥心を蹴り飛ばした。

しかしレオンハルトは怪訝そうに、「なぜだ？」と重ねて訊いてくる。

「きみにとっても不本意な結婚話だったのではないか？　それに、その……きみは長いこと引きこもっていたと聞いている。ならばあまり多くの人間に出会ったこともないのでは？」

「ちょ、ちょれは」

引きこもり歴を出されるとつらい。

それに確かに結婚話が出たときも、レオンハルトが言う通り、期待よりも不安や恐怖のほうが大きかった。

でも。だけど。

「今は心から、レオちゃまのおヨメちゃんに、なりたいでちゅ！」

「な、なぜだ。きみみたいな小さな子にとって、俺は恐怖の対象でしかあるまい」

「ちっちゃいけど大人でちゅ！　レオちゃまは恋愛対ちょうでちかありまちぇん！」

よほど必死の形相になっているのか、幼児のユーチアに『氷血の辺境伯』レオンハルトが気圧され、あとずさっている。

「よち。この機を逃ちてなるものかでちゅ。押ちぇ押ちぇ、ユーチア！」

またも心の声がダダ洩れたが、この際そこにもかまってはいられない。

嫁入りか養子入りか。ここが人生の分かれ道！

「レオちゃまはとってもちゅてきでちゅ！　やちゃちくて、かっこよくて、お山みたいなイケメンで、命の恩人でちゅ！」

「山みたいなイケメン……!?　山みたい、とは」

フランツが「山」と呟き、腹を抱えて震えているが、それも今は気にしていられない。

だがレオンハルトは冷静さを取り戻したようで、「落ち着きなさい」とユーチアの小さな手を、大きな手でつつむようにポンポンと叩いた。

「いいか？　確かに俺はクリプシナ家との縁談を承知したが、本音を言えば上手くいくとは露ほども考えていなかったし、いずれ離縁することを前提に受け入れた」

「がーん」

それは衝撃的な告白だった。

まさか、そんなふうに思われていたとは……。

内縁の妻も子もいないし、ちゃんとお嫁にしてもらえると、大喜びしていたのに。

ショックのあまり力なくレオンハルトの服から手を離すと、彼は立ち上がり、ユーチアの前に膝をついて目線を合わせ、まっすぐ覗き込んできた。

深い青の瞳はやっぱり綺麗だと、ユーチアは思う。

「ユーチア」

「……はい」

「いくらきみが『山』が好みだとしても、山を基準にして伴侶を決めるのは危険だと思うぞ？」

「ち、違いまちゅ、違うんでちゅ」

「きみと過ごした時間は、まだほんの少しだが。それでもきみの素直さや純粋さは、嘘偽りのないまっすぐなものだとわかる。だから……焦ることはない。これからゆっくり、本当の恋愛をすればいい」

「本、本当の恋愛って、なんでちゅか」

ユーチアの目の奥が、じわっと熱くなった。

こんなにレオンハルトのことが大好きなのに、人生の殆どを引きこもりで過ごしてきたからといって、この想いを偽物や勘違いにされてしまうのだろうか。

レオンハルトが眉根を寄せた。

「……そうだな。本当の恋愛とはなんだろう。すまない、自分でもよくわからないことを言った」

精悍《せいかん》な顔立ちに苦笑を浮かべ、「ひとつ確認しよう」と続ける。

「きみは俺の妻になるほかに、たくさんの選択肢があることを、考えてみたことがあるか？」

「……ちょれは」

「恋愛にこだわらずともいい。山が好きなら山に登りなさい。焦って嫁になどならずとも、きみのことは責任をもって守るから」

優しく頭を撫でられても、嬉しくないと思う日が来ようとは。

ユーチアは唇を噛んでうつむいた。

確かに『王国の守護神』たるイシュトファン辺境伯から見れば、ユーチアなど、何も知らないちっぽけな人間だ。

でも鳥籠の中しか知らずとも、人を好きになることはちゃんとできるのに。

もどかしくて、悲しくて、涙がぶわっと溢れ出た。

「僕、僕は、お山がちゅきなんじゃないでちゅ、お山みたいなレオちゃまが、ちゅ、ちゅき……うああぁん！」

上手く言えない。

なんと言えばこの気持ちが伝わるのかわからないし、そもそも舌足らずすぎて上手く言えない。

いきなり号泣し始めたユーチアに、レオンハルトがギョッとしている。

「なっ、何も泣かなくてもいいだろう」

「うえぇぇん」

ユーチアも泣きたくないのだが、悲しい気持ちが止まらない。

助けを求めてレオンハルトの手を握ると、大きな手が戸惑うように握り返してくれて……もう片方の手が、優しい手つきで涙を拭ってくれた。

「そりゃ泣きますよ」

それまで黙って見守っていたフランツが、「まったくもう」とレオンハルトにハンカチを渡す。レオンハルトは「すまん」と言って受け取り、しゃくり上げるユーチアの涙を拭きながら、「何が悪かった？」とフランツに訊いた。

「だって全否定じゃないですか」

「全否定……してたか？」

ユーチアはここぞとばかり、ブンブンうなずいた。

「ちてまち、たあぁぁうあぁぁ」

「待て泣くな、悪かった。それ以上泣くと目が溶けるぞ」

「おヨメになるうぅ」

「いや、待て。だからな」

「うああぁん！」

「聞いてくれ。きみは俺の妻にならずとも、」

「おヨメちゃんに、ちてくれるって、言ったぁぁ！」

「いや、だからな」

「うわあああ」

「待て待て。もう一度確認するぞ。きみは俺の……」

「ヨメでちゅ」

「いや頼むから落ち着け。俺の嫁さんになる以外の可能性を」

「ヨメでちゅー！　うわぁぁん！」

「わかった！　わかったから！　嫁だな、よしわかった、嫁だ！」

「うあぁ……う？」

滲《にじ》む視界でレオンハルトを見つめると、彼も「お、止まった」とユーチアを見つめ返していて。

「現金なヤツだ」

くすりと深い青の瞳を細めた優しい笑顔が、ユーチアの恋ごころを、また新たに彩った。

ユーチアとて、幼児姿の自分がレオンハルトと結婚するのは無理があるとわかっている。

だから彼が同情と優しさから嫁入りを受け入れてくれただけで、そこに恋愛感情は皆無だとしても、今はこれで満足しなければと自分に言い聞かせた。

「でもいちゅかは、ちょっとでも、ちゅきになってほちいな……」

「ん？　なんだ？」

「なんでもないでちゅ」

首を横に振って、涙と鼻水まみれになった顔を拭いてくれているレオンハルトに、ポーッと見惚れた。

その後、蜂蜜入りのハーブティーをいただき、フランツが生首てるてる人形をそっとレオンハルトの執務机に戻したところで、襲撃に関する話が再開された。

中断前と同じくユーチアの小さな机を囲んで三角形に座し、「それで」とフランツがユーチアを見る。

「何か話があったのでしたよね？」

「はい」

「えーと確か……レオンハルト様が婚姻のために贈った支度金が、ユーシア様のためには使われなかった、という話でしたね」

「はい、ちょうでちゅ」

「ユーチア様は不満に思わなかったのですか？　花嫁行列をしろとまでは言いませんが、旅慣れないあなたを、あんなオンボロ馬車とわずかな護衛だけで送り出すなんて……」

レオンハルトも同意見なのか、黙ってユーチアの言葉を待っている。

ユーチアはお茶のカップを机に置き、「えっと」と伝えたいことを頭の中で整理しつつ、口をひらいた。

「僕のことは、いいのでちゅけども」

「よくないだろう。悪意の塊だ」

言わずにいられなかったというように吐き出したレオンハルトの声には、強い憤《いきどお》りが滲んでいる。

ユーチアからすれば、マティスたちが想定以上に辺境伯に対して失礼だったということを除けば、自分の扱い自体は意外でもなんでもなかったので、特に抗議をする気にならなかったのだが……。

しかしレオンハルトの側から見れば、心の底から嫌悪する男の息子を結婚相手として押しつけられたばかりか、支度金を流用され、しかも肝心の『嫁』が幼児となって現れたという、とんでもない状況。どれひとつ取っても、『ふざけるな』とユーチアを追い返して当然だ。

それなのに……追い返すどころか、彼はユーチアのために腹を立ててくれている。

「レオちゃま……」

あまりの優しさに感動するユーチアにレオンハルトは、どこか憂いを感じさせる瞳を向けてきた。

「ユーチア」

「はい、レオちゃま」

「実は昨日、クリプシナ家を探っていた部下が戻ってきた。事後報告ですまないが」

「父上たちを、ちゃぐっていたのでちゅか？」

「ああ。フランツが現地に残してきた『ユーシア捜索隊』の中には、クリプシナ家を調査するための班もいたのだ。気を悪くさせたらすまない。我々は職務上、きなくさいことがあれば情報収集するのが常だから」

「じぇんじぇん、気にちまちぇんよ！」

国を守るのがレオンハルトの仕事なのだから、情報収集はときに生死を分けるほど大事な任務だろう。いつ、どんな情報が身を助けるかわからない。

レオンハルトは「それで」と続けた。

「きみの乳母と侍女長に、接触したそうだ」

「ハンナとレーネにでちゅか⁉」

懐かしい顔を思い浮かべて、胸が弾んだ。

「二人は元気でちたか⁉」

「ああ、おそらく。イシュトファン家の者がユーシアを迎えに来ていて賊を追い払ったことに、礼を言われたそうだ。だがユーシアが見つかっていないので、ひどく悲しんでいたらしい」

「……もうちわけないでちゅ……」

自分のことで精いっぱいで、実の家族のように大切にしてくれた二人のことを忘れていた。

しょぼんとうつむくと、レオンハルトの大きな手に、そっと頭を撫でられた。

「元気な姿を見せる機会は来るだろう。それより……彼女たちは、きみがクリプシナ家でどんな扱いを受けていたかを、教えてくれた」

「えう⁉」

レオンハルト（の部下からの報告）によると……。

ハンナたちは、ユーシアに魔素がないため家族から虐《しいた》げられてきたことを、イシュトファン辺境伯に伝えてほしいと懇願《こんがん》してきたという。

彼女たちはこれまで、自分らが解雇されればユーシアを守る者がいなくなると思って、ユーシアの境遇を外部に訴えることができなかった。

が、粗末な支度で追い出されるようにして嫁いだユーシアが、賊に襲われ、わずかな護衛も殺されて、ユーシアの命も絶望的――と状況が変わった今、溜まりに溜まった怒りが爆発したらしい。

『どうか坊ちゃまの敵《かたき》を討ってくださるよう、辺境伯様にお伝えください！』

そう言って涙を流していたそうだ。

その話を聴いたユーチアも、涙をこぼさずにはいられなかった。

「ハンナ……レーネ……僕、まだ生きてまちゅよ……」

そんなユーチアの涙を拭きながら、レオンハルトは申しわけなさげに言った。

「すまない。俺もきみを誤解していた。情報の上《うわ》っ面《つら》を信じて」

「う？　引きこもっていたのはほんとのことなので、だいじょぶでちゅよ？」

「だが、『カビが生えた陰気な息子』というのは真実ではないだろう？」

「カビー!?」

ユーチアは衝撃のあまり椅子から転げ落ちそうになり、レオンハルトがあわてて支えてくれた。

陰気だの汚点だのとは散々言われてきたが、まさかカビまで生やされていたとは。

カビ人間を娶る羽目になったレオンハルトは、さぞつらかったことだろう。離縁を前提に考えるのも当然だ。

「レオちゃま。僕、カビなんか生えていまちぇん……」

うるうると新たな涙を浮かべて訴えると、「わかってる」と苦笑された。

なんだか今までよりちょっぴり、笑ってくれるようになった気がする。

「イケメンまぶちい！」

「何を言ってるんだ？」

火照った頬ごと両手で目を覆い、カビショックによる涙も引っ込んだところで、ユーチアは話を戻した。

「えっと、えっと。たぶん父上たちは、僕の口封じを狙ったのだと思うのでちゅ」

「口封じだと？」

「なんですかそれ。どういうことです？　ユーチア様」

レオンハルトとフランツの目の色が変わった。

「クリプチナ家にはたくちゃんの本があって、僕はちゅべてを読みまちた。時間はいっぱいありまちたから。中でも特に難解《なんかい》な本ばかりの棚があるのでちゅけど、ある日ちょの奥に、隠ち棚を見ちゅけたのでちゅ」

「隠し棚、か？」

確認してきたレオンハルトに、「はい」とうなずく。

「父上たちは、僕にはむじゅかちい本は読めない、ちょの棚には近寄らないと思っていたのでちょう。でも」

「『でも？』」

興味津々の二人に、ぐっと小さなこぶしを握ってみせる。

もう自分は、あの頃の自分ではない。

命を狙われてまで義理立てする必要も感じない。

「でも僕は、ばっちり見ちゅけてやったでちゅよ！　父上たちの、ひみちゅを！」

「クリプシナ夫妻の秘密？」

「大人のオモチャとかかな？」

ギロリとフランツを睨んだレオンハルトに、ユーチアは小首をかしげて尋ねた。

「レオちゃま。大人のオモチャってなんでちゅか？」

「フランツの宝物だろう。続けてくれ」

「僕が見ちゅけたのは、ふちぇ、不ちぇい取引の、裏帳簿でちゅ」

「不正取引の裏帳簿!?」

かなりスムーズにユーチア語を解《かい》するようになってきたレオンハルトが、眉根を寄せてユーチアを見た。

おそらくその鋭い視線もまた、『子供をギャン泣きさせる』という目つきなのだろうけれど……ユーチアには、頬をポッと染めてしまうくらい格好よく感じる。

「このドキドキ。恋ゆえに」

「ん？」

「はっ！　んもう！　幼児は、ちゅぐ理ちぇいより感情を優ちぇんちゅる！」

「え？　えーと……幼児はすぐ、理性より感情を優先する？」

「ちょこは訳ちゃないでだいじょぶでちゅ、レオちゃま」

ユーチアはぷるぷる顔を振って気合いを入れ直し、「ユーチアよ、理ちぇいの権化となれ！」と心で呪文をかけて――それもすべてダダ洩れていたが――話を続けた。

「ちょの帳簿から、父上と継母上が裏商売《ちょうばい》をちているこ とがわかったのでちゅ。ちょれはクリプチナ家だけじゃなく、複ちゅうの貴族《じょく》が結託ちて行っているようでちた」

「……どんな商売を？」

「多岐にわたりまちゅ。あくち、あくちちゅな、ちょう団と」

「悪質な、商団か？」

「ちょうでちゅ！　あくちちゅなちょう団と取引ちて、父上や仲間の貴族《じょく》たちは、大金を得ているのでちゅ」

対価を得る代わりに、商団が安価で仕入れた粗悪品の流通を目こぼしする。その内容は小麦や茶葉といった食品から、武器防具などの軍需品《ぐんじゅひん》まで幅広い。

一方で、粗悪品をつかまされた客の買い替えを狙って、良質な品の販売ルートを押さえて買い占め、高値で転売するということもしていた。

身元が割れぬよう複数の売人をあいだに挟んでいる上に、国政にも携わる高位貴族が何人も共謀《きょうぼう》しているから、ことが露見する恐れがあれば揉み消すだけの、地位と権力もある。

国民の生活の基盤を揺るがす、悪質極まりない金儲けだ。

だがその事実を知っても、クリプシナ家にいた頃のユーシアは無力だった。親の言いなりになって閉じこもっているだけの自分に、できることなど何もない。そう思っていた。

けれど今は――。

「ぷはーっ。じぇんぶバラちてやりまちた！　気分ちゅっきり！」

レオンハルトとフランツに両親の悪事をぶちまけたユーチアは、頑張った証として額に浮いた汗を、「ふいーっ」と大満足で拭った。

しかしスッキリしているユーチアとは対照的に、二人の表情は厳しい。

フランツが、「レオンハルト様……もしや」と口をひらくと、レオンハルトも「ああ、おそらく」

と首肯を返した。

そうして、きょとんとしているユーチアに顔を向けた二人の目には、怒りとも興奮とも取れる、強い光が浮かんでいたが……。

「ありがとう、ユーチア」

「あなたは天から遣わされた、我々の守護天使です！」

唐突に礼を言われて、ユーチアはビクッと身をすくめた。

「ぼ、僕はただの、クリプチナ家から来たユーチアでちゅよ？」

「ユーチア」

フランツに反論していると、レオンハルトから改まった様子で名を呼ばれた。

あまりに二人の反応が不可解なので、ユーチアは警戒しながら「はい」と返した。

「なんでちょうか。お嫁入りの撤回なら、受けちゅけまちぇん」

「いや、そうではない。実は我々の領地でも、武器防具の粗悪品が出回り問題になっていたのだ」

「ええっ！　王都だけではないのでちゅか⁉」

「ああ。今や各地から報告が上がっている」

「父上たち……ちょんなに手広く悪ちゃをちてたのでちゅか……」

「粗悪品が出回ること自体は、これまでにも幾度もあったし珍しいことではない。だが今回は流通規模がまるで違う。だから、広域の販路を得るために、悪質な商人たちが手を組んだのかもしれないと考えていたのだが」

フランツが腕を組み、うんうんとうなずいた。

「ユーチア様の話が本当なら、驚きだけど腑に落ちますよね。貴族派の連中には以前から、『非合法な遊び』で金儲けをしているという噂があるし」

「本当でちゅよ！　だてに長いこと、引きこもりをやってないのでちゅ」

フンスと小さな鼻で鼻息荒く胸を張ると、レオンハルトにまた名を呼ばれた。

「ユーチア。我々のほうでもこれから調査に入るが、何か……クリプシナ伯爵らの不正を暴く手がかりになりそうなものに、心当たりはないだろうか」

「ありまちゅよ」

「『あるのか!?』」

主従の声がそろった。

質問はしたものの、よい答えは期待していなかったのだろう。

ユーチアは「えっへん」と立ち上がり、腰に手をあてた。

「裏帳簿を読んだとき、割符が挟《はちゃ》まっていたのでちゅ。おっきな取引のときは、割符がちゅかわれるということも書かれていまちた。その割符には暗号で、取引の日時や内容などが書かれているのでちゅ。なので」

「それを手に入れられさえすれば、取引現場を押さえられるということか」

「ちょの通りでちゅ！　ちゃちゅがレオちゃま！」

「大きな取引ならば、売人もそれなりの大物が出てくるでしょうから……吐かせれば有意義な情報を入手できそうですね！」

「そうだな。吐かせるのは俺たちの得意分野だからな」

フフフと笑い合う主従。悪者を捕まえる側なのに、とっても不穏な空気を醸《かも》しているのはなぜだろう。

が、やはり二人同時に、我に返ったように真顔になった。

「しかし、どうやってその割符を入手するかが問題だ」

「都合よく道に落としてくれるものでもないでしょうしねえ」

二人が話しているあいだに椅子に座り直したユーチアは、おえかきセットを使って書きものをし、

「んー」と内容を確認してから、「よち」とうなずいた。

「レオちゃま。フランチュちゃん」

「ん、どうした？」

「なんですか？　ユーチア様」

「これ、情報ちゅうちゅうにお役立てくだちゃい」

ユーチアが今書いたものを両手で差し出すと、二人そろって覗き込み、「「これは」」と目を瞠る。

子供をギャン泣きさせるという眼光を宿したレオンハルトが、ユーチアを見た。

「モートン侯爵、アルタウス伯爵、フーデマン伯爵……ユーチア、これはもしかして」

「父上の取引仲間と思われる人たちでちゅ」

フランツが「おお！」と興奮した声を上げる。

「どうして知ってるのですか、ユーチア様！　これも帳簿に載っていたのですか⁉」

「帳簿には頭文字《かちら》だけでちたけども、クリプチナ家に出入りちていた貴族《じょく》の中で、過去に急に領地経営でちゅごい利益を上げたとか、疑わちいお金の流れがある人で、頭文字も合う人は、ちょの人た

ちでちゅ」

「ユーチア、すごいじゃないか」

嬉しそうなレオンハルトに頭を撫でられ、ユーチアはポポポッと頬を赤らめた。

「お役に立てたら、うれちいでちゅ。ヨメでちゅから」

「よし。とにかく目下の急務は、バイルシュミットで悪質な商品を流通させている者を見つけることですね。今のところ尻尾を摑めていないのが悔しいですが」

フランツの言葉に、レオンハルトも「そうだな」とうなずく。

「これからは同時進行で、ユーチアが教えてくれた貴族たちのことも調査しよう。奴らがこの商売の総元締めなら、そちらから探ったほうが早いかもしれん」

「ですね。こちらの動きを絶対に察知されないよう、情報班に徹底させます」

二人がてきぱきと仕事の段取りをつけていくのを、ユーチアはおとなしく座って見ていた。

「おちごとの邪魔をちてはダメ」

わざわざ口に出さずともよいのに、なぜ幼児は言葉にせねば気が済まないのか。

あまり考えないようにしていたが、この状態が長く続くと、思考まで完全に幼児化してしまうのではと怖くなる。

精神状態はすでに幼児化が著《いちじる》しい。

すぐ泣くし、心の声はダダ洩れだし、すぐ泣くし、すぐ泣くし……。

「……まじゅい……このままでは、まじゅい」

レオンハルトが嫁入りを承知してくれたのも、号泣しながら駄々をこねるという、ある種の脅迫ゆえだったし。

　そんな卑怯な手段で手に入れてしまったヨメの座だが、幼児のままでは非常に危うい。

「でも元に戻っても、ユーチアでちゅからねぇ……おっきくてもちっちゃくても、パッとちないのは同じ」

　やれやれと小さな肩をすくめていたら、レオンハルトが気がついて、「どうした？」とユーチアの机に肘をついて覗き込んできた。

　冷徹な青い瞳に至近距離で見つめられ、ユーチアは「ひゃっ！」と頰に手をあてる。

「イケメン攻撃っ！　あうぅ、メロメロになるぅ」

「何言ってるんだ？　それよりユーチア。きみにお礼をしないとな」

「お礼？」

　眼前に迫るイケメンにメロメロになっていたユーチアが、我に返って訊き返すと、「ああ、そうだ」とレオンハルトが目を細めた。

「とても貴重な情報をもたらしてくれたんだ。ご褒美は何がいい？」

「ご、ご褒美！」

　思いがけない言葉に、ますます頰が火照る。

　クリプシナ家にいた頃ケイトリンが、成績が上がったとか、舞踏会で上手く踊れたとか、何かにつけ『ご褒美』をもらうのを見ていた。そこには家族だけが持つ親しさや気兼ねのなさがあって、ユーシアには縁がないと思っていた光景だった。

「ど、どうちよう」

にわかにドキドキして、嬉しいけれど緊張して、何をおねだりすればいいものやら、わからない。

「あの……僕、何もいりまちぇん。レオちゃまがご褒美なので」

「俺が？　そんな馬鹿な」

目を丸くするレオンハルトの隣で、「そうですよユーチアア様」とフランツが笑う。

「俺なら金塊をねだります！」

「流れ星にでも祈るんだな。……なんでも言ってみろ、ユーチア」

「えっと、えっと……」

懸命に考えるうち視線が泳ぎ、机の上のおえかきセットに目が行った。

途端、大事なことを思い出し、ユーチアは思わず「あーっ！」と大声を上げてしまった。

レオンハルトたちが「うおっ」と驚きの声を上げる。

「『どうした⁉』」

「わちゅれものをちてきちゃいまちた……」

「忘れ物？　部屋にか？」

「いえ、クリプチナの家にでちゅ」

「何を忘れたんだ？　大事なものか？」

「絵本でちゅ。母方のお祖父ちゃまの、形見なのでちゅ」

ユーシアの祖父、リフテト子爵家のリュディガーは、ミスティア亡きあと、クリプシナ伯爵家となった。

――具体的にはユーシアの父マティスと、そして後妻に入った継母のキーラとの仲が、険悪な状態となった。

リュディガーから見ればマティスは、リフテト家から贈られた莫大な財を手にするや態度を豹変させ、溺愛していた愛娘を不幸にし死に追いやった、憎い仇だった。

両家の対立は周囲と政治を巻き込む大騒動となったが、結局リュディガーは、マティスの陰湿さと人脈に敗れた。

ハンナは「リュディガー様は謀反の罪を着せられたのです。冤罪です！」と、思い出しては激怒していたが——歴史的に不仲な某国に、自国の情報を流した罪に問われたのだという。

子爵家は財産没収の上で取り潰し。リュディガーは憤死し家門は離散という、悲惨な結末となった。

そういう経緯があったから、父はよりいっそう、ミスティア似のユーシアを疎《うと》んじたのだろうけれど。

祖父が亡くなったのはユーシアが本当に幼児だった頃で、直接会ったこともないから、正直、形見としてはピンとこない。

しかしミスティア付きの侍女だったハンナとレーネに、「必ず孫に渡してくれ」と託してくれたという絵本なのだ。

カエルのお姫様が人間の王子様に恋をするという内容の、取り立てて変わったところのない本だったが……ユーシアにとっては『家族が自分のために贈りものをくれた』という点で、とても大切なのだ。

ハンナたちも普段ならしっかり持たせてくれただろう。けれどあまりに忙しない旅立ちだったので、きっと失念していたのだ。

ユーチアの説明を聞いて、レオンハルトは「うーむ」と眉根を寄せた。

「なんとか理由をつけて、送ってもらうか……？」

『ユーシア様は行方不明』なのに、なぜその本の存在を知っているのかと怪しまれませんか」

フランツも思案顔だ。

ユーチアはあわてて両手を振った。

「いいのでちゅ、だいじょぶでちゅ！　あ、ちょうだ！　代わりにレオちゃまが、絵を描いてくだちゃい！　ご褒美は、ちょれがいいでちゅ」

ギョッとするフランツの横で、レオンハルトが「そんなものでいいのか？」と首をかしげた。

「なんの絵がいいんだ？」

「カエルのお姫ちゃまと、人間の王子ちゃまをお願いちまちゅ」

「そういう絵本だったのか？」

「はい」

話しながら早速描き始めたレオンハルトと、ワクワクしながら見守るユーチアに向かって、フランツの口から「こ、この夫婦は……またも魔物を召喚するつもりか」と怯えたような声が洩れる。

「……よし。これでいいか？」

「わあぁ！」

色滑石を使ってカラフルに仕上げられたその絵には、フランツの言葉通り、二体の魔物と呼ぶに相応しいものが描かれている。頭上には、そこだけやけに写実的な冠が載せられており、それがさらなる異様さを醸し出していた。

しかし生首てるてる人形の恐ろしさを恋の力で克服したユーチアの目には、その絵は素晴らしい芸術作品に映った。

「ちゅごい！　レオちゃま天ちゃい！　魔除けになりちょう！」

「俺の才能を理解してくれるのは、ユーチアだけだな」

「この夫婦こえーよ……」と心なしかゲッソリしているフランツをよそに、レオンハルトが「そうだ」と何か思いついた様子でユーチアを見た。

「明日、一緒に街に出よう」

「街にでちゅか？　……いっちょに!?」

「ああ。魔素研究所があるから、ユーチアの躰を元に戻すヒントでも見つかれば」

「いっちょにー!?」

「あ、ああ。もちろん一緒に」

「ちょ、ちょれは、もちやちょれは……ご本で読んだことのある、あの、あの」

ユーチアはプルプル震え出し、じわっと瞳を潤ませた。

「デート！　デートというやちゅでちゅねー!?」

「は？」

「初めてのデート……初めてのー！」

「お、落ち着け」

「初めての……夫婦の共同ちゃ業……。きゃっ！　はじゅかちい！」

魔物図のような魔除けの絵を抱いてはしゃぐユーチアと、困惑するレオンハルトを見ていたフランツが、「なんか」と呟いた。

「ほんとに良い夫婦になりそうじゃん」

◆ ◆ ◆

ユーチアがフランツに連れられて執務室を出て行くと、静かになった室内に、窓を叩く雨の音が戻ってきた。

「――さて」

レオンハルトは仕事を再開すべく、書類が積まれた机に向き合った。

椅子に座ると、仕事机の向こうに置かれたユーチア用の机と椅子が目に入る。

なんの変哲もない、レオンハルトが間に合わせで作った机と椅子。なのにユーチアは、白い頬を桃みたいに染めて大喜びしていた。

自然、ユーチアが小さな手で真剣にお絵描きをしていた様子や、レオンハルト作のてるてる人形と『カエルのお姫様』の絵を抱えて、「デート！」と大はしゃぎしながら自室へ案内されていった姿が思い出されて、フッと小さく声を洩らして笑ってしまう。

しかしすぐに、（何をニヤついているのだ、気持ち悪い）と自分を戒《いまし》めた。親でもないのに幼児の愛らしさを思い浮かべてニヤニヤするなど、変質者のようだ。

（……だが、中身は成人なのだよな）

ユーチアと話せば話すほど、彼は嘘をついていないと信じる気持ちが強くなった。八割強信じるとユーチアに言ったけれど、今では感情的にはもう十割、信じている。

引っかかるのは、いきなり二十歳の青年が幼児になったという現象に答えが欲しいからだ。

（考えられるとしたら、魔法くらいだろうが……）

大人が子供になる。そんな魔法は聞いたことがない。が、ほかに手がかりもない。

ゆえにレオンハルトは、魔素研究所に頼ろうと考えていた。そこの副所長は、魔素研究の第一人者だからだ。彼ならばこの現象に説明をつけてくれるかもしれないし、ユーチアがユーシアに戻る方法にも心当たりがあるかもしれない。

そこまで考えたとき、またもレオンハルトの脳裏に、はしゃぐユーチアの愛らしい笑顔が浮かんだ。思わず口元が緩んでしまい、意味もなく咳払いなどして再び表情を引き締める。

レオンハルトは子供が嫌いではないが、子供のほうは大抵レオンハルトを恐れる。だから……懐いてくる子供がこんなに可愛いものだとは、知らなかった。

中身は大人なのだとわかっているけれど、あれほど無邪気で純粋な性質の成人男性というのも、それはそれで稀有《けう》な存在だ。

（あの無邪気さは、演技ではなかった）

これまで幾度も腹黒い者たちと渡り合ってきた経験から、よからぬ企みも欲得《よくとく》ずくの嘘も、見抜く自信がレオンハルトにはある。たとえ相手が子供でも、だ。

だがユーチアは……見抜くまでもなく、むしろこちらが怯むほど、心を隠さず飛び込んできた。

初対面のときから泣かせてばかりいるから嫌われているかと思いきや、なぜだかびっくりするほど好かれているのが予想外すぎて、彼の好意をフランツ曰く『全否定』してしまい、また泣かせてしまった。それでもなお、ユーチアの態度は変わらなかった。

あれほど懐かれれば、情も湧く。

権勢のある伯爵家の子息だというのに、レオンハルトが作った素朴な机と椅子に目を輝かせて、玉座を与えられたみたいに大切そうに、そっと撫でていた。

てるてる人形を作るというだけで飛び跳ねて喜んで、些細なことに感動してもいた。

そうした反応のすべてが、クリプシナ家で彼がどれほど粗末に扱われてきたかを物語っていた。

もともとクリプシナ伯爵を嫌悪してきたが、実の息子に対する冷酷な仕打ちを知った今では、はらわたが煮えくり返って地の果てまで蹴り飛ばしても飽き足りない。

（ひどい環境で、よくぞあれほど真っ直ぐ育ったものだ）

レオンハルトももう、ユーチアを――そしてユーシアを、送り返そうとは思っていない。実家で苦労してきたぶんまで、大切に見守ってやりたいとすら思っている。保護者として。

そう、保護者としてだ。やはり中身はどうあれ見た目が幼児では、妻として見ることはできない。

それでも約束は約束だ。クリプシナ家の子息を娶るという約束を信じて大変な思いをしながらやって来たユーチアを、これ以上泣かせるわけにもいかない。レオンハルトの妻の座はどうせ空席なのだから、ユーチアが望むなら、その座は彼のため空けておこう。いつか、やはりそんな座はいらないと考えが変わるのだろうから、そのときまで。

そこまで考えて、レオンハルトは苦笑を洩らした。

結婚なんてどうでもいいと思ってきた自分に、ある意味人生で初めて真剣に結婚に向き合わせているのが、幼児のユーチアだとは。

（不思議な子だな）

ユーチアの無邪気さと小さな手に、レオンハルトの心は、しっかりつかまれてしまったようだ。

第三章　初デートにて

翌日は、朝から言うことなしの快晴だった。

雲ひとつない水色の空は、春らしくほんのり霞《かすみ》がかっているけれど、眩しい陽射しはアイレンベルク城の城主の間を明るく照らし、レオンハルトの隣に立つユーチアのやわらかな髪や頬をも、つやつやときらめかせている。

そして今、そんな二人を見ているのは、使用人の代表者たち。

家令のイグナーツ、騎士団長のバルナバス、侍女長のゲルダ、侍従長のフィリベルト、料理長のベティーナ。

彼らはそれぞれの担当分野の長であり、レオンハルトの信頼も厚い面々である。

その彼らは、今。

「――というわけで、皆も承知の通り、クリプシナ伯爵家の令息ユーシアが、我がバイルシュミットのアイレンベルク城に嫁いでくることになっていたわけだが。実は彼がその、ユーシア・クリプシナだ」

「「「え」」」

みんなそろって、『今、なんて言いましたか？』の顔になった。

そこへすかさず、頬を桃色に染めたユーチアが進み出て、ぺこりと頭を下げる。

「ユーチア・クリプチナでちゅ！　よろちくお願いちまちゅ！」

「「「え？　え？」」」

みんなそろって、『どういうこと？』の顔になった。

何かのネタだろうか？　と困惑する彼らに、レオンハルトが追い打ちをかける。

「彼はどういうわけか幼児の姿になってしまったが、本来は二十歳の青年だ」

「二十歳⁉」

「幼児の姿になったって」

「そんな馬鹿な」

「どういうわけかって、どういうわけですか⁉」

皆の驚愕と疑問が噴出し、質問とレオンハルトへのツッコミが殺到した。

が、レオンハルトがじっと見つめ返しただけで、ビシッと折り目正しく背筋を伸ばし、元通りに横並びする。

長く仕えて主《あるじ》の人柄を知る彼らは、レオンハルトの迫力の目つきにも慣れている。そして彼が真剣に何かを話すときは、その眼光がさらに鋭くなることも知っているのだ。ゆえに皆の中に、『これはネタでも冗談でもない』『本気で話しているようだ』という共通認識が生まれた。

——が、それはそれとして。

「にわかには信じがたい話です……」

これまでユーチアの身の回りの世話をしてくれてきた侍女長ゲルダが、当惑しきった様子でユーチアを見つめてくる。

壮年の騎士団長バルナバスが、レオンハルトの斜め後方に控えている副団長のフランツに、「おい、フランツ！」と助けを求めた。

「この子を……いやユーシア様？　をお連れしたのは、お前だったな！　どういうことか説明しろ！」

「そう言われましても、レオンハルト様のご説明通りなので」

「レオンハルト様の説明じゃわからんから訊いてるんだ！」

「む。何がどうわからんのだ？」

「どこもかしこもわかりません」

　眉根を寄せたレオンハルトに、いつも穏やかな家令のイグナーツも物申し、騒然としてきた。そんな中、侍従長のフィリベルトが、冷静さを失わぬ声でレオンハルトに問いかける。

「それで、レオンハルト様。この方がユーシア様だと仮定して、これからどうなさるおつもりですか？　とても二十歳には見えませんし、ご結婚のお話は白紙ですか？」

「ん？　いや、妻にするということに」

「「「はあぁぁ!?」」」

　主相手だろうが遠慮なしに、驚愕と非難の声が上がった。

「それはマズイです！」

「今ですら怖がられがちなのに、本物の犯罪者扱いされますよ！」

　主を諫《いさ》めようと必死の彼らだったが、その視線を幼児へ移した者から順に、「あ」と気まずそうに口を閉じた。

　さっきまで嬉しそうに頬を染めて皆を見上げていた子供が、今は小さな手をギュッと握って、必死に涙をこらえていることに気づいたからである。

その顔を見た大人たちが「まずい」と気づいたときには、綺麗な琥珀色の瞳いっぱいにたまった涙が溢れ出し、なめらかな白い頬をぽろぽろと転がった。

「うぅ、ご、ごめんなちゃい」

しゃくり上げながら声を発するたび、新たな涙がこぼれ落ちる。

「僕、僕が、おヨメ入りちたいって、ワガママ、言ったのでちゅ。レオちゃま、悪く、ありまちぇん……」

「ユ、ユーチア様っ」

『訳アリの貴族の子息ユーチア』と説明されていたゲルダが、あわててハンカチを取り出した。

「どうかお泣きにならないでください」

「ごめん、なちゃい。レオちゃまが、僕の、ちぇいで、変態あちゅかいに、ううぅ」

「いや、変態とは言われてないから大丈夫だ、泣くな」

レオンハルトのフォローも及ばず。

「うあぁん！　ごめんなちゃい、ごめんなちゃいぃぃ！」

「俺の説明が悪いせいだ。泣くな」とレオンハルトが抱き上げても、その胸元に顔を押しつけるようにして号泣が止まらない。

自分たちの言葉のせいで大泣きさせてしまった幼児に――中身は成人だと説明されていたとしても――罪悪感をおぼえずにいられるほど冷たい者は、この場にいなかった。

「うおぉ、ほんとごめん！　ほんとごめんなーっ！　バルおじちゃんが悪かった！」

「そうです。悪いのはバルナバス団長であり、あなた様は何ひとつ悪くありません」

「てめ、フィリベルト！」

「うあぁぁん！」

「しーっ。団長、大きな声を出すとビックリさせてしまいますよ。ほらご覧ください、ユーチア様。イグナーツが手品を見せてさしあげましょう」

「それより甘いものよね！　このベティーナが、とっておきのプリンを作ってさしあげまちゅよー」

ひっく、ひっく、としゃくり上げるユーチアが、涙をこぼしたままベティーナを見た。

「ぷりん……？」

たちまち、皆がそこへ食いつく。

「そう、プリンだ！　ベティーナ、今すぐバケツくらいあるプリンを持ってこい！」

「それは無理に決まってます。でもユーシア様？　じゃなくてユーチア様かしら？　そのぷりぷりほっぺとお揃いみたいなプリンを作りまちょうね」

「うっ、ううっ、うえぇぇえん」

止まったと思った涙がまた決壊した。

狼狽《うろた》える大人たちを離れたところから眺めて、必死に笑いをこらえていたフランツが、「もっと良い慰め方がありますよ」と声をかけると、皆の視線が彼に集中する。

バルナバスが吠えた。

「なんだ⁉　早く言え！」

フランツは「はいはい」と彼らの前に進み出て、レオンハルトにゆらゆら揺らされながら抱っこされているユーチアに優しく言った。

「ユーチア様。みんなユーチア様のおヨメ入りを応援してくれるそうですよ？」

「うえぇん……お、おヨメちゃ……？」

「そうです。あなたがレオンハルト様のおヨメちゃんになっても、レオンハルト様が悪く言われないように彼らが支えてくれます。……ですよね、皆さん？」

涙をいっぱいにためたユーチアに見つめられた面々は、「そう、それ」「その通り」とブンブンうなずいた。

正直、いいのかこれで、という疑問もあるにはあったが……。

「あ、ありがと、ごじゃいまちゅ……！」

涙に濡れた顔が、花ひらくような愛らしい笑顔に変わったのを見たとき——。

とにかくこの子の笑顔を優先しようと、全員の意見が一致したのだった。

✦
✦
✦

「本当にごめんなちゃい、レオちゃま……」

レオンハルトと手をつないで城の回廊《かいろう》を歩きながら、ユーチアは何度も謝罪を繰り返した。

そのたびレオンハルトは、優しく目を細めて「気にするな」と言ってくれる。

彼の手はユーチアの手をすっぽりつつみ込めるほど大きくて、剣を持つ人の硬さで、傷跡もあって、けれどとても心地よいあたたかさで。

長い脚が、チョコチョコと歩くユーチアの速度に合わせてゆっくり歩を進めてくれているのも、ユーチアの胸をキュンとさせる。

好きな人に抱っこされたり、手をつないでもらったり……恋を知ったユーチアにとってはトキメキが止まらない体験ばかりだというのに、その都度号泣している気がして情けない。

先刻だって、この城でお世話になる人たちに対してユーチアが初めて本当のことを明かす、大事な機会だったというのに。

「めんどくちぇーヨメだじぇ！　と思われちゃったでちょうね……」

つないでいないほうの手に、みんなが寄ってたかって菓子を詰め込んでくれたミニバッグを持ちながら、ユーチアはため息をこぼした。

しかしレオンハルトは、なぜか笑みを深めている。

「ちっとも面倒くさくないぞ？」

「レオちゃま……どうちてちょんなに、やちゃちいのでちゅか？　レオちゃまが変態呼ばわりちゃれる原因を、ちゅくっている僕でちゅのに」

「変態呼ばわりされることは確定なのか？　まあ、勝手を言う奴はどこにでもいる。言いたい奴には言わせておけ。あまりに目に余るようなら、とっ捕まえて礼儀というものをきっちり教えてやるし」

「とっちゅかまえて……？」

「ほらユーチア、馬だぞ」

言われてユーチアが目を向けると、回廊の先に馬の運動場が広がっていた。

今は自由時間なのか、素人のユーチアから見ても毛艶《けづや》の良い、立派な体格の馬たちが、ポカポカした陽射しを受けてのんびり過ごしている。

草を食《は》む親馬の隣には、馬着《ばちゃく》をつけた仔馬もいて、その愛らしさにユーチアは思わず「わあ！」と声を上げた。

「レオちゃま、仔馬でちゅ！　可愛いでちゅねぇ」

大きな声で驚かせるといけないので声をひそめつつも、初めて見る仔馬に感動するあまり、その場でぴょんぴょん飛び跳ねていると。

ユーチアを見下ろすレオンハルトの口から小さな笑い声がこぼれて、「おいで」と抱き上げられた。

そうして目線をぴったり合わせて、深い青の瞳が覗き込んでくる。

「ユーチアだって、ウサギの子みたいで可愛いじゃないか」

「かわっ⁉」

ドキッと心臓が大きく跳ねた。

ユーチアは胸から心臓が飛び出したかと思い手で押さえる。が、幸いそんな異常は起きていなかった。しかし小さな胸を内側から忙しなく叩く、早鐘みたいなドキドキは止まらない。

「く、くるちいぃ」

「なんだと⁉　苦しいのか⁉」

「くるちい……レオちゃまがイケメンちゅぎて……！」

「は？」

「ちょんな、息ちゅるようにおちぇじを言うなんて。ちゅみちゅくりでちゅ。イケメンはこれだから！」

「罪作りって。お世辞じゃないぞ。誰が見たってユーチアは可愛いだろう」

「はううっ！」

ドキドキ攻撃の連続に耐え切れず、ユーチアはレオンハルトの首に抱きついた。

「もうダメでちゅ……結婚ちて」

噴き出したレオンハルトが、からかうように言う。

「今さら。嫁入りするんだろう？」

「楽しそうですね。なんの話ですか？」

セミのようにレオンハルトにしがみつくユーチアの背後から、よく知る声がかけられた。

振り返ると、フランツがニコニコしながら、ひときわ体格の良い馬を二頭引いてくる。そうして手綱をひょいと持ち上げ、「準備できましたよ」とレオンハルトを見た。

「俺を筆頭に、厳選された優秀な騎士がお供します。彼らにはバルナバス団長が、『いいか、これから何を見ても聞いても驚くな。お前たちが心得ておくべきはただひとつ、【レオンハルト様は変質者ではない】それだけだ！　考えるな、信じろ！』と訓示《くんじ》を垂れていたので、ご安心ください」

その言葉にユーチアが小首をかしげていると、ガヤガヤと賑やかな声と共に、フランツと同じ騎士の制服を着た男女が四人やって来た。

彼らはレオンハルトに挨拶しようとしたが、抱っこされているユーチアに気づくと、「あっ」と顔をほころばせた。

「レオンハルト様、その方が噂のお預かりしているというご子息ですね？」

「キャー！　うそ、可愛すぎるー！」

「全然似てない……ウサギとヒグマくらい似てないのに、なぜ隠し子だという噂が流れたんでしょうね」

「実物を見てないからだろう」

口々に話しながらユーチアを見つめてくるので、ユーチアは内心、とても焦った。

こちらから挨拶したいけれど、先ほどバルナバスたちに挨拶をして失敗したばかりなので……どう自己紹介すれば、レオンハルトに迷惑をかけずに済むのかわからなかった。

筋肉が盛り上がっている肩に手をかけ、おどおどしながらレオンハルトを見ると、ユーチアの気持ちを読んだみたいに、力強い首肯が返った。

「好きなように話したらいい」

「う。で、でも……」

その間、ユーチアに群がる騎士たちに、フランツが「こらー自己紹介が先だろー」とのんびり注意すると、彼らは「そうでした、失礼いたしました！」と背筋を伸ばし、左腕を胸に、右腕を背後に回してお辞儀する。

しかし焦っていたユーチアは、彼らが名乗る前に、「あの、あの！」と割り込んでしまった。

「ユーチア・クリプチナでちゅ」

それだけ言うと、騎士たちが「ユーチア様ですね」と目尻を下げた。

女性騎士が「本当に可愛い！」と明るい笑顔でフランツを見る。

「バルナバス団長が変なことを言うから、何ごとかと思っていたんですよ」

「ユーチア様は、観光にいらしたのですか？」

別の男性騎士から訊かれて、ユーチアは「違いまちゅ」と首を横に振った。

「おヨメ入りのため来まちた」

「「え？」」

ユーチアは「はっ！」と両手を口にあてた。

「ちっぱいー！　んもう、幼児めー！」

頭を抱えてレオンハルトの肩に顔を伏せると、レオンハルトがクスクス笑いながら口をひらく。

「彼はユーシア・クリプシナ。なぜか幼児になっている二十歳だ。つまり俺の嫁さんだ」

「「……え？」」

またも困惑と驚愕が広がらんとしていたが、先にユーチアがピクリと反応した。

「俺の、ヨメちゃん……。なんてちゅてきな響き」

「ユーチア？」

「レオちゃま、もお一度お願いちまちゅ。俺のヨメちゃんって」

「俺の嫁ちゃん」

「ひゃあーっ！　ドキドキちゅる、ドキドキちゅるーっ！」

恥じらい、赤くなった顔を両手で隠して悶えるユーチアと、楽しそうに笑うレオンハルト。

いきなり二人の世界に入ってしまった主と幼児を前に、驚く隙を逃した騎士たちの肩を、フランツがポンポンと叩いた。

「……フランツ副団長……この状況、我々はどう受け止めれば……？」

呆然とした問いかけに、フランツは「本当のことだから、そのまんま受け止めてあげて」と苦笑した。

「バルナバス団長が言った通りだよ。『お前たちが心得ておくべきはただひとつ、【レオンハルト様は変質者ではない】それだけだ！　考えるな、信じろ！』ってね」

レオンハルトとフランツの二人がかりで、『なぜかユーシアが幼児化してユーチアになりました』と騎士たちに納得させ――。

正しくは、納得するには無理があるけれども、主君《レオンハルト》がこんな荒唐無稽な嘘や冗談を言う性格ではないとよくわかっている上に、もれなく子供をギャン泣きさせてきた主君に愛らしい幼児が懐きまくっているという、尋常でない事態に興味を惹かれ、ひとまず従うことにしたというのが正解のようだが――。

一行は、バイルシュミットの城下街へとやって来た。

湖上に佇むアイレンベルク城は、背後を急峻《きゅうしゅん》な山と森に守られ、三方に湖を見渡す。街はその湖の河口付近から広がり、城からかなり離れているので、馬か舟で移動するらしい。本日は騎馬での移動だ。

実はユーチアは、乗馬は初体験である。

貴族なら普通は乗馬を嗜《たしな》んでいるものだけれど、ユーシアにはその経験を積む機会が与えられなかった。嫁入りの旅もずっと馬車移動だったので、レオンハルトに抱き上げられ馬に乗せられたとき、最初はちょっと怖かった。

けれどレオンハルトの腕の中にすっぽりおさまってみれば、怖さなどどこかへ吹き飛んだ。

馬上から見る景色は見晴らしがよくて、アーチのように枝を広げる木々の葉も、いつもよりずっと近くに見える。梢《こずえ》を飛び交う小鳥たちとも目が合った。

レオンハルトの完璧な手綱さばきと、パッカパッカと穏やかな足運びに揺られて、広い胸に背を預ける心地よさ。自然にウトウトと眠くなる。

「眠いか？　魔素研究所に着いたら起こしてやるから、寝ててもいいぞ」

「はっ！」

ユーチアは目を開け、ぷるぷると顔を振った。

「いいえ、寝てちまったら起こちてくだちゃい！　レオちゃまとの初めてのデートで寝落ちなんて……ちぬまで泣いて後悔ちまちゅから」

「そんな大げさな。すでにあんだけ泣いたから疲れてるんだろう」

図星だ。号泣というものは、なかなかに体力を消耗するのだ。

「うぅ……幼児めー」

その声が聞こえたのか、フランツを含む騎士たちがクスクス笑う。

ユーチアは恥ずかしくなり、ボッ！　と頬を熱くしてうつむいた。が、レオンハルトに気にした様子はなく。

「まずは魔素研究所に着いたら、元に戻る方法がないか訊いてみるか？」

「もちろんでちゅ！」

ユーチアは小さなこぶしを握って、精いっぱい力強くうなずいた。

このまま元に戻れなかったら……と考えるだけでも怖くて、不安でたまらない。

それに小さいままでは、みんなに迷惑をかけてばかりだ。レオンハルトには変質者疑惑までかけている。

何より、この姿のままでは、レオンハルトの妻にはなれない。

優しい人だから約束を守って結婚してくれたとしても、いつかはやっぱり、大人の伴侶を望むだろう。

「うう……い、いちゅか、『やっぱり幼児なんてヨメにできっか！』と、気ぢゅいてはいけないいちんじちゅに気ぢゅいたレオちゃまが、べちゅの人を『俺のヨメちゃん』て呼ぶところなんて……み、見たくないぃ」

想像しただけで涙目になり、馬上で躰をよじってレオンハルトを見上げると、「へ？」と目をぱちくりさせている。

「張り切ってたのに、なぜ一瞬で落ち込んでるんだ？」

「ぼ、僕にもわかりまちぇん……もちやこれも、恋ゆえに？」

「どうなんだろう」

首をかしげる仕草が格好よくて、「ちゅてき」と呟いたら、今まで胸を占めていた悲しみがトキメキに早変わりした。

コロコロ変わる幼児の感情も、ときには役立つ。

ユーチアはおとなしく前を向く姿勢に戻り、手綱を持つレオンハルトの右手に両手を乗せた。大好きな人に触れていられることが改めて嬉しくて、「えへへ」とひとりでニコニコする。

その間にも、街がどんどん近づいてきた。

フランツに連れられて初めてこの地を訪れた際も、馬車の中から街を見てはいたけれど……こうしてレオンハルトと一緒に馬上から眺める光景は、ユーチアの目には何倍も輝いて見えた。

何かを焼く香ばしい匂い。活気に満ちた店主と客の声。

目抜き通りに並ぶ建物は、王都を出てくるとき目にしたものよりカラフルだ。赤や黄色や、青の石壁。それらもバイルシュミット特産の石らしい。

道端にはまだ積雪《せきせつ》が残っているけれど、道沿いにスイセンやクロッカスが咲き乱れ、街路樹《がいろじゅ》のコブシの花もほころんでいる。

ユーチアは目にしたことのないものばかりで、わくわくが止まらなくて、「あれはなんでちゅか？」と何度も何度も尋ねても、レオンハルトは嫌な顔ひとつせず、丁寧に教えてくれた。

そうこうしているうち、レオンハルト一行に気づいた領民たちが、笑顔で集まってくる。

「レオンハルト様、ようこそ！　ご視察ですか？　……って、あれ？」

さりげなく騎士たちにガードされ、いつもと様子の違うことに気づいた民たちが、レオンハルトの腕の中に子供がいるのを見て目を丸くした。

彼らから見ても、レオンハルトが子供を帯同しているのは、かなり珍しい光景なのだろう。

「あらあら、仔ウサギを抱っこされてるかと思いましたよ！」

「愛らしいご子息……ではないですよね？」

興味津々、もの問いたげに口をひらく者も多かったが、レオンハルトがよく通る低い声で「すまん、急いでいるので後日また皆の店に寄ろう」と告げると、笑顔で道をあけてくれた。

彼らの反応には、領主の辺境伯に対する敬意と親しみが見てとれた。レオンハルトは領民からも慕われているらしい。

ユーチアは、レオンハルト大好き仲間である（と認定した）彼らにも挨拶したくて、でもまた余計なことを言いそうだしと迷い、そわそわとレオンハルトを見上げていたが……。

すぐにまた馬が歩き始めたので、こちらを見つめる人々に馬上からペコッと頭を下げた。

「ちゃ、ちゃよなら」

舌足らずで恥ずかしいけれど、それだけ言って、にこにこ笑顔で手を振ると少し間を置いて、

「「「きゃーっ！」」」という興奮したような声が、背後で上がった。

「かかか可愛いーっ！　何あれ、何あれーっ！」

「やられた……一瞬にして魂レベルで癒された」

「やべえ。閃いた。俺あの子の饅頭作って売り出すわ。これは間違いなく大ヒット商品になる……！」

ユーチアにはよく聞こえなかったが、レオンハルトがぽつりと「ユーチア饅頭」と呟くと、フランツたちがブフォッ！　と同時に噴き出した。

◆
◆
◆

魔素研究所は街の中心部から少し離れた、閑静な場所にあった。

ユーチアは『研究所』という名称から、研究内容を漏らさぬためのいかめしい建物や、暗い部屋で素人にはよくわからぬ実験を繰り返す研究者たちなどを、想像していたのだが……。

実際に目にしてみれば、桃色の石壁が愛らしい、大きめの図書館という風情だった。小鳥たちがさ

えずる雑木林の中に佇む光景は、絵本の挿絵のようだ。

先に馬から降りたレオンハルトが、ユーチアのことも軽々と抱き上げ降ろしてくれたが、足が地面に着くことはなく。彼はそのまま片腕だけでユーチアを抱っこし、出入り口へと歩き出した。

その間にフランツたちが、馬を厩舎《きゅうしゃ》へ連れて行く。

ユーチアはあわあわと、火照る頬に手をあてた。

「ひゃー！　レオちゃまったら、抱っこの仕方《ちかた》までイケメンちゅぎまちゅっ」

「ん？　照れてる？」

「照れまくり、ドキドキちまくりでちゅ」

「ほんとだ、顔真っ赤。可愛いな」

くすくす笑う顔がまた、とびきり格好いい。

ユーチアは「きゃー……！」と声を洩らしながらその笑顔を見つめて、ドキドキする胸を両手で押さえた。が、ぷっくりとした、いかにも幼児という手が目に入ると、たちまちため息がこぼれる。

レオンハルトが手をつないでくれるのも、可愛いと言ってくれるのも、『俺の嫁ちゃん』と言ってくれるのも、あくまで幼児ユーチアに対してなのだ。

すぐに泣いて駄々をこねる幼児に根負けして、相手をしてくれているだけのこと。いちいち鼻息荒く喜んでいるのは自分だけ。

「僕……『言うこと聞かなきゃ号泣ちゅるじょ！』って、脅ちてるようなものでちゅからね……」

「ん？　何か言ったか？」

またもダダ洩れしたユーチアの心の声に、首をかしげたレオンハルトだったが、廊下の向こうから小走りで迎えに出てきた人物を見て、「クレール」と声をかけた。

「レオンハルト様、お待ちしておりました！」

嬉しそうに駆け寄ってきたのは、二十歳前後……ユーシアと同年代くらいに見える青年だ。肩まで伸びた黒髪をヘアバンドでまとめて、ヨレヨレの衣服の上に染みだらけのエプロンをつけている。

しかし懐っこそうなその笑みも、レオンハルトが猛禽《もうきん》類のごとき目で「忙しいところを悪いな」と詫びると、ビクリと一瞬こわばった。

もれなく子供をギャン泣きさせるというその目つきは、ときに大人をもビビらせるらしい。ユーチアから見れば、『冷徹な男の魅力』としか思えないのだけれど。

「凛々ちい……ちゅてき」

いつものように心の声をダダ洩らすと、それに気づいた青年がユーチアに視線を移し、「この方がユーチア様ですね？」とレオンハルトに確認する。

「ああ、そうだ。ユーチア。彼はこの研究所の副所長ショイブレ・クレール。まだ二十歳と若いが、魔素具の研究でめざましい成果を上げている。魔素の知識なら国中探しても、彼の右に出る者はいないだろう。そしてクレール。彼がユーシア・クリプシナだ。今はユーチアと呼んでいる」

「お褒めに与《あずか》り恐悦至極に存じます、閣下。そしてようこそ、ユーチア様」

改めてお辞儀をするクレールに、レオンハルトの腕から降ろしてもらったユーチアも、丁寧に頭を下げた。

「ユーチア・クリプチナでちゅ。おめめにかかれて光栄でちゅ、チョイブレ・クレープ副ちょうちょちゃま」

「チョイブレ・クレープ……副ちょうちょ」

「クレールだ、ユーチア。クレール副所長」

「ちっぱい」

ポッと赤くなったユーチアが両手で口を押さえると、目を丸くしていたクレールの顔に笑みが戻った。

「どうぞクレールとお呼びください。副所長はいりません、ユーチア様」

「ありがとおごじゃいまちゅ、クレー……クレールちゃん」

「こちらこそ、お会いできて光栄です。お話はレオンハルト様から伺っております。どうぞ、こちらへ」

建物には大きな窓が多く、廊下も陽射しがよく入ってとても明るい。そして至るところにさまざまな植物がある。

ユーチアが事前に抱いていた『暗いところで実験』というイメージとはだいぶ違うようだ。そう言うと、「それも間違いではないですよ」という答えが返ってきた。

火を点ける際に用いる灯火草、水を出すとき用いる水揺草に代表されるように、魔素具の大半が植物で、この研究所でも育てている。

それらの植物が好む環境を整えているので、温室や地下室で育てている植物も多くあり、ときには実験もするそうだ。

通されたクレールの部屋にも植物が溢れかえっていて、机や椅子の上には書籍と書類が山積みだが、クレールは何がどこにあるかを、きちんと把握しているようだった。

ユーチアとレオンハルトを椅子に案内したのち、クレールはお茶を淹れてくれた。そうして魔素についての話をしながら、必要な情報が掲載された本を迷いなく見つける様子を見たユーチアは、いちいち感心しきりだった。

長椅子にユーチアと並んで座るレオンハルトは、脚が短いユーチアが座りやすいようクッションで調整してくれながら、「ここの職員は魔素具の野外調査で留守にしていることも多いんだ」と教えてくれた。確かに、三人の話し声以外に聞こえてくるのは小鳥の鳴き声ばかりで、人の気配はない。

クレールが「今日も私ひとりです」と微笑んだ。

「今抱えている研究が終わったら、私も調査旅行に出たいのですが。でもユーチア様のお話をゆっくりお聴きするには、静かでちょうどよかったかもしれませんね」

そうして茶飲み話が終わったところで、レオンハルトが「さて」と話を切り替えた。

「ユーチア。今日はクレール副所長に、質問があるのだったな?」

優しく促されて、ユーチアは「はい!」と元気に答えた。

「ちゅぐ泣くのを直ちぇる魔ちょ具は、ありまちゅか!」

「いや、それじゃないだろう」

「あ」

すぐ号泣するのを直したいあまり、間違えてしまった。

「ちっぱい。やり直ち」と自分に言い聞かせ、キリリと言い直す。

「心の声がダダ洩れちゅるのを直ちゅ魔ちょ具は、ありまちゅか!」

「ユーチアが元の姿に戻る方法はないだろうか」

レオンハルトが正しい質問に言い直してしまった。

そうだった。ついさっき、その質問をすると話していたのに。

「幼児の言動はどうちてこう、自由奔放なの！」

頭を抱えるユーチアの肩にレオンハルトの大きな手が回り、優しくポンポンと叩いてくれた。

そんなユーチアとレオンハルトを、クレールは興味深そうに見ていたが、やがて「なるほど」とうなずいた。

「事前にレオンハルト様から、二十歳のユーシア様が三歳ほどの幼児になったと内密に伺ったときは、耳を疑いましたが。確かにユーチア様の会話の理解力は、子供のそれとは明らかに違いますね」

「ええっ！　ちょうなのでちゅか⁉　これで⁉」

「ほら、それ。本当の三歳は、成人した人間と自分の理解力の差についてなんて、考えられません。だってまだ、成人とはどんなものかを知らないのですから」

「じゃ、じゃあ、僕が幼児化ちたことを、ちんじてくれるのでちゅか？」

クレールは「もちろんです」と真面目な顔でうなずいた。

「この世には、きっとまだまだ多くの、私の知らない魔素具があり、魔法もある。ならば大人が子供になる魔法だって、ないとは言い切れません」

「魔法……」

ユーチアは、ぼんやりと呟いた。

魔法。

それはユーシアにとって、空に手を伸ばすようなものだった。

確かにそこにあるけれど、どれほど手を伸ばしても届かない。月や星や雲と一緒だ。

『貴族のくせに魔法をひとつも使えないお兄様との子を望む令嬢なんて、いるはずがないじゃない』

『魔法も使えないお兄様はいらない子なの。クリプシナ伯爵家の汚点なのよ』

不意に異母妹ケイトリンの言葉が思い出された。途端、たった今までウキウキと張り切っていたユーチアの心は急降下して、花が萎れるように、しょんぼりうつむいてしまった。

レオンハルトとて魔法を使えない者など娶れば、社交界で肩身の狭い思いをするだろう。

父から結婚話を聞かされたときは、ユーシアを娶るしかないほど困っているのかと、辺境伯に同情していたが。

とんでもない。

実際は、見目も中身も完璧な人だった。

彼ならばほかにいくらでも良縁があるだろう。

こんな謎の幼児との婚姻など、反故《ほご》にされて当たり前だったのだ。王様も責めはしまい。

「僕ったら……こんな大事なことをちゅごうよくわちゅれて、『ヨメにちろ！』とレオちゃまを脅迫ちてただなんて……ひどい。ひどちゅぎる！」

「どんな大事なことを都合よく忘れてたって？」

「はっ！　またダダ洩れちてた！」

ユーチアは両手で顔ごと口を覆って「うにゅーっ！」と呻いたが、洩らしてしまったものは戻せない。それどころかどうせまたダダ洩らすのだから、この際、正直に心の内を打ち明けることにした。

「レオちゃま。ちょれにクレールちゃん。僕には、魔ちょがないのでちゅ。ちんでんの魔ちょちょくていでも、皆無だって言われまちた」

「えーと、神殿の魔素測定で？」

クレールが机の向こうで首をひねる。

ユーチアはチラチラとレオンハルトの表情を窺いながら、「ちょうでちゅ」とうなずいた。

「なので、えと……魔法で幼児化できるような、ちょんなちゅごい魔法は、ちゅかえまちぇん」

「うーん。でも……」

そこで言葉を切ったクレールが立ち上がり、「ちょっとお待ちくださいね」とギチギチに本が詰まった書架へ歩いて行ったので、その間にユーチアは、一大決心でレオンハルトの袖をつかんだ。

「レオちゃま。こんな大事なことを言うのを、わちゅれていて、ごめんなちゃい」

「ん？　魔素がないってことか？」

「はい。こんな僕をおヨメちゃんにちたら、立派でかっこいいレオちゃまの汚点になりまちゅ。僕はちょんなことにも思い至らじゅ……卑怯にも涙を武器にちて、『ヨメにちろー！』とちぇまったのでちゅ……！　ばんちに値ちゅる！」

「万死には値しないだろう」

レオンハルトはプッと吹き出しているが、ユーチアは断頭台《だんとうだい》に上がる囚人のごとき心境で、「よいちょ」と靴を脱ぎ、長椅子の上に正座して、レオンハルトを見上げた。

「僕なんかをおヨメにちたら、レオちゃまが恥をかきまちゅ。だから、だから……お、おヨメ入りの、おはなちは……」

「……自分には魔素がないから、嫁入りの話は白紙にするって？」と、顔を傾け問うてくるレオンハルトの優しい声に、ユーチアは目を潤ませた。

「う、うぅ」

「ん？」

「うあぁん！　やっぱりダメでちゅ、心にもないことは言えまちぇーん！」

「あっはっはっ！」

思わずレオンハルトに抱きついて、分厚い胸にぐりぐり額を押しつけると、「素直が一番」と頭を撫でられた。

「クリプシナ家の令息には魔素がないらしいという話は、知っていたぞ？」

「ほあ!?」

「結婚相手の事前調査をしたことは話しただろう？　ほら、カビの生えた陰気な息子だと思ってたってやつ」

「カビ……何度聞いてもガーンでちゅ」

「生えてないのはわかってるって。そのとき、魔法が使えないという話も聞いていたからな。だから今さら気に病む必要はない。そもそも俺は、魔素の有無で人を差別する輩は好かん」

「え……」

ユーチアは思わず、レオンハルトの胸から顔を上げた。

貴族でありながらそんなことを言う人がいるとは、思いもしなかった。

そこへクレールが、「そうですよユーチア様」と言いながら、分厚い本を持って戻ってきた。……なぜか肩を震わせて。

「ぷふっ、すみません。お二人の会話があまりに微笑ましいものだから、ちょっとツボに入ってしまって……」

「えっ⁉ 僕が『ヨメにちろ！』とレオちゃまを脅迫ちたこと、聞いてちまったのでちゅか⁉」

「いえ、聞いてませんよ。聞いてませんとも！」

じーっと疑いの目を向けるユーチアの視線を避けるように咳払いをしたクレールは、「それよりユーチア様」と話を逸らした。

「レオンハルト様の魔法をご覧になったことはありますか？」

「あ。ありまちぇん」

言われて初めて気がついた。

レオンハルトと出会って以来、彼が魔法を使っているところを見たことがない。

クリプシナ家では、継母キーラやケイトリンたちが、ことあるごとに魔法を使っていた。

ただ、彼女たちの魔法は灯火草を使って火を点けるなどといったものだったけれど、普段の生活の中で、そんなにしょっちゅう火を点ける必要はなかった。明かりが欲しければ召し使いが用意してくれるのだから。

だから……ケイトリンたちが魔法を使ってみせた目的は、火を灯すことではなく、ユーシアに見せつけることだったのだろう。

ちょっぴり悲しくなったユーチアには気づかず、クレールが話を続けている。

「レオンハルト様は、大変珍しい『複数属性《ふくすうぞくせい》』の使い手なのですが」

「ちょうなのでちゅか⁉」

驚いた拍子に、ユーチアの心のモヤモヤが吹き飛んだ。

使える魔法の属性は、普通はひとつだ。だがまれに、魔素量を特に多く持ち、複数属性の魔法を操ることができる者もいると本で読んだが……レオンハルトはまさにそれらしい。

「ちゅごいー！　レオちゃま、ちゅごいー！」

思わず正座したまま椅子の上で弾むと、レオンハルトも巻き込まれて揺れながら「まあな」と髪を掻き上げた。

「俺はすごいんだ」

「自分で言っちゃうところも、かっこいいでちゅー！」

「でも本当にレオンハルト様はすごいんですよ。なにしろ水・氷・風の三属性の魔法を使えるのですから！」

「三⁉　みっちゅも⁉」

「そう。俺はすごいんだ」

「ちゅごちゅぎるー！」

「驚くのはまだ早いです、ユーチア様」

クレールもユーチアと一緒になって興奮しながら、補足してくれた。

「レオンハルト様の魔法は、驚くほど広範囲かつ長時間持続かつ細やかな応用まで可能という、極めて稀な強い威力を誇るのです！」

「おお〜……お？　……ちょれは……どういうことでちゅか？」

途中から話について行けなくなったユーチアが、躰ごと首をかしげると、クレールが「そうそう、

『百聞《ひゃくぶん》は一見《いっけん》にしかず』ですね」とうなずき、ユーチアをカーテンで仕切られた隣室へと招いた。

寝椅子と脇机が置かれたその部屋は、いかにも仮眠用という狭い室内いっぱいに、本や衣服や食べかけのパンなどが散乱しており、「散らかっていますが」という言葉が謙遜でもなんでもないことがよくわかった。

「どうぞ、こちらへ」

床に積まれた毛布を蹴散らし、奥の窓辺へと笑顔で手招くクレールに、ユーチアはゴクリと唾を飲み込んだ。

「クレールちゃん、このお部屋はもちかちて、何かの事件現場でちゅか？」

「いやあ、荒らされたわけではありません。散らかしただけなので、ご心配なく！」

「床で菌類を育てられそうだな……」

ユーチアの背後から部屋を覗いたレオンハルトも、この部屋になんらかの危機感を抱いたのか、再びひょいとユーチアを片腕で抱っこして、クレールが待つ窓際まで移動した。

こぢんまりとした部屋だが、その出窓が奥行きを与えている。外には新緑をつけ始めた木々が枝を伸ばし、小鳥たちが楽しげに飛び交っていた。

クレールが「私はここから見える景色が大好きなんです」と窓を開ける。

その景色がよく見えるよう、レオンハルトがユーチアを出窓の床板に降ろして座らせてくれた。用心して落っこちないよう支えてくれるレオンハルトに「ありがとおごじゃいまちゅ」と礼を言って、ユーチアは、ひんやりと冷気を含んだ風の匂いを吸い込んだ。

研究所に入る前は、春の陽気を実感するあたたかな風だったが……昼前だというのに、もう気温が下がってきたのだろうか。

それでも空気は清々しく、周囲は雑木林ばかりでほかに民家も施設もないこの場所は、静かに研究に打ち込むにはもってこいだろう。

ユーシアは生家の敷地から出ることを許されなかったが、庭園を歩き回ることはできたので、よくお気に入りの木の下で読書をしたり空を眺めたりして過ごしていた。ここも似たような雰囲気があって、なんだか落ち着く。

「ちじゅかでいいところでちゅねー。これからきっとどんどん緑が増えて、とっても綺麗なけちき……にー!?」

ユーチアは、視界の隅に入ったものを二度見した。

春の林の一角が、そこだけ冬に逆戻りしている——というか、凍りついている。

まるで氷のリボンをかけたみたいに、木と木のあいだを氷が走り、そこから氷柱《つらら》がぶら下がっていた。

「なん、なんでちゅかアレ！　どおちてあちょこだけ、氷まみれになってるでちゅか!?」

「あれがレオンハルト様の魔法です」

「レオちゃまの？」

レオンハルトを見上げると、「そう、俺の」と首肯が返った。

「防犯魔法」

「防犯魔法？」

首をかしげるユーチアに、クレールがまた補足してくれた。

「あれがレオンハルト様の強力な魔法の代表例なんです！　この研究所の周囲にはレオンハルト様の氷魔法が施されていて、普段はなんら変わったところはないのですが、許可なく研究所に侵入した者がいれば――ここには貴重な魔素具もありますので、盗み目的でやってくる者がたまにいるのですけども――その者が出ていくときに術が発動し、凍らせて捕らえるのですよ。すごいでしょう⁉」

「ちゅ、ちゅごいでちゅ……ちゅごちゅぎて、なんだかもう、よくわからないでちゅ」

「それに聞いてください、ユーチア様！　レオンハルト様はなんと、こんな大掛かりな魔法も媒介となる魔素具を使わず発動することができるのです！」

「魔ちょ具なちで！」

それはすごい。

ケイトリンたちだって魔素具なしでは魔法は使えなかった。それが普通なのだ。それなのに、そんな大掛かりな魔法を身ひとつで行使できるとは……。

ユーチアは思わず、レオンハルトに向かって両手を合わせた。

「生《い》き神《がみ》ちゃまでちゅ」

「違うぞ？」

「……むう？　僕は今ちゅごちゃに紛れて、大変なことを聞き流ちてちまったような……んん⁉」

ユーチアは身を乗り出して、もう一度凍った一角を見た。すかさずレオンハルトの手が落ちないよう支えてくれたが、ユーチアはそんな彼と、クレールと、そして凍った木々とを、ぐるぐると忙しなく見回した。

「あの、えと、おたじゅねちまちゅ」

「何かご質問ですか？」

丁寧に対応してくれるクレールに、ユーチアはコクコクうなずいた。

「今、凍らちぇて捕らえるって、おっちゃいまちたか？」

「はい、そうですよ。素晴らしいですよね。侵入時に捕らえるのでなく、確実に罪を犯してから捕らえるという効率の良さ！　さすがレオンハルト様です！」

「普段は変わったところがなくて、捕らえるとき凍らちぇるということは……まちゃかとは思いまちゅが、まちゃに今、あちょこで誰かが凍ってるなんてことは……ありまちぇんよね？」

クレールとレオンハルトが視線を交わし、同時ににっこりと笑った。

「「まさか」」

「で、でちゅよねー！」

ひとまず安堵したユーチアを、またレオンハルトが抱き上げて隣の部屋へ戻る。

クレールが窓を閉める間際、外から騎士たちの声がした。

「今回は三名か！」

「貴重な魔素具もあるとはいえ、よくこんな怖い魔法がかかってるところを狙いますよね！」

フランツたちの声だと思ったが、ユーチアが「う？」と耳をそばだてる前に窓が閉まり、ユーチアを長椅子に座らせたレオンハルトが「そういうわけで」と話を再開した。

「俺は充分すごいから、魔法が必要なら自分でどうにかする。よって結婚相手に魔素があろうがなかろうが、どうでもいい」

「レオちゃま……」

慰《なぐさ》めるためではない説得力のある言葉に、ユーチアの胸がじーんと熱くなった。

レオンハルトは「それに」と続ける。

「その昔、魔法の力で国を興した者たちの末裔が今の貴族だというのなら、魔法は民と国とを守るためにこそ使えばいい。差別したり見せびらかしたりするしか能がないのなら、魔素なんか持たんでいい」

「レオちゃまぁ……！」

威厳と慈悲を併せ持つ、その風格。

ユーチアは、うっとりと凛々しい顔を見上げた。

「僕、感動ちちゅぎて、どうちまちょう。レオちゃまはきっと、この世で一番かっこいい人でちゅ」

「うむ。ユーチアは見る目がある」

熱く潤む瞳で見つめていると、様子を見守っていたクレールの顔にも微笑が浮かぶ。

「レオンハルト様の御父君《おちちぎみ》である先代様も、破格の魔法の使い手として名を残されている方なのですよ、ユーチア様」

「ふおおぉ……レオちゃまのお父ちゃまも！」

俄然、ユーチアの瞳が輝いた。

レオンハルトの家族についても気になっていたのだが、幼児化して以来、毎日考えることが多すぎて聞きそびれていた。

クリプシナ家の屋敷には一族の肖像画がずらりと飾られていたけれど、アイレンベルク城には、その手のものがとても少ない。レオンハルトの父とは、いったいどんな人なのだろう。

「どんな魔法のちゅかい手なのでちゅか!?」

「それがなんと、有用な鉱山や鉱石を見つける魔法なのです！」

「えっ。ちょんな魔法があるのでちゅか!?　ちょれって、金とかてちゅとかを見ちゅけられるってことでちゅか？」

「まさにその通りです！　軍備を整えるには莫大な費用がかかりますが、先代様がバイルシュミットの山奥へ家出の旅をされたとき、金銀銅鉄の鉱山、白露石の渓谷、色滑石の洞窟など、それはそれは貴重な発見を次々にされたのです！　それがきっかけでバイルシュミットは大変豊かになり、領民も数々の恩恵《おんけい》を受けているわけなのですよ！」

ユーチアは興奮のあまり立ち上がり、仁王立ちで「おおー」と感嘆の声を上げた。

「ちゅごいでちゅ……ちゅごいでちゅー！　ね、レオちゃま！　ちゅごいレオちゃまのお父ちゃまも、やっぱりちゅごちゅぎるお方なのでちゅね！」

「それを聞いたら、親父も草葉《くさば》の陰《かげ》で喜ぶだろう」

「え」

ユーチアは仁王立ちを解除して、レオンハルトの膝に手をかけた。

草葉の陰ということは……まさか。

「レオちゃまのお父ちゃまは……」

「ああ、さっさと隠居して、毎日畑仕事に精を出してる。『でかいフキ』という、名前のまんまの身長よりでかい蕗《ふき》も、品種改良で生み出していた」

「え。あ、えと……なるほど、わかりまちた！　文字通り、くちゃばの陰になるような、おちごと環境ということでちゅね！」

「ユーチアは賢いな」

よかった、存命のようだ。

ほっと小さな胸を撫でおろしたが、また別のことが気になった。

「クレールちゃん。『家出の旅』って、なんでちゅか？」

「えっ、と。それは……」

しまった、という顔になったクレールに代わり、レオンハルトが「それは」と答えてくれた。

「夫婦喧嘩で負けると……というか親父が勝ったところを見たことがないが、親父はよく泣きながら家出していた」

「泣き⁉　ながら⁉　家出……でちゅか⁉」

「そう。領民たちにもお馴染みの光景だった。そして気の済むまでいじけて彷徨ったら戻ってきて、母に泣いて許しを乞う。その光景は、もはやバイルシュミット名物とまで言われていた」

「めいぶちゅ」

「なんだかんだ言って仲はいいんだ。母も父と一緒に『でかいフキ』を作ってるよ」

クレールが笑いを噛み殺しているが、ユーチアは「フキ」と声を弾ませた。

「ちゅてき！　ちゅてきなおはなち、ちゅてきなご夫婦でちゅねぇ……ちゃちゅがレオちゃまのご両ちんでちゅ！」

いつもユーチアに合わせてくれるレオンハルトだが、その言葉には同意しかねるのか、眉根を寄せた。

「……ただのオモシロ夫婦だと思うぞ？」

初めて聞くレオンハルトの家族の話に、ユーチアがにこにこ顔で喜んでいると、

「そうそう、ユーチア様。魔素のお話でしたね！」

クレールが、話題を軌道修正した。

そういえばそうだった。この魔素研究所に来た目的は、ユーチアがユーシアに戻る方法を探すことだった。

ユーチアには魔素がないから、魔法は使えない。そう告白したあと、クレールは何やら分厚い本を書架から取り出してきていたのだが、脱線しすぎてすっかり忘れていた。

「この本は、私の著作です。調べ得る限りの魔素や魔素具、そこから発生する魔法の種類も網羅《もうら》しました」

「うわあ……ちゅごい！　魔ちょの事典でちゅね！」

「そうですね。まだまだ力不足ではありますが、そこを目指しました」

茶色い革を使って製本され、金色の野花が箔押しされた、とても立派な本だ。こんな本が作られるのだから、クレールは本当に高名で優秀な研究者なのだとわかる。レオンハルトが国随一と称えるだけある。

「ちゅごいー……」

ユーチアがぽかんと口をあけたまま感心していると、クレールが「そんなに目をキラキラされては、お恥ずかしい限りです」と頭を掻いた。

「私は元は王都住まいで、神殿に属する魔素博物館に雇われ、調査と研究を続けていました。それで

こんな立派な本を十冊も作ってもらえたわけで、王室や国立の図書館、主要な研究施設などに納められる予定だったのですが……館長たちの原稿チェックのあとに書き足した部分が問題となり、禁書扱いとなりました」

「えっ⁉　き、禁ちょでちゅかっ」

驚愕のあまりユーチアは、クレールと目の前の本と、そしてレオンハルトをきょときょとと見回した。

禁書にされたその事実にも驚くが、その本がなぜ、ここにあるのかも気になる。

そんなユーチアの疑問に答えるように、クレールの話は続く。

「その流れで博物館の研究員という資格も剝奪《はくだつ》されまして、当然、解雇となりました。職員寮も追い出されたので、あっというまに無職の宿なし生活になったのです」

「ちょ、ちょんなあ……」

他人ごとながら、想像しただけでつらい。

ユーチアが悲しい声を出すと、クレールが「かえって幸運でしたよ」と笑った。

「もちろん当初は苦労しましたが、おかげさまで紆余《うよ》曲折《きょくせつ》の末、その顚末《てんまつ》がレオンハルト様のお耳に届いて、このバイルシュミットの研究所に招いていただけたのです。こうして、大事な本を一冊だけですが持ち出せたのも、レオンハルト様のお力添えがあればこそです」

「ちょうど、ここの所長から『もう年だし引退してラクしたい』と言われ続けていて、後任を探していたからな。こちらも助かった」

「レオンハルト様にはどれほど感謝しても足りません。王都の貴族派に睨まれたら、もうどこも雇ってはくれませんし、研究成果も無視されたでしょうから」

「え。きじょく派⁉」

ユーチアはドキリとした。

貴族派といえば、クリプシナ家はその代表格だ。父もクレールの追放に関わっていたのだろうか。

にわかに息苦しいような気持ちになったが、ユーチアは頬をぺちぺち叩いて気合いを入れた。

「ちゅうちゅう！　クレールちゃんのはなちに、ちゅうちゅうちろ、ユーチア！」

「ちゅうちゅう？　集中しろ、か？」

「ちょう、ちょれでちゅ！」

レオンハルトの『ユーチア語翻訳力』が上がっている。わかってもらえる嬉しさで、息苦しさも解消された。

「よち、元気に行こう、ユーチア！」

「どこかに行くのか？」

「はっ！　またダダ洩れ⁉　んもー！　ダダ洩れのちぇいで、はなちがちゅちゅまないぃ。幼児めー！」

「大丈夫、話はちゃんと進みますよ」

クレールがクスクス笑いながら話を再開する。

「それで、その問題視された部分こそ、ユーチア様にも当てはまるのではないかと思いまして」

「ユーチアに？」

「僕に？」

レオンハルトとユーチアは声をそろえて、一緒に身を乗り出した。

クレールは「ええ」とうなずき、机の上に置いた本をひらいて頁《ページ》をめくる。

「私は以前から、神殿の魔素測定は前時代的であると考えていました」

「あの『魔ちょちょくていちょう』のことでちゅか？」

「そう、それです。魔素測定水晶《まそそくていすいしょう》。あれに触れると内包した魔素量と属性に応じて、光り方と色が変わるというやつですね」

ユーチアも七つになった年、その方法で測定した。七歳でその者が持つ魔素量も属性も確定すると言われているためだ。

「僕はみごとに、なーんにも変わらなかったのでちゅ……」
・・
「あのクリプシナ家に生まれてその結果では、さぞつらかったろうな」

「はい……」

レオンハルトの言葉にうなずいた。

確かにあの家にいた頃は、ほんの少しでも魔素を持って生まれていたならと、何度思ったかしれない。そうすれば、こんなに価値のない人間だと思われず、また自分のことも無価値だと思わず済んだのかもしれない、と。

だが今は違う。

魔素のない陰気なお荷物。だからこそ、レオンハルトのもとへ来られた。

「ちょう考えると、まるっとラッキーでちゅ！」

「何を考えるとラッキーだって？」

「はっ！」

しまった。懲りずにまたダダ洩れだ。

「もう、お口おちゃえておきまちゅ。クレールちゃん、おはなちくだちゃい」

両手で自分の口を塞ぐユーチアに笑いながらうなずいて、クレールは話を続けた。

「人の躰は食生活や行動や加齢などにより変化します。なのに魔素だけは子供のときのまま変わらないと信じるなんて……その根拠は、大昔に発見された魔素測定水晶が万能だという盲信です。でも、ほら、ご覧ください」

クレールは目当ての頁をひらき、ユーチアたちに向けて置き直してくれた。

「こちらは、『神技』と呼ばれたガラス職人の作品について書きました。まるで宙に浮いているように波型を描くガラス細工や、細部まで細かく表現された馬車の模型など……実際に見てきましたが、ほかのどんな名匠も『あんなものを生み出せるなんて、ありえない』と恐れ入る作品ばかりでした」

クレールの指が、静かに頁をめくる。

「それからこちらは、一昼夜で村のすべての畑に種を蒔《ま》いた農民の話。それとこちらは、信じられないほど足が速く、日の出から日の入りのあいだに、ひと山越えることができた飛脚《ひきゃく》の話。ほかにもいくつかありますが、どれも確信できるまで裏取りをした話ばかりです」

「本当に、そんなことができる人間がいるのか？」

レオンハルトの問いに、クレールは「はい」と首肯を返した。

「ここに書かれているのは、故人も多いのですが……私は、これらの人々は、自覚なしに魔法を使っていたのではないかという仮説を立てました」

「なるほど」

レオンハルトがにやりと笑った。

「きみが貴族派から叩かれていたのは、魔素測定水晶にケチをつけたという理由だけではなかったのだな」

その細めた目は例の、見慣れぬ人は恐れおののき、子供はもれなくギャン泣きするという目つきなのだろう。しかしユーチアの目には、思わず「かっこいぃ」とうっとり呟いてしまうほどの男前にしか見えない。

幸い、今回の呟きは二人の耳に届かなかったようで、会話を邪魔せずに済んだ。

クレールは「おそらく」とうなずき、話を続ける。

「はっきりとした理由は最後まで聞かせていただけませんでした。私は十の年から魔素博物館に出入りし、研究ひと筋で生きてきました。が、上司の顔色を窺うだとか、長いものに巻かれるだとか、そういった処世術の学びが致命的に足りなかったようです。私のすべてを注ぎ込んだ書を禁書とされて初めて、そうしたことに思い至ったのです」

「ちゅごい！　十ちゃいでもう、魔ちょ研究ちてたなんて！」

感嘆の声をダダ洩らし、今度こそ二人の視線がこちらを向いた。ユーチアはあわてて口を塞いだが、もう遅い。

「うるちゃくちて、ごめんなちゃい……」

「とんでもない、ちっともうるさくありませんよ。魔素研究は私の唯一の取り柄ですから、すごいと言っていただけて嬉しいです」

「……いい人ぉ……」

その優しさに甘えて、ユーチアは二人に、今の会話で気になっていたことを質問してみた。

「あの。ちちゅもん、いいでちゅか？」

「どうした？」

「レオちゃまは、クレールちゃんが貴じょく派から叩かれたのは、魔ちょ、ちょくてい……」

「魔素測定水晶」

「でちゅ。ちょれにケチをちゅけたという理由だけではなかったと、言ってまちたけども。ほかにも理由があるのでちゅか？」

「ああ、そのことか」

レオンハルトはうなずき、先ほどクレールが示してくれた頁を指差した。

「クレールがここに記した信じ難い技術や体力を持つ職人や農民たちは、平民だ。貴族ではない。だがクレールの仮説通りだとすると、平民にも魔素があり、無自覚とはいえ魔法を使えたことになる」

「……なるほど、ちょういうことなのでちゅね」

ユーチアにもよく理解できた。

クレールの仮説が正しければ、魔素を持つことが貴族を象徴するとは言えなくなる。魔法を使えることこそ貴族の証と考える層――特に階級意識の強い貴族派などは、絶対に認めたくない話だろう。

そう言うと、レオンハルトは「その通り」と頭を撫でてくれた。

「じゃあクレールちゃんは、貴じょく以外も魔ちょを持てると、お考えなのでちゅね？」

「うーん。そこはまだわからないのです」

クレールは、ちょっと悔しそうに首をかしげた。

「たとえば、平民の女性がなんらかの理由で、貴族の子を宿すということもあり得ますから……」

「貴族の血が混じった結果、何代あとかはわからんが、身分は平民でも魔素を持って生まれた者がいたかも、ということか」

レオンハルトの言葉に、「可能性としては」とクレールがうなずく。

ユーチアもつられて「ん、ん」と声を出してうなずきながら、父や継母やケイトリンのことを思った。あの三人が『魔素に身分は関係ない』と聞いたら、どれほど激怒することか。

「クレールちゃんが貴じょく派から目の敵にちゃれた理由、よーくわかりまちた」

「ああ。クレールが勤めていた王都の魔素博物館は神殿に属しているが、神殿と貴族は深くつながっている。貴族からの寄付は貴重な財源だから、怒らせて寄付を止められるような事態は避けたがるだろう」

「まったく仰る通りです。お恥ずかしい」

「だが、意見を曲げる気はないのだろう？」

もう一度にやりと笑ったレオンハルトに、クレールも、ちょっと不敵に微笑んだ。

「もちろんです。研究者は正しいと確信できた情報のみを発信しなければ。そういうわけで、ユーチア様」

「う？」

お茶を飲みながら二人のやり取りを聴いていたユーチアは、いきなり名を呼ばれて、あわあわとカップを置いた。

「はい、なんでちょうか、クレールちゃん」

「ユーチア、膝にお茶をこぼしたぞ」

「わ。ちっぱい」

「どれ。拭いてやる。……なんでほっぺまで濡れてるんだ？　こっち向いて」

「んー」

ハンカチで顔を拭われる中身は二十歳の幼児を、今度はクレールのほうがボーッと見ていたが。

レオンハルトから「話を進めて大丈夫だぞ、クレール」と促され、「あ、はい」と笑みをこぼしてうなずいた。

「いや、驚きました。レオンハルト様がこんなに甲斐甲斐《かいがい》しく、奥方様に尽くす姿を拝見できようとは」

「奥方ちゃま!?　キャッ！　奥方ちゃまなんて、ちょんな！　はじゅかちいっ！」

奥方様という言葉に一発で食いつき、足をパタパタさせるユーチアの顔を拭き終えたレオンハルトが苦笑した。

「ユーチアについての話を」

「そうですね。失礼いたしました。この著作に記した特異な才を持つ方たちの中には、成人後に突如才能を発揮した例が複数あります。それがすなわち魔法を使えるようになったということであれば」

そこでクレールは、ユーチアに向かってにっこり笑った。

「元からあったけれど眠っていた魔素が、なんらかのきっかけで目ざめた――と、いうこともあり得るのではと。そう考えました」

「つまりユーチアにも魔素はあって何かのきっかけで目ざめ、『幼児になる』魔法が発動したということか？」

「そうですね……こちらもご覧ください」

クレールは、また別の頁を示した。

「後天的に魔素が覚醒したと思われる人たちに共通するのは、初めて『特異なこと』を成し遂げた際に、魔素具を用いた形跡がないことです。その代わり、強い衝撃を受けたと証言している点が一致しています」

「ちゅよい、ちょうげき」

「そうです。たとえば大怪我をしたとか、愛する人を亡くしたとか」

ユーチアはぶるっと躰を震わせた。

衝撃なら確かに受けた。

殺されかけたという、強すぎる衝撃を。

「もしもユーチア様が幼児化した際も、強い衝撃を受けたということならば、元の姿に戻ること自体は、可能だと思います」

ドクン、と。

ユーチアの小さな胸を、心臓が大きく打ちつけた。

「元に、戻れるのでちゅか……？」

ドキドキしすぎて、声まで震える。

自分でもわけのわからぬまま幼児化して、なぜこうなったのかも不明なのに、元に戻るすべなど見つかるはずがないと、半ば諦めていた。だが、解決する方法があるという。

本当に、戻れるのだろうか。

クレールが「私はそう考えます」と首肯するのを見ても、夢の中の出来事みたいに感じる。が、「ただし」と続いた言葉が、ユーチアを現実に引き戻した。

「条件があるのです」

「「条件？」」

レオンハルトと声がそろった。

クレールが「こちらの続きもご覧ください」と、茶革の本の頁をめくる。

「衝撃的な体験が転機となって、その後、特異な才能が開花したという人たち。彼らはその『衝撃体験』の際に、魔素具を用いてはいません。ですがレオンハルト様のように魔素具なしで魔法を使えるわけではなく、魔素具とおぼしきものを所有してはいたのです」

「用いてはいないが、所有していた？」

眉根を寄せたレオンハルトに、「そうです」と答えながら、クレールの指が文字を辿る。

「たとえば先ほどのガラス職人。彼は工房で使う、祖父の形見の箒を持っていました。箒の材料のホウキ草は火魔法の魔素具、柄に使われた竹は風魔法の魔素具として知られています。それから一昼夜で村中の畑に種を蒔いた農民は、母の形見の笠を大切に使っていました。彼の笠はヒノキ笠で、ヒノキは土魔法の魔素具です」

「ホウキ草も竹もヒノキも珍しいものではないな。……どちらも形見の品なのか」

「そう、そこなんです！」

クレールの目がギラリと光った。

「正確に申しますと、『形見』であることが重要なのではなく、『家族のあいだで長く大切に使われてきた』ということこそ、肝心要《かんじんかなめ》と思われます」

ユーチアは、真剣な顔で話し合う二人を交互に見ながら、「長くたいちぇちゅに……」と呟いた。

材料はよくある魔素具だが、家族間で大切に受け継がれてきた道具。そこに付加価値が生まれるとするなら……。

レオンハルトが「もしかして」と思案顔で自身の顎を撫でながら言った。

「実際に魔法を発現させた者は少なくても、図抜けた魔法を使えるほどの魔素を受け継いできた家系なわけだから。だとするなら、彼らが魔素具で作られた道具を大切に使い続ける中で、彼らの中の魔素が、箒や笠を特殊な魔素具へと進化させた……という可能性は？」

「おお、さすがですレオンハルト様！」

クレールの目が輝いた。

「私もそう考えたのです！　特異な魔法を行使するには、特異な魔素具が必要だったのではないかと！　ゆえに彼らがただの道具を特別な魔素具へと進化させ、魔法の媒介として使えるようになって初めて、図抜けた能力者が現れたのではないでしょうか！」

興奮のあまり途中から立ち上がって力説するクレール。その勢いに呑まれて、ユーチアは完全に、レオンハルトの鋭い読みを称賛するタイミングを逃した。

とりあえず控えめに「お、おお……」と驚きの声を洩らしつつ、小さく拍手する。

一方、レオンハルトは冷静に、「なるほど」とうなずいていた。

「では先ほど言っていた、『魔素具を用いてはいないが所有していた』というのは……」

「はい。一般的には魔素具と呪文で魔法を発動しますが、平民の彼らには、魔法を使っているという自覚がなかったはずです。ですから呪文など唱えないし、魔素具を常に持ち歩いていたわけでもありません。ですが――」

クレールはそこでようやく、興奮のあまり立ち上がっていたことに気づいたようで、ちょっと赤くなって座り直してから「これも推測になりますが」と続けた。

「レオンハルト様のように完全に、魔素具なしで魔法を行使できたわけでもないと思うのです」

「ふむ？」

「天才的な作品を生み出したり、超人的な体力を発揮したりというのは、ロウソクに火を灯すほど容易な魔法ではないはずです。特異な魔素を持つ一族が特異な魔素具を生み、特異な魔素具は、持ち主に特異な魔法を送る。互いにじっくりと育て合う、その長期的な相互作用。それこそが、ときに奇跡のような魔法を発現させるのではないでしょうか」

「……なるほど。火を灯すときだけ用いて使い捨てる灯火草のようなものとは違い、所有していること自体が重要というわけだな。所有していれば、知らず知らずのうちに特異な魔素が活性化されると」

「その通りです！　ああ嬉しい、貴族の方がこんな話に耳を傾けてくださるなんて！」

穏やかだったクレールの、この興奮っぷり。相当な不遇を味わってきたのだろう。

ユーチアはまた「よ、よかったでちゅねー……」と小声で言ってみた。彼の歓喜に水を差してはいけない。

しかしレオンハルトは依然として冷静に、「で」とクレールの歓喜を切り上げさせた。

「ユーチアも『強い衝撃を受けた』という点が共通していることはわかった。その上で、『元の姿に戻ること自体は可能』で、『条件がある』とは、どういうことだ？」

「それなのですが……」

クレールの視線が、どさくさに紛れて今やレオンハルトの膝の上に鎮座《ちんざ》する、ユーチアへと移った。

「ユーチア様の幼児化も、魔法以外ではあり得ないと私は考えます。大変特異な魔法です。だとすると、今申し上げました通り、特殊な魔素具を所有されているはずなのですが……お心当たりはございますか？」

家族のあいだで大切に受け継がれてきたもの。

クリプシナ家においては邪魔なお荷物でしかなかったユーシアに、そんなものを渡してくれた人がいるはずもない。

ユーチアはプルプルと首を横に振った。

「いいえ、ありまちぇ……あったー！」

いきなり大声を出したものだから、目の前のクレールが、そして背後でレオンハルトも、ビクッと躰を揺らした。

しかしユーチアは謝ることも忘れて、レオンハルトの膝の上でポンポン弾んだ。

「レオちゃま、あれでちゅ！　僕の母方のお祖父ちゃまがくれた、絵本！」

「あれか！」

「あるのですね!?」

みんなそろって、パーッと笑顔になった。

が、次の瞬間、ユーチアはがっくり肩を落とした。

「ないのでちゅ……」

「えっ」

目を丸くしたクレールに、レオンハルトが「クリプシナ家に忘れてきてしまったらしい」と説明する。それを聞いたクレールも、「それは……」と表情を曇らせた。

「条件があると申し上げましたのは、まさにその、特殊な魔素具を所有しているということだったのですが……」

「がーん」

「最初は『強い衝撃』により眠っていた魔素が目ざめ、魔法を使えるようになります。そこに魔素具がなくても、です。ですからもしかすると、ある程度の期間は、魔素具がなくても魔法を使えるのかもしれません。ですが……ユーチア様の魔素と魔法を安定させるためにも、その魔素具は絶対に手元にあるほうがいいと思いますよ」

「うう。でも、でも……」

絵本《えほん》は、自分を殺そうとした家族のもとにある。

自分が生きていることも、幼児になってしまったことも、今は隠しておくのが賢明《けんめい》だろう。よって、迂闊《うかつ》にハンナたちと連絡を取ることもできない。

「どうちよう……」

クレールのおかげで、幼児化という得体の知れない現象は、魔法によるものなのだろうとほぼ確定した。それがわかっただけでも、ずいぶんと気持ちがラクになった。

ずっと魔素が皆無だと言われ続けてきたユーチアにとって、にわかに信じがたい話ではあるけれども……本当にあの絵本が魔素具なのだろうか。

血縁者から贈られた唯一のものがあの絵本だから、とっさに「あれしかない！」と興奮してしまったけれど、単に祖父リュディガーの一番好きな絵本という理由だったかもしれない。

そして――もしも絵本が本当に、『特殊な魔素具』だったとしても。クリプシナ家にあるのでは、取り戻すのも容易ではない。

そういうわけで、本日はこれで引き上げることにした。

ユーチアとレオンハルトはクレールに礼を言い、お互い、また新たな情報があれば話し合おうと約束して、魔素研究所を辞した。

アーチ状の廂《ひさし》がついたポーチを並んで歩きながら、クレールの話を思い返していると、途中でレオンハルトが立ち止まった。

「大丈夫か？　急にいろんな情報が出てきて、混乱しただろう」

「ちょんな……はい……混乱、ちてまちゅ……」

心配させては申しわけないので、そんなことはない、大丈夫です、と答えようと思ったのに、やっぱり幼児の口は正直だった。

レオンハルトは「そうだろうな」と屈んで目線を合わせてくれながら、励ますように言った。

「だが、やるべきことは決まった。ユーチアの絵本を、どうにかして取り戻す。方法はあるはずだ。城に帰ってから落ち着いて考えよう」

「はい、でも……僕の勘違いだったら、もうちわけないでちゅ……」

「勘違いでも、それはそれでいいじゃないか」

「え」

ぱちくりと瞬きするユーチアの頬を、長い指がぷにぷにと優しくつまんできた。

「そもそも、リフテト子爵の形見なのだろう？　ならばどちらにせよ、ユーチアの手元にあるべきだ」

「うぅ」

……どうしてこの人は、こんなに優しいのだろう。

ユーチアの自信のなさも、幼児化したユーチアの不安定な立場も、何もかもを丸ごと受け止めて、守ろうとしてくれている。

「おっと、忘れるところだった」

レオンハルトが上着のポケットを探り、小壜《こびん》を取り出した。中には色とりどりの飴が入っている。

「わあぁ……ちゅごい、果物のかたちをちてまちゅ！　かわゆくてキレイでちゅねぇ」

「この地域には食用にできる色滑石というのもあってな。それを用いると、こうした発色の良い食品を作ることができるんだ。もちろん躰に害もない」

「ちゅごーい！」

「この店のは特に美味いぞ。どうぞ」

「……えっ。これ、いただけるのでちゅか？　僕に？」

「もちろん。俺の飴ちゃんを俺の嫁ちゃんに贈ろう」

レオンハルトの「なんつって」の言葉は、ユーチアの耳には入っていなかった。ぷるぷる震えながら両手で受け取った小壜を、穴があきそうなほど見つめる。

イチゴ、オレンジ、レモン、リンゴ。それぞれのかたちと色に似せた飴は、小さな芸術品だ。

ユーチアはそれをそっと胸に抱いたり、また見つめたりを繰り返した。

「きれい……」

「頑張ったユーチアにプレゼントだ」

「うあぁ……！　ありがとおごじゃいまちゅ、レオちゃま……！」

感動のあまり、小壜を持った両手が震える。

「舐めないのか？」

「もったいないでちゅ」

「大丈夫だ。飴が好きなら、あとでもっと好きなのを買ってやる」

ユーチアはぷるぷると首を横に振った。

「レオちゃまが選んでくれた、このアメちゃんがいいのでちゅ。だってこれは、初めてのデートでレオちゃまがくれた、『俺のヨメちゃん』って言ってくれた、ちゅてきな、ちゅてきな、贈りもの……」

なぜか視界が滲んできたと思った次の瞬間、滝のような涙がユーチアの瞳から溢れ出た。

レオンハルトがギョッとして声を上げる。

「どうしたユーチア！　どこか痛いのか⁉」

「うぇぇぇん、違いまちゅー」

小墁で両手が塞がったユーチアの涙を、レオンハルトがいつものように優しく拭ってくれる。「ごめんなちゃい」と謝ってペコリと頭を下げたら、ころころと頰を転がった涙が小墁を濡らした。

「あ」

あわてて袖で小墁を拭くと、レオンハルトがその手も小墁も拭いてくれた。

「ありがと、ごじゃいまちゅ。レオちゃま」

「大丈夫か？　疲れたんじゃないのか」

「違うのでちゅ、ごめんなちゃい。いきなり泣いて僕もびっくりでちゅ。うれちぃー！　って胸がいっぱいになったら、急に涙がダバーッって出てちまいまちた」

恥ずかしくて「てへへ」と笑うと、レオンハルトの表情も驚きから優しい笑みへと変わって、大きな手で頭を撫でてくれた。そのあたたかさにまた泣きたくなったけれど、これ以上困らせぬよう、ぐっとこらえる。

彼はどうしてこんなに優しいのだろう。どうしてこんな手のかかる幼児に嫌な顔ひとつせず、いついかなるときも、慈《いつく》しみ深く接してくれるのだろう。

ほんの少し前に出会ったばかりで、レオンハルトが大嫌いなクリプシナ伯爵の息子で、おまけにいきなり幼児化して現れたと思えば、『ヨメにちろ』と泣いて駄々をこねた、そんな自分なのに。

「……改めて考えても、とんでもない幼児でちゅね、僕は……」

「なんだって？」

「ありがとおごじゃいまちゅ、レオちゃま。……僕、頑張りまちゅ！」

「おう、頑張れ」

再び頭を撫でられたら、もう前向きなことしか考えられない。

自分を否定してばかりで、悲観的で、常に傷つくことに備えていたユーシア。

そんな自分を、安心しきって心の声をダダ洩らすユーチアに変えてくれたのは、この優しい優しい人なのだ。

ユーチアは小さなこぶしをグッと握って、もう一度「頑張る」と言いながら、レオンハルトを見た。

「何を頑張ろうかちら！」

「決まってないんだな。なら、それもこれから決めればいい」

「はい！」

ビシッと手を上げ返事をしたところへ、フランツが走ってきた。

「レオンハルト様！」

「フランツ、どこにいた？　皆の姿も見えないが……もう帰るから馬を」

「捕らえた奴らは物置にぶち込んで警備隊《けいびたい》に任せましたが、緊急の知らせが入りました」

「なんの知らせだ」

一瞬でレオンハルトの顔つきが変わる。幼児をあやす寛《くつろ》いだ表情から、国の守護神たる辺境伯の顔へと。

答えるフランツの表情も厳しい。

「前線から戻ったばかりの騎士のひとりが、病院へ運ばれたそうです。薬物による中毒症状とみられると」

「またか！」

怒りを滲ませたレオンハルトに、フランツがうなずく。

「例の痛み止めを服用したようです」

「まったく……」

レオンハルトは怒りの熱を冷ますように頭を振り、ドキドキしながら一人を見上げていたユーチアに視線を戻した。

「すまない、ユーチア。実は前々から、粗悪な薬が出回っていてな。その被害がまた発生したようなのだ。病院は帰り道にあるから容態を見に行きたいのだが、かまわないか？」

「もちろんでちゅ！」

ユーチアは精いっぱい勇ましく、仁王立ちでうなずいた。

「怖かったらフランツと先に帰っていていいんだぞ？」

「大丈夫でちゅ、緊急事態に旦那ちゃまの、あちでまといにはなりまちぇん！　ちゅ、ちゅまとちて！」

「足手まといにはならない……妻として？」

「はい！」

うなずいた顔がカーッと熱くなった。どさくさ紛れに自ら妻と称し、言ってしまってから羞恥に襲われる。

ユーチアはちょっと涙目になりつつも、レオンハルトの隣にいたいがために、踏ん張って決意表明をした。

「はじゅかちくても、ここは引いちゃダメなとこ。ふ、ふちょうふじゅいでちゅから！」

「不死鳥……？」

レオンハルトが首をかしげる。

「ふちょうふじゅい、でちゅ！」

「わかった！　不調夫人ですね？」

「ちょれはどんな夫人でちゅか」

今回はフランツも苦戦しているようだ。が、すぐにレオンハルトが「ああ！」と理解してくれた。

「夫唱婦随《ふしょうふずい》か！」

「ちょれでちゅ！　レオちゃま、ちゅごい！」

「そう。俺はすごい」

「こんなドヤ顔のレオンハルト様、見たことない」

緊迫した空気が一転、和気あいあいとしてしまった。

ユーチアは気合いを入れ直し、キリリと宣言した。

「お、夫が言い出ちたことに、ちゅまはちゅいていくのでちゅ。だから病院もいっちょに行きまちゅ！　はふー。はじゅかちー」

レオンハルトが青い目を細める。

「わかった。では、行こう」

病院へ向かう道すがら、レオンハルトは件《くだん》の薬について教えてくれた。

「今最も問題になっているのは、キーシュクという名で出回っている痛み止めの薬だ。嘘のように痛みが引くと評判になったが、依存性が強く心身を蝕《むしば》む」

「痛い人の弱みに、ちゅけ込む、くちゅりなのでちゅね」

「そうだ。薬なしではいられなくなり、幻覚症状が出ると暴力的になる者も多い。一方で、一時的ではあるが体力を増強したり集中力を持続させたりする効果や、多幸感もあるようで……傷病《しょうびょう》患者以外にも、手を出す者があとを絶たないのだ」

ユーチアは、レオンハルトの腕の中から空を見た。

午前中に見たのと同じ、明るい春空のまま。

けれどこの長閑《のどか》な青空の下で、躰や心の痛みに苦しむ人々がいる。

「国や家族を守るため、命懸けで戦った者たちが、ひどい薬のために人間性と尊厳を奪われる。惨いことだ」

「はい。ちょうでちゅね」

「……これまでの例からいって、患者はおそらく悲惨な状況だろうと思う。夫唱婦随は嬉しいが、ユーチアは病室には入らないほうがいい。応接間かどこかで待っていてくれ」

ユーチアはコクンと唾を飲み込んだ。

過酷な現場を幾度も目にしてきたであろうレオンハルトの忠告に、怯える気持ちがないと言えば嘘になるけれど。

「だいじょぶ、でちゅ。こう見えて中身は二十歳でちゅから」

「それはそうだろうが……」

ユーチアはレオンハルトの腕の中で、できる限り躰をねじって彼を見上げた。

「お邪魔ちないように、ちゅみっこにいまちゅ。だからお願いちまちゅ。レオちゃまたちがどんな苦労をちゃれているのか、ちゅこちでも、ちりたいのでちゅ」

「……妻として？」

精悍な顔立ちに、からかうような笑みが浮かぶのを見て、ユーチアの頬がポッポッと火照った。からかわれてるだけ。なのに、お腹の中がくすぐったくなるくらい嬉しい。

「えへへ」と笑って見上げると、レオンハルトの笑みも深くなった。

「しんどいと思ったら無理せず、すぐに別室に移動するんだぞ？」

「はい！」

うららかな空の下、乱れぬ足取りで進む馬の揺れ。

小鳥さえずる森の小径にある、若葉色の梢のアーチを抜けると、白緑色の石壁が美しい立派な病院が見えてきた。

◆◆◆

「ぐがあああーっ！　薬！　薬をくれ、早く寄こせ！　死ぬー死んじまうぅぅぅ……いてえよお、いてぇ……ちくしょう、殺してやる！　クソが、てめえらみんなぶっ殺す！　ひゃはははははははははっ」

ユーチアたちが到着すると、診察室は修羅場《しゅらば》と化していた。

寝台の上で暴れる大男の患者を、医師や騎士たちが五人がかりで押さえつけている。傷がひらいたのか患者の腹と脚に巻かれた包帯に血が滲んでいるが、怪我人とは思えぬ怪力で抵抗しては、騎士を蹴りつけ、医師にこぶしを繰り出していた。

しかも患者はその男ひとりではなく、五つ並んだ寝台すべてが、例の『痛み止め』を服用した患者で埋まっており、レオンハルトが「ひとり、とは」と呟くのをユーチアは聞いた。

フランツが「すみません」と頭を掻く。

「ひとりと聞いていたのですが……今看護師に確認したところ、痛みのひどい者同士で薬を分け合ってしまったようです」

フランツの説明のあいだにも男が吠え、その向こうの患者は泣きわめき、ほかの患者は夢見るように微笑んでいるという混沌の図。

さらにもれなく、お漏らしした大小便で寝台も本人たちも汚れていて、患者から大便を投げつけられた付き添いの騎士が、「クソが！」と叫んだ。

それを聞いたフランツが、「やれやれ」と外套を脱ぎながらぼやく。

「では、まずは手伝ってきます」

「ああ」

大暴れしている男のもとへ、空《くう》を横切る大便を避けながら向かうフランツを、レオンハルトが見送る。

その間、ユーチアは仁王立ちしたまま固まっていた。

大変なことになっているであろうと覚悟はしていた。

しかし飛び交う大便を避けながら治療する現場は想像できなかった。

「大丈夫か？　ユーチア」

硬直しているユーチアを庇いながら立っているレオンハルトが、膝を折って訊いてくる。ユーチアはレオンハルトへ視線を移し、「だいじょぶでちゅ」としっかりうなずいた。

「でも……僕は本当に、ちぇけんちらじゅだと、改めて学びまちた」

「世間知らず？　……屋敷から出られなかったのだから、仕方ないと思うが……どうしたんだ？　突然」

「うんちはちょらを飛ぶ。初めて見まちた」

「いや、普通うんちは空を飛ばない。それは世間知らずとは関係ない」

「ちょうなのでちゅか？」

「……思ったより怖がっていないな？　ユーチア」

少し安心したようなレオンハルトの表情を見て、そういえばとユーチアも気づいた。

思えば野盗に襲われ死にかけたという、これ以上ないほど過酷な現場を経験してきたのだから。世間知らずのわりに、度胸はついたのかもしれない。

それよりも今ユーチアの胸の内に湧き起こっているのは、（自分にも何かできないだろうか）という切望だ。

こんなちびっ子だから、手伝いどころか足手まといにしかならないことは、よくわかっているけれど……。

『国や家族を守るため、命懸けで戦った者たちが、ひどい薬のために人間性と尊厳を奪われる』

静かな口調の中に強い憤りが込められた、あのレオンハルトの言葉の意味が、今ならよくわかる。

この場で泣いたり暴れたりしている患者たちは、悪質な薬に毒されさえしなければ、フランツや今日行動を共にした騎士たちのように、主君に忠誠を誓い民を守る立派な人たちだったはず。

どんな経緯で粗悪な薬に手を出してしまったのか、ユーチアにはわからないけれど……どれほど鍛えられた人間でも、耐え切れない痛みはあるのだろう。躰でも、心でも。

「レオちゃま。悪い痛み止めの出所を、ちゅきとめなければなりまちぇんね！」

「うん？　あ、ああ、そうだな。その通りだ」

「手がかりはあるのでちゅか？」

キリリと尋ねたユーチアに、ちょっと驚いた様子のレオンハルトだったが、すぐに真剣に答えてくれた。

「いや。下っ端の売人は何度も捕らえているが、そいつらは使い捨ての駒でしかないから、丁寧に質問しても元締めの情報など持っていないんだ。……まあ、よくあることだが」

「僕、幼児でちゅけど、レオちゃまのお役に立ちたいでちゅ。僕にできることがあったら、なんでも言ってくだちゃい！　このヨメに！」

「お、おお……頼りになるな」

目を丸くしてから破顔した、その顔がまた格好いい。

おまけに頭を撫でてもらったものだから、キリリとした表情を保てなくなった。

いつもの通り、ほにゃりと緩んだ顔でイケメンに見惚れていたら、「レオンハルト様！」と、新たにやって来た医師や騎士たちが駆け寄ってきた。

彼らは「ご足労をおかけして……」と挨拶もそこそこに、「今回の薬なのですが」と何やら報告しかけたところで、ようやく視界に入ったらしきユーチアを二度見した。

戸惑いを隠せず「おや、これは……」と、レオンハルトとユーチアを交互に見ていた医師のひとりが、代表して口をひらいた。

「失礼いたしました。レオンハルト様のお連れ様ですね？」

「ああ、そうだ。彼は――」

「レオちゃまのヨメでちゅ！」

高らかに宣言したのち、降りた沈黙。

言葉を失った面々を見てユーチアは、またまたやらかしたことに気がついた。

普通に名乗るつもりだったのに、レオンハルトの妻として役に立ちたいという気負いと気合いが先走り、堂々とヨメ宣言してしまった。幼児が。なんの事情も知らない人たちに。

「ち、ちっぱい……！」

あわあわするユーチアからレオンハルトへと視線を移した医師たちが、「え、えーと？」と説明を求める目を向けると。

レオンハルトは愉快そうに、にやりと笑った。

「ああ、俺の嫁さんだ。こう見えて二十歳だ。話を続けてくれ」

ユーチアのヨメ宣言とレオンハルトの雑な説明により、ただでさえ混沌としていた診察室に、さらなる混乱が生じかけたが。

フランツが飛んできて上手くフォローしてくれた結果、皆はユーチアのことを、こう考えることにしたようだ。

『嫁いでくる予定のユーシア・クリプシナがなんらかの事情で遅れており、代わりに親類のユーチアを送ってきた』と。

「解せぬ。なぜ代わりに幼児を送ってくるのだ」

不満顔のレオンハルトに、ユーチアも同意した。

「『おヨメ入りが遅れるので、代わりに幼児を送りまちゅ！』なんていう人、いるのでちょうか」

「いたら小一時間ほど説教したくなるな」

うなずき合う二人に、フランツは呆れ顔だ。

「レオンハルト様が適当に説明するから面倒くさいことになるんじゃないですか。ほら、彼らがユーチア様を『親戚の男の子』ってことで納得しているあいだに、話を聞いてください」

フランツはそう言って、「ほらほら」と、少し離れたところで困惑を隠せず待機している医師たちへと、レオンハルトを急《せ》き立てた。

レオンハルトも気持ちを切り替えたようで、大股で彼らの前に立つと――うしろからついていったユーチアは、ちょこまかと小股で辿り着いたが――皆より優に頭ひとつぶん高い位置から、医師たちを見下ろした。

「何か報告があるのか？」

粗悪な薬の流通を取り締まることができない歯痒さゆえか、目つきの鋭さに拍車がかかっている。

ゴゴゴゴゴと地響きの効果音でも聞こえてきそうなド迫力だ。

そんな飢えたヒグマのような猛々《たけだけ》しい眼力に、ユーチアはうっとりと短い指を組んで、「ちゅてき♡」と惚れ惚れ見上げてしまったが……。

医師たちにとっては正視できない恐ろしさだったらしく、声も出せずに固まってしまった。

それを見ていたフランツが、久々に「レオンハルト様、目！　迫力をヒグマからメガネグマくらいに抑えて！」と注意して、レオンハルトが顔をしかめた。

「なぜ熊であることが前提なのだ」

「ちょうでちゅよ。レオちゃまは人間でちゅ。イケメンでイケメンでどうちまちょう！　というほどかっこいぃ、イケメンの神でちゅ」

「そらみろ。ユーチアはよくわかっている」

「わかりまくり！」

そうして二人でキッ！　とフランツに抗議の視線を向けたが、「あなたたち以外には、わからないので」とスナギツネのような目で見られてしまった。

それでも、幼児と話が合うレオンハルトを見て、医師たちもいくらか緊張が解けたらしい。医師に同行してきた騎士の口からは、「レオンハルト様を見て泣かない子供を初めて見た」という呟きが洩れた。

「で、では、わたしからお話しさせていただきます」

先ほど最初に話しかけてきた医師が、皿に載せた何かを手に進み出てくる。

何が載っているのだろうとユーチアが背伸びをすると、レオンハルトが気づいて抱っこしてくれた。

皿には白い布が広げられ、そこに焦げ茶色の枯れ葉のようなものが載っている。

「前回の患者が使用していた薬はペースト状で、歯茎に塗りつけて使っていました。しかし今回はこのように、茶葉として売られていたようです」

「別の薬ということか？」

「いえ、この独特なにおいや患者の症状から、同種のものと思われます。厳しい取り締まりをすり抜けようと、こうして形状を変えているのではないでしょうか」

ユーチアはレオンハルトの腕の中から身を乗り出し、反射的に顔をしかめてしまうほど立ち昇ってくるきついにおいを、スンスンと嗅いだ。

「どうした？　ユーチア」

「……僕、このニオイを、ちっていまちゅ」

「なに？」

ピクリと片眉を上げたレオンハルトのみならず、皆の視線がユーチアに集中した。

「どこかで嗅いだことがあるのか？」と問うてきたレオンハルトに、「はい」とうなずく。

「クリプチナ家でちゅ」

「『クリプシナ家⁉』」

ユーチアは「えっと」と未だ騒々しい室内を目に映しながら、記憶を正しく思い出すべく集中した。

「……ん。間違いありまちぇん。モートン侯ちゃくでちゅ」

「モートン？　レブルス・モートン侯爵か？　……前にユーチアが教えてくれたクリプシナ伯爵の取引仲間とおぼしき者の中に、彼の名もあったな？」

「はい。モートン侯ちゃくは父上と仲よちで、よくクリプチナ家にあちょびに来ていまちた。彼のむちゅこのアルバートは、僕の異母妹ケイトリンの、婚約ちゃでちゅ」

「モートン侯爵も、クリプシナ伯爵と並んで貴族派の筆頭格ですからね」

フランツの言葉に、レオンハルトも「そうだな」と真剣な顔でうなずく。

「それで？　詳しく教えてくれ、ユーチア」

「はい！」

ユーチアはビシッ！　と手を上げて答えた。

父マティスと継母キーラは、親交のある貴族を招いてよく晩餐会をひらいていた。実質は晩餐はおまけで、深夜まで飲み、踊り、賭けごとをし、大騒ぎをしているかと思えば、声をひそめて会談する――といったことのほうが重要だったようだ。

なぜユーチアがそうした『晩餐会』の流れを細かに知っていたかといえば、やはり侍女長のレーネや乳母のハンナのおかげである。使用人は当然、当主たちの行動を把握しているのだ。

だが、教わらずとも知っていたこともある。

それが、モートン侯爵のにおいだ。

彼は常に独特のにおいを纏《まと》っていた。彼が通っただけで、残り香がしばらく消えないほど強いにおいだ。

ユーシアは人前に出ぬよう厳しく言われていたから、モートン侯爵と直接、顔を合わせたことはない。しかし離れた部屋にいても、あちらこちらに残った強いにおいが立ち昇ってくるものだから、彼が来ているのだなとすぐにわかった。

『嫌なにおいですよ。気分が悪くなる！』

『料理も台なしですからね。お食事が目的の集まりではないのだと、よくわかるというものです』

ハンナとレーネの不評に、ユーシアも同意だった。香水と煙草を合わせたような、ねっとりとしつこいにおいのせいで、頭痛を起こすことがよくあったからだ。

また、逆にマティスとキーラが、モートン侯爵邸でのサロンに招かれていくことも度々あった。その際も、帰ってきた二人からは同様のにおいが漂っていて、使用人たちを閉口させていた。

「――というわけで、このニオイはよくおぼえているのでちゅ」

ユーチアが話し終えると、一同は驚愕の表情で視線を交わしていたが。

やがてレオンハルトは、「……そうか、そうか」と呟き、またもゴゴゴゴと聞こえてきそうな眼光を湛えて、腕の中のユーチアを見た。

「お手柄だ、ユーチア」

「う？　ニオイのはなちだけでちゅのに？」

「いえ、クリプシナ伯爵の裏取引の件と併せて考えると、とても重要な情報です。ですよね、レオンハルト様？」

「ああ、その通りだ。粗悪な品物の流通という点で共通しているから、もしやと思ってはいたが……これで具体的な策を練るための情報が増えた。ありがとう、ユーチア」

礼を言うレオンハルトの顔に浮かんだ微笑は、獲物を前に舌なめずりする猛獣を思わせた。その顔に、ユーチアはまたもすっかり見惚れていたものだから、うっとりしたまま「いえいえ」と返した。

「どういたちまちてでちゅ…………イケメン」

「ん?」

「はっ! ちっぱい!」

ユーチアは真っ赤になって口を覆った。

「ごめんなちゃい! レオちゃまがあまりにイケメンなので、ちゅい!」

「ユーチアは本当に見る目がある」

「きゃっ。恥じゅかちいっ」

笑い合う二人に、医師たちが驚愕と恐れの入り混じる目を向けていた。


悪質な薬の流通に関して、王都の有力貴族の名が出たところで、フランツから「ちょっと場所を変えて話したほうがよさそうですね」と提案が出た。

確かに、まだ憶測の段階だ。噂が広まり当人たちを警戒させるようなことがあってはならない。

明るい笑い声を上げるユーチアを、笑みを浮かべて見つめていたレオンハルトも、そこで表情を引き締め「そうだな」とうなずいた。しかし彼は、戦場のような診察室を出て厳《いか》めしい顔つきで院長室へ向かうあいだも、にこにこ顔の幼児を抱っこしたままだったので、傍から見ると非常にアンバランスな光景ではあった。

恋する幼児ユーチアには、そこまで考えが及ばなかったけれど……。

ひとまず、レオンハルトとフランツと病院長、副院長、そしてレオンハルトの隣にユーチアという顔ぶれで、今後の対策について話し合った。

患者から聴取したこれまでの薬の入手方法や、これから予想される流通経路、緊急時の患者に関する注意事項の確認、薬に使われている材料についてなど、今わかる範囲でできる対策を練り直した。

そして、モートン侯爵らがこの薬にどう関わっているのかという調査には慎重を期するゆえ、病院内においても情報管理を徹底するようフランツが要請したところで、レオンハルトらは席を立とうとしたのだが。

それまで、出されたホットミルクをおとなしく飲んでいたユーチアに、院長が「それにしても」と言いながら目を向けた。

「侯爵にあの薬のにおいが強くしみついていたというのが、医師としても気になるところではあります」

「……モートン侯爵も薬を使用していると？」

フランツの問いに、院長と副院長が視線を交わした。

「そうとは言い切れませんが。依存性の高い薬ですから……痛み止めとしてでなく、一時的に得られる多幸感や精力を忘れられず、『ちょっとだけ、今回だけ』を繰り返した末の中毒者も多いのです。……大貴族の方が、まさかとは思いますが」

レオンハルトが「あり得る話だ」とうなずく。

「クリプシナ伯爵夫妻は、普段はそのにおいはしなかったんだな？　ユーチア」

ユーチアはちょうど口に含んでいたミルクをコクンと飲んで、「はい」と答えた。

「普段はちまちぇんでちた。でも……」

「ヒゲがついてるぞ」

「あう」

口の端にミルクがついていたらしい。すかさずレオンハルトにハンカチで拭かれて、ポッと頬を赤らめながら礼を言い、「でも」と続けた。

「モートン侯ちゃくのチャロンに行くときだけは、ケイトリンをちゅれて行かなかったのでちゅ。ケイトリンがアルバートに会いたがって抗議ちても、チャロンにだけは、ちゅれて行きまちぇんでちた」

「例の、夫妻がにおいをつけて帰ってきたという、侯爵邸でのサロンだな？」

「はい、ちょうでちゅ」

「そのサロンが、悪い薬を『嗜む』会だったと考えると……溺愛していると評判の娘を、同行させなかった理由もわかる」

そう呟いてからレオンハルトは、じっとユーチアを見下ろしてきた。そしておもむろにユーチアの頭を撫でる。

大きな手の優しい感触が嬉しくて、笑顔で見上げると、レオンハルトも微笑んでくれたのだが……いつもと違い、どこかちょっと、労わる人の表情になっていた。

きっとレオンハルトは、『溺愛していると評判の娘』と発言したあとで、その真逆の扱いだったユーシアを思い、同情してくれているのだろう。

けれど今、ユーチアはとても幸せだ。

悲しくて寂しくて声を殺して泣いていたことも、暗い屋敷の中に心まで閉じ込めていた過去も、遠い幻のように思えるくらいに。

その幸せを与えてくれた人が、すぐ隣にいる。いつも一緒にいてくれる。

だから彼に向けたこの笑顔は心からの本物で、幸せのしるしだ。

「えへへ……ちあわちぇちゅぎて、どうちまちょう」

またそんな心の声をダダ洩らしながら、にこにことレオンハルトを見上げていると、不意にぎゅっと抱きしめられた。

「ほあぁ!?」

「……いい子だな、ユーチア。ほんとにいい子だ」

よしよしと背中を撫でられてから、長い腕が離れる。

ほんのちょっとの抱擁《ほうよう》。

けれどユーチアにとっては、永遠にドキドキが続くのではというほど強烈なできごとで。カーッと頬が火照って、ぷるぷると手も震えてきた。

これまでだって、抱っこされることはあったのだけれど……今の抱擁は、ちょっと違った。レオンハルトがユーチアを、大事に想ってくれていることが、触れた箇所のすべてから強く伝わってきた。

「レ、レオ、ちゃま」

「うん？　どうした？」

優しい笑みで見つめられて、ユーチアは「はうぅ」と呻くや、勢いよく抱きついた。

「今の！　今のを、もお一回、お願いちまちゅうぅ！」

「なに？」

「今のちあわちぇを！　永久保じょん用に、もお一回！」

「なんだそりゃ」

「……こらこら、お二人とも」

フランツの呆れ声で、ユーチアは「はっ！」と我に返った。

気づけば院長たちが、信じられないという顔でユーチアとレオンハルトを見ている。

「じゃれるのは城に帰ってからにしてくださいよ」

「じゃれてなどいないぞ」

レオンハルトは心外そうに眉根を寄せているが、ユーチアは顔から火が出そうだった。

そうだった。幸福感が暴走するあまり、院長たちの存在をすっかり忘れていた。しかも深刻な問題を話し合っていた直後だというのに……ときと場所を選ばぬ、恋のときめきの恐ろしさよ。

ユーチアは思わず、小さな両手で顔を覆った。

「ちっぱい……！　恋ちゅる幼児は恥かき幼児……！」

「何言ってるんだ？」

首をかしげて問うてくるレオンハルトに、「改めて訊かれると、余計に恥じゅかちいのでちゅ……」と死にそうな声で答えていると、フランツが「ところで」と院長たちに話を向けた。

「薬を常用している者にありがちな、初期症状というのはありますか？　俺たちが見るときは大概、かなり症状が進んでいるのですが」

ぽかんと口をあけたままユーチアを見ていた院長たちも、ほっとしたように「そうですね」とうなずいた。

「これまで主流だった煙草状のものでしたら、初期は咳が目立つでしょう。どの方法でも共通して、汗をかきやすくなったり、性的な……」

そこで院長は『しまった』という顔でユーチアを見てから、小声でフランツに「性的興奮を引き起こしやすくなったり」と耳打ちしたが、しっかりユーチアの耳に届いていた。しかしユーチアは羞恥のあまり転げ回りたい心境なので、それどころではない。

「鼻から吸えば、鼻水や鼻血を出しやすくなります。そうそう、これは巻き込まれた側の症状ですが、先ほどのユーチア様のお話の通り、あの薬はにおいがきついので、躰が弱っている方やお子さんは特に、においだけで目眩や頭痛を起こしやすいという報告があります。鼻血を出したり吐き気が止まらなくなったりということもあるようです」

「そういう症状もあったか？　ユーチア」

レオンハルトの問いに、ようやく平静を取り戻したユーチアは「いいえ」と首を横に振った。

「途中からは、対抗ちゃくがありまちたから」

「対抗策？」

「乳母のハンナが『モートン対抗バーム』をちゅくって、みんなに配ってくれまちた」

「「モートン対抗バーム!?」」

みんなで声をそろえて目を丸くしている。ユーチアは「はい」とこっくりうなずいた。

「それはどういうものなんだ？」

レオンハルトに問われて、ユーチアは小さな胸を張る。

「ちゅーちゅーちゅるバームでちゅ！」

「「ちゅーちゅーちゅるバーム……？」」

ユーチア以外の全員が首をかしげている。

ユーチアは「こう」と、胸の上で手をクルクルさせた。

「こうちて胸に塗ると、ちゅーちゅーちゅるバームでちゅ。鼻ぢゅまりも、ちゅーっと治りまちゅ」

「「ああ、スースーするバーム！」」

全員一緒に理解してくれた。舌足らずは話ひとつ理解してもらうだけでもひと苦労だ。

ユーチアは「ふぃー」と息をついて、ちょっと汗ばんだ額を丸いこぶしで拭うと、「ハンナの『モートン対抗バーム』は、とくべちゅなのでちゅ」と続けた。

「元は、リフテト家でちゅかわれていた調合だと言ってまちた。リフテト家の領地は高温多ちちゅで、むちも多くて」

「高温多湿で、虫も多くて？」

「でちゅ。伝ちぇん病が発ちぇいちゅると、蔓延《まんえん》ちやちゅいので」

「伝染病が発生すると、蔓延しやすい」

「でちゅでちゅ。むちよけと、ちょう毒の効果があるローチョンやバームなどを、代々のとうちゅが工夫を加えてちゅくって、領民にも配っていたちょうでちゅ」

「虫よけと消毒効果のあるローションやバームなどを、代々の当主が作ってきたんだな？」

「まるっとちょの通りでちゅ」

逐一院長たちに通訳してくれたレオンハルトに、ユーチアはぺこりと頭を下げた。

「ちゅうやく、ありがとおごじゃいまちゅ」

「どういたしまして」

レオンハルトも頭を下げ返してきてから、「なるほど」と、また首をかしげてユーチアを見た。

「虫よけと消毒効果が、特別ということだな？」

「伝ちぇん病を食い止めるくらいの、ちゅごい効果なのでちゅ。なのに肌荒れちぢゅらいのが、またまたちゅごいところなのでちゅ！　ただち……」

「ただし？」

「塗った直後は、ちょれはもう、ちゅーちゅーちまちゅ。モートン対抗バームは、鼻のちたと鼻の穴にぬりぬりちまちたから、香りが直撃で。だからこちょ、あのきちゅいニオイに対抗できたのでちゅが……。目をあけていられないほどのちゅーちゅーっぷりでちた。ぬりぬりちた者は皆、涙と鼻みじゅを滝のように垂れながちゅ運命なのでちゅ……」

フランツが「そ、それだと」と目をぱちくりさせた。

「せっかく塗ったバームが流れちゃうんじゃないのかい？」

「ちょこも、あのバームのちゅごいところなのでちゅ！」

「ちょこ、というと？」

ユーチアはレオンハルトの真似をして、「うむ」とうなずいてみせた。「あのバームは、一度目は泣けてくるほどちゅらいのでちゅが、二度ぬりちゅると、ちゅがちゅがちく感じるのでちゅ」

「二度目は清々しいの？」

「はい。だからみんなも、おもちろがってぬりぬりちていまちた。ちょれに流れてちまっても、効果は、じ、じじょく、ちゅる」

「持続するんだ？」

「はい。ハンナはちょう言っていまちた」

「なるほど、それは確かにすごいね」

「あくまでハンナの個人的な感ちょうでちゅ。効き目には個人ちゃがありまちゅので、用法・用量を守って、正ちくおちゅかいくだちゃい」

「何かの宣伝みたいだね」

二人の会話を聞いていたレオンハルトが、「うむ」とうなずいた。やはり本物の貫禄は違う。

「ぜひ行軍の装備品に入れたいな。商品化されてはいないのか？」

「売り物ではありまちぇんが、ちょれなら、このヨメにおまかちぇくだちゃい！」

ユーチアはどーんと胸を叩いて、勢いよく叩きすぎ、「ケホッ」と咳き込んだ。

レオンハルトに「何やってるんだ」と背中をさすられて、「ちっぱい」と頬を火照らせる。ちょっと涙目でミルクを飲み、呼吸を整えてから、改めて言い直した。

「このヨメに！　おまかちぇくだちゃい。調合方法は見ておぼえていまちゅから、このヨメが！」

「いいのか？　リフテト家秘伝のバームなんじゃないのか」

「領民に配ってたくらいでちゅから、特にひみちゅにちてたわけではないと思いまちゅ。ちょれに、レオちゃまにちょっぴりでも、恩返ちちたいのでちゅ……」

話しながら、ユーチアはちょっと切なくなった。

これまでレオンハルトが与えてくれた大きな庇護と親切に対して、バームごときでは、あまりにちっぽけすぎるお返しだ。

レオンハルトは馬鹿にしたりせず、「ありがとう、ユーチア」と優しく頭を撫でてくれるけれど……。

院長たちが「嫁……」と戸惑いを隠せずにいるように、どう説明しようと、今のままではユーチアは謎の幼児としか見られない。クレールのような理解を示してくれる人は少数派だろう。

その上……大変な職責を抱えるレオンハルトの、大切な領地と領民に、粗悪な品物の流通で打撃を与えている黒幕は、ユーチアの父親である可能性が高い。

なのにレオンハルトは、一貫してユーチアを守ろうとしてくれている。

なんの力もない、なんの見返りも期待できない、手間のかかる幼児を。

……だからといって落ち込んでいても、心配をかけるだけだということもわかっている。だが実際に患者の状態を目にしたことで、父や継母らの悪事の罪深さが、重石のようにのしかかってくるのだ。

ゆえになんとかして、どうにかして、レオンハルトの力になりたいと切望する気持ちは強くなる一方。

世話になるばかりじゃなくて、負担になるばかりじゃなくて。

「……幼児じゃないユーチアなら、もっとお役に立てるのでちょうか……」

自問自答までダダ洩らす、こんな幼児でなく、元の姿なら。そしたら、何かが変わるのだろうか。

「何か言ったか？　ユーチア」

「い、いえいえ、なんでもありまちぇん」

ユーチアは「てへへ」と笑った。

その夜。

すっかり幼児仕様になったユーチアの部屋で、ユーチアはなかなか寝つけずにいた。

幼児化して以来、昼間は元気に動き回り、夜はぐっすり朝まで熟睡という、健康的な睡眠を取れていたのだけれど。

「レオちゃまは、まだ、おちごと中なのかな……」

城に帰ってきたときに、レオンハルトはフランツと、急ぎの書類仕事が夜中までかかるかもという話をしていた。

多忙な中、時間を割いて魔素研究所へ連れて行ってくれたのに、初デート！　と浮かれていた自分が恥ずかしくなる。

「幼児になると、ちょんなことにも、気が回らなくなるの……」

ユーチアは大きなベッドの上で、ちんまりと膝を抱えた。

それから「あうぅ」とか「うあー」とか、呻いたりため息をついたりしながら、延々コロンコロンと左右に転がった。寝台だけは大人用のままなので転がり放題だ。

幼児化した途端、寝相があまりに自由奔放になってしまったために、侍女長のゲルダがレオンハルトに相談した結果そのまま大人用の寝台を使うことになったのだが――今夜はなぜか、そんなことまで改めて気になり、落ち込んでしまう。

「はあぁぁぁ」

今日一日で、いろんなことがあったから、気持ちが不安定になっているのかもしれない。

「とにかく寝ろでちゅ、ユーチア」

自分に言い聞かせながら転がるうち、やっとユーチアに眠りが訪れた。

◆　◆　◆

夜が更けて、ようやく仕事を片付けたレオンハルトは、そのまま自室に引き上げようとして、ふとユーチアのことが気になった。

夕食の際もニコニコと元気な様子ではあったけれど、あちこち歩き回って疲れたのか、少し無理をしているようにも見えた。

とはいえレオンハルトも仕事があって、ずっと一緒にいてやるわけにもいかず、食後はそのまま別れたのだけれど……。

「……ベッドから落ちてないか、確認しておくか」

妙に心配性になった自分に苦笑して、足早にユーチアの部屋へと向かう。彼の部屋は城の奥まった場所にあるが、レオンハルトの足はあっというまに辿り着いた。そうしてそっと扉を開けて、手近な燭台に手早く火を灯す。

天蓋付きのベッドは紗幕《しゃまく》のみが閉められていて、スースーと小さな寝息が聞こえてきた。

その可愛らしい寝息を聞いて、レオンハルトは安堵する。

何も変わりない。

何を心配していたのかと、また苦笑を浮かべ。

では今度こそ自室へ戻ろうと、火を消そうとして――ベッドを二度見し、紗幕を開けた。

「……っ⁉」

レオンハルトはこれまで幾度も、国土防衛の指揮官として戦地に赴いてきた。

最前線で兵士たちを鼓舞しているときに、頭のすぐ横を毒矢が飛んでいったこともあったし、行軍中に蟻地獄《ありじごく》のような沼地に嵌まって抜けられなくなり、死を覚悟したこともある。ちなみにそのときは、よく確かめてみると顔が埋まるほど深い沼地ではなかったので、泥んこになりつつも普通に生還できたのだが。

いかなるときも、冷静であることを己に課してきた。

指導者が動じれば、そのさざ波が部下たちに伝わる頃には大波となって、勝利への士気も結束も瓦解させかねない。

『氷血の辺境伯』――常に動じず、敵対する者は容赦なく氷の獄に封じるレオンハルトに、いつからか与えられた異名。

どう呼ばれようとかまわないが、とにかく感情は己で抑制せよ、軽々に気持ちを乱すなと――領主の覚悟を決めた十二の年から自分に言い聞かせ続けて、そして迎えた、二十八歳の春。

「…………誰だ、これは」

ユーチアが眠っているはずのベッドで眠る青年を見下ろし、レオンハルトは固まっていた。

いや、ただ見知らぬ男がそこにいるだけなら、これほど動じない。さっさと叩き起こして、ユーチアをどこにやったと問い詰めている。

しかしレオンハルトは一瞬にして――窓から差し込む月明かりのほかは、頼りない燭台の明かりしかない暗闇の中にもかかわらず――この青年が誰だか、わかってしまった。

なめらかな白い肌。

絹糸のようにつややかな薄茶色の髪。

長い睫毛。

かたちのよい小さな唇。

安心しきった、愛らしい寝顔。

どこもかしこも、幼児ユーチアの面差しが色濃い。

口では「誰だ」などと言ってみても、本能と感性は一瞬で見抜いていた。

この青年はユーチアだ。

いや、そうじゃなく……。

「ユーシア……？」

呆然と名を呼んだ。

呆然とするなんていつ以来だろうかと、頭のどこかで思いながら。

『自分はちっちゃくなってしまったユーシアなのだ』というユーチアの主張を、信じたつもりでいた。

保護された状況も、三歳児らしからぬ言動も、クリプシナ家に精通していることも、ユーチアの言葉を裏付けるには充分だった。

その考えは、魔素研究所のクレールの言葉で、さらに確固たるものとなっていた。

何より……ユーチアの素直さと、純粋さ。

輝くような天真爛漫さ。

怖がられているかと思いきや、どんどん懐に飛び込んできて、あけっぴろげな好意を寄せてくる懐っこさ。

けれど同時に、可哀相になるほどの引け目や、負担になるまいという遠慮を感じて……そのすべてが、ユーチアの善性を物語っていた。

こんな子が、幼児になってしまったなどという荒唐無稽な嘘をつくはずがない。そう確信できていた。

……そのつもり、だった、のだが。

現実に今、こうして目の前に、ユーチアの代わりにユーチアそっくりの青年が出現しているのを見ると、信じ難くて固まっている自分がいる。

「……ど……」

どうしたら、いいのだ？

その言葉が脳内を駆け巡る。

レオンハルトは、かつてこれほど硬直し、これほど判断力が麻痺し、これほど優柔不断になったことはない。

呆然としたまま見つめる先、ユーチア――いやユーシアであろう青年が、「んー」と吐息のような声を洩らした。

レオンハルトは、らしくもなくビクッ！　と肩を揺らしたが、ユーシアは何やら苦しそうに掛布の下でゴソゴソ動き、ポイッと何かを放り投げて、また健やかな寝息を立て始めた。

よく見ると、くしゃりとベッドの端に放られたのは、ユーチアが着ていた寝衣だ。頭からスポッと被って胸の前をリボンで結ぶ、ゆったりとしたデザインだが、当然、青年が着るには小さすぎる。窮屈で寝苦しくなり、無意識に脱ぎ捨てたのだろう。

ということは、やはり……この青年は、ユーチアだったユーシアなのだ。

「……マジか」

呟いて見つめる先、白い肩が露出しているのに目が行って、レオンハルトはすごい勢いで視線を逸らした。

寝衣を脱いだということは、掛布の下は裸なのだと、急に気づいてしまったのだ。

「だからなんだというのだ」

思春期真っ盛りの少年じゃあるまいし、人が裸で寝ているくらいで何をあわてているのか。自分で自分が恥ずかしい。

あわてたおかげで硬直状態は脱したが……さて、今から何をどうすべきなのか、頭が回らない。正直、脳裏を駆け巡るのは、『マジかー!』という驚愕の叫びばかりだ。

「冷静になれ、俺よ」

氷血の辺境伯はどこへ行った。

「まず……まずは、そう。深呼吸だ」

いちいち口に出して行動確認する辺り、やはり混乱が尾を引いているのだが、レオンハルトはとりあえず深く息を吸い込んだ。

と、そこへ、「レオンハルト様?」とひそめた声をかけられた。

振り向くと、細く開けたままだった扉から、家令のイグナーツと侍女長のゲルダが顔を覗かせている。

いつもと変わらぬ姿の二人を見て——それが当然なのだが——レオンハルトはホッと胸を撫で下ろした。

「どうした？」

「我々はいつものように、ユーチアア様のご様子を見に参りました」

二人にはユーチアの世話を頼んでいるから、彼の就寝中も毎晩様子を見に来てくれているのだろう。

今夜はたまたま、二人の見回りが重なったようだ。

「レオンハルト様も？」

ゲルダに訊かれて、レオンハルトは「ああ……そうなんだが」と、二人を室内へ招いた。

「実は大変なことになっている」

そう言うと、二人はギョッと目を剝き、先を競ってベッドへ駆け寄った。

「大変なこと!?」

「ユーチア様がお熱でも出されましたか!?」

声をひそめてレオンハルトへ問いかけつつも、目はベッドの上へと向けていた二人の動きが、先ほどのレオンハルトと同様、ピタリと止まる。

「……え？」

「ええ!?」

驚愕の声が上がったと同時、ユーシアが「んー……」と身じろいだ。

ギクッと硬直した三人の視線が集中する中、長い睫毛が震えて、ユーシアの目がぱちりとひらく。

その顔を見て、レオンハルトは息を呑んだ。

現れたのは、やはりユーチアと同じ、澄んだ琥珀色の瞳。

長い睫毛に縁取られた綺麗なアーモンド形の目は、繊細な鼻筋と相まって、儚いほどに美しい。薄明かりの中にあって、彼の周りだけが幽玄《ゆうげん》の趣で……まるで月光を受けて咲く、白い花のよう。

三人ともが声を失い、固唾を呑んで見つめていると、ユーシアとレオンハルトの目が合った。

レオンハルトは思わずドキリと目を瞠ったが、ユーシアは幸せそうな笑みを浮かべて、「レオ、さま」と小さく呟いた。

「レオンハルト様がいる……なんていい夢……」

そうしてまたまぶたを閉じると、すやすやと気持ちよさげな寝息を立て始めた。

あんぐりと口を開け、呆然と視線を交わす、三人の大人たちを残して。

✦
✦
✦

翌朝。

騎士団長バルナバス、侍従長フィリベルト、料理長ベティーナ、そしてフランツは、家令イグナーツと侍女長ゲルダから『緊急会議』に招集され、昨夜の顚末を聞かされた。

欠伸をしながら「眠い」「忙しい」と文句を言いつつやって来た四人だが、常に穏やかなイグナーツと、しっかり者のゲルダが、いつになく興奮し頰を紅潮させているのを見て、これはただごとではなさそうだと心して円卓を囲むと。

早速ゲルダが、抑え切れないというように喋り出した。

「見たの！　この目でしっかり見たのよ！　間違いないわ、寝ぼけてなどいなかったわ！　本当の本当に、ユーチア様はユーシア様だったの！　元に戻ったユーシア様を見たのよーっ！　ね、そうよね？　イグナーツ！」

「ああ……信じ難いことだが、事実だ。確かに昨夜ユーチア様は、二十歳の青年のユーシア様に戻っていた」

「うっそマジで⁉」

最初に反応したのはフランツだ。ユーチアを保護してきて、『彼はユーシア様だ』と最初に主張した張本人。

ゲルダが「マジで、マジで！」と返すと、フランツは「なんでだよーっ！」と頭を抱えながら家令室の天井を仰いだ。

「なんで俺がいないときに、そんな美味しい……じゃなくて、重大なことが起きたわけ⁉　どうだった⁉　ユーシア様はどうして戻ったんだ⁉　そのときレオンハルト様の反応は⁉」

「そう、それなのだけどね」

ゲルダはレオンハルトから聴いた説明通り、ユーチアは眠りについたあと無自覚に変身したらしきことと、それは魔素研究所のクレールによれば、特殊魔法の作用によるものらしいということを説明した上で、「それでね」と続けた。

「大人になった……本来の姿になった、ユーシア様なのだけどね」

「「「うんうん」」」

皆そろって前のめりでうなずく。

ゲルダは感動の余韻を味わうように、ため息をこぼした。

「それがもう……信じられないほど綺麗だったのよ……！　白い花のように。ね、イグナーツ！」

「ああ。私は蛹《さなぎ》が蝶になったと思った」

「見ればあなたたちも驚くわ。月光を浴びたユーシア様ときたら、ほのかに輝いているんじゃないかしらというくらい、神秘的な美しさだったんだから！」

「んまあ！」

「それはそれは」

「やったじゃねえか、レオンハルト様！」

「それでそれで!?」

ベティーナ、フィリベルト、バルナバス、フランツが、好き放題に盛り上がる中、ゲルダはまだ昨夜を思い出してうっとりとしている。

「まるで物語の挿絵を見ているようだったわ……。美しいお姫様の目ざめを、そっと見守る王子様の場面よ。ユーシア様の表情は、まさにそれだったの。夢見るようにレオンハルト様に微笑みかけた、あの可憐さといったらもう」

「王子様」

「それはもしや」

「レオンハルト様のことか？」

「ブフーッ！」

レオンハルト王子説は一同の笑いを誘ったが、イグナーツは「いや、笑いごとではないぞ」と皆を窘めた。

「王子という表現が適切かどうかはともかく、ユーチア様がユーシア様だということは、真実だった。我々が証人だ。……これは大変なことだ」

「うん。それは確かに」

同意したフランツが、笑いを引っ込めて皆を見る。

「ユーシア様はそもそも一度、命を狙われている。捕らえた野盗の一味は下っ端で、確たる証拠は得られなかったが、首謀者はわかっている。だが彼らにもし、ユーシア様が生き残っていて、しかも超の付く特殊魔法の持ち主だと知られたら……」

「また命を狙われると？」

フィリベルトの問いかけに、バルナバスが先に「あり得るな」と首肯した。

「そればかりか、幼児趣味の変態に売っ払われる可能性もある」

「やめてよ！　それにユーシア様はもう、幼児じゃないんだろう？」

ベティーナの抗議にも、バルナバスは「現実問題、人身売買はあるんだからよ」と深刻な表情を崩さない。

「ゲルダもイグナーツも絶賛するほどの美形で、しかも特殊魔法持ちなんて、どんだけ高値で取引されるか。殺すよりむしろそっちのほうが美味しいと、考えるかもしれねえじゃねえか」

「だとしても、ユーチア様がユーシア様に戻ったのなら、予定通りレオンハルト様と婚姻されることになんの支障もない。イシュトファン辺境伯閣下の奥方となれば、陛下や社交界にも招かれる。どのみち、隠しておくことなどできまい」

常に冷静なフィリベルトの指摘はもっともで、皆「確かに」とうなずいたが。

フランツはにっこり笑って、レオンハルトが信頼する面々を見回した。

「状況がどう変わろうと、俺たちが全力でお守りすればいいだけのこと。それに何より、旦那があのレオンハルト様だよ？　それ以上頼りになるものがあるかい？」

「だな！」

にやりと笑ったバルナバスと共に、物騒な話は終わって……。

次なる一同の関心はやはり、当人たちの動向である。

「で、新郎新婦は今どこに？」

わくわく顔のフランツが尋ねると、急にゲルダもイグナーツも口をつぐんだ。互いに気まずそうに顔を見合わせている。

「なんなんだよ」とバルナバスに急かされて、イグナーツが深刻そうに口をひらいた。

「まずレオンハルト様はその後、作りかけだったある物を、徹夜で完成させていらっしゃった」

「は？　なんか脈絡がねえな。せっかくユーシア様が元に戻ったのに、なんで物づくりに励んでんだよ」

「だからそれが、ユーシア様……いや、ユーチア様への贈りものなのだ」

バルナバスに続いてフィリベルトとベティーナも、「ユーチア様？」と首をかしげる。

「ユーシア様じゃなく、ユーチア様への贈りもの？」

「しかも徹夜で？」

イグナーツは眉根を寄せて、「……人は、ときに」と首を横に振った。

「何かに没頭することで、平静を保とうとするものなのだ。レオンハルト様ほどのお方であろうとも」

「何言ってんだかわかんねえ」

バルナバスの抗議に、ベティーナも「そうだよ」と同意した。

「あたしゃ早くユーシア様にお会いしてみたいよ！　あの愛らしいユーチア様がどうなっちまったんだか、お会いしないことには心配で仕方ないもの！」

「それなら、じきに……ああ、ちょうどいらっしゃった」

廊下のほうに耳をそばだてているイグナーツにつられて、皆そちらへ耳をすました。

すると確かに、キコキコと何かを動かしているような音が、かすかに聞こえる。

それを確認するや否や、皆一斉に立ち上がり、ユーシアの姿を拝もうと我先に部屋を飛び出した。

そんな一同が目にしたものは――……。

「レオちゃま、これ、ちゅっごく楽ちいでちゅ！」

「そうか、よかったな」

キコキコと、精巧な木製の三輪車を漕いで廊下を移動してくるユーチアと、その横を歩いて付き添う父親……もとい、レオンハルトの姿。

イグナーツとゲルダ以外の四人が、がっくりと膝から崩れ落ちた。

✦
✦
✦

「ねえねえ、レオンハルト様！　実際のところ、ユーシア様はどうでした？　ゲルダとイグナーツの話では、文句のつけようがない美人さんらしいじゃないですか。どう思われました⁉」

ユーチアがユーシアになった、衝撃の夜の翌日。

執務室でフランツと二人になった途端、質問攻撃が始まった。

「うるさい、仕事をしろ」

そう言って遮っても、仕事だけはデキる部下は、喋りながらも資料を仕分ける手は止めておらず、

「仕事してまーす」と言い返してくる。

おまけにフランツは、ユーチアを『本物のクリプシナ家令息』と最初に認めて、連れてきた者でもあるから……詳しい事情を知りたがるのも無理はないことと、レオンハルトもあまり無下にはできないのだった。

「そもそも、どうして突然、元の姿に戻ったのです？」

「わからん。本人もおぼえていなかった」

そう。ユーチアは夜中に元の姿に戻っていたことに、まったく気づいていなかった。

眠っていたのだから、当然といえば当然なのだが。

真夜中に、すこやかに眠るユーシアを目撃したあのときのことを、レオンハルトは複雑な気持ちで思い出していた。


ゲルダとイグナーツと三人で、眠るユーシアを呆然と見つめた。

しかしユーシアが「ううん」と寝返りを打ったことで、レオンハルトは我に返った。

なぜなら掛布がめくれて、ユーシアの裸の肩や腕、胸元までが露出したからだ。

レオンハルトは反射的に、ギロリとイグナーツを睨みつけ、椅子に掛かっていたショールを引っつかむと、敵に不意打ちを食らわせるときより素早く、露わになったユーシアの躰を隠した。

それを見ていた二人は目を点にしたが、ゲルダが「ハッ！」と何か察したようにうなずき、イグナーツの背中を押した。

「イグナーツ！　ユーシア様のお着替えを用意しましょう！　それにほら、えーっと……」

盛んに目配せされたイグナーツも、同じく何かに思い至ったという顔で「お、おお、そうだった！」と何度もうなずき、レオンハルトを見た。

「念のため、お夜食などもご用意いたしましょう。レオンハルト様はユーシア様に付き添っていらしてください。もしも今目をさまされたら、きっと混乱されるでしょうから」

「あ、ああ。わかった」

静かに二人が出ていったあと。

残されたレオンハルトは、ひとりでカーッと赤面していた。

恥ずかしくて顔を火照らせるなんて、記憶にある限り、レオンハルトの二十八年の人生の中で初めてのことだ。

何が恥ずかしいって、自分がユーシアに対して独占欲を剝き出しにして、それを二人に知られてしまったことである。

たとえ初老のイグナーツであろうとも、ユーシアの肌を見せることが許せず……あんなにあわてて隠すなんて、『妻の肌をほかの男に見せてたまるものかと嫉妬する夫』そのものではないか。

……そう考えて、レオンハルトの顔がまたボッ！　と火照った。

「嫉妬？　この俺が？」

何が『妻の肌』だ。

結婚なんて、どうでもいいと言っていたのではなかったか？

蛇のような令嬢たちにうんざりして、わざと悪評を流させて、『余計な干渉は受けない、家庭を守る前に国と民とを守らねばならない』などと、主張を掲げていたのではなかったのか？

それなのに……初めてユーシアを目にした途端、この始末。

いくら彼が想像を絶する美しさだったとはいえ、いきなり嫉妬の炎を強火で燃やすなんて……『感情は己で抑制せよ』はどこへ行った。

「嫉妬？　中身はあのユーチアだぞ？」

そう、中身はあの無邪気で愛らしいユーチアだ。

それだからこそ、困るのだ。

辺境伯の地位やイシュトファン家の財産は、政略結婚の条件としてさぞ魅力的なのだろう。そうした欲得ずくで近づいてくる者はいくらでもいたが、そんな人間には、いくら見た目が美しくても心を動かされたりしない。

けれどユーチアは……。

どこまでも無邪気で純粋な好意を、レオンハルトに寄せてくれる。

彼が金や地位に興味がないのは明らかで、だったらいったい自分のどこに、そこまで好いてもらえる要素があるのかが、さっぱりわからないのだけれど。

以前、ユーチアを泣かせてしまったとき──

彼の気持ちを本気で受け止めず、結婚以外の道にも目を向けさせようとして、『本当の恋愛をすればいい』などと言って、泣かせてしまったとき。

ユーチアは号泣しながら、彼を泣かせた張本人であるレオンハルトの手を、きゅうっと握ってきた。

拙いながらも彼は、懸命に想いを伝えてくれていたのだ。なのにレオンハルトはその想いを、何かの勘違い程度に扱おうとした。

それでもユーチアは怒るでも失望するでもなく、必死で想いを伝えようとしてきた。

あれほど一途に慕われて、愛おしく思わずにいられるほど、レオンハルトの心は頑なではない。

ユーチアが喜んでくれるなら、笑ってくれるなら、なんでもしてやろうと思う程度には大切な存在となった。

だがそれは恋愛感情ではなく、あくまで、保護者としての感情だったのだ。

──ユーシアを見るまでは。

大人の姿になったユーシアは、月明かりから生まれたように儚い美しさだった。

その彼が、澄んだ琥珀色の瞳でレオンハルトを見つめてきたとき。

レオンハルトを見て、この上なく幸せそうに微笑んだとき。

目を奪われるとはこういうことかと、レオンハルトは初めて知った。

その上、中身はあのユーチアなのだ。

すでにガッチリとレオンハルトの心をつかんでいる、あのユーチアなのだ。

そうしたすべての感情が嵐のように襲ってきて、再度「深呼吸」と己に言い聞かせ、ユーシアに背を向けて数回、深く息を吸ってー、吐いてー、と繰り返し。

「大丈夫だ、落ち着いた」

わざわざ声に出して強調してから、ドキドキしつつ振り向くと。

ベッドの上には、掛布を蹴とばして、おへそまで丸出しのユーチアがいた。

大変見慣れた、大胆な寝相と愛らしい寝顔で。

レオンハルトは無言で掛布を掛け直してやり、しばらくそこに立ち尽くしてから、猛烈な速足で自室に戻ると、机に向かって頭を抱えた。

頭の中で『どうなってるんだ！』の叫びがこだまする。

ユーチアに戻ってガッカリしているということは、断じてない。むしろホッとしている。

しかし次はいつユーシアに会えるのか、もしやこのまま会えないのかと考え出すと、いてもたってもいられない。

『感情は己で抑制せよ』という方針からは程遠い精神状態でいたとき、ふと、机の上の図面に目が行った。

ユーチア用の三輪車の図面である。レオンハルトが設計し、製作途中の。

「――よし」

レオンハルトは立ち上がり、今度は作業室へ高速移動し、雑念を捨て、無になるまで作業を続けた。

そうして夜が明けるまで作業を続けた結果、無になる前に、三輪車が完成したのだった。

――と、いうような経緯を、すべてフランツに教えればどんな反応をするか目に見えている。

よってレオンハルトは、ただひと言、「そういうわけで」とフランツを見た。

「三輪車が完成したのだ」

「三輪車の話してましたっけ？」

第五章　求婚

ユーチアがユーシアになった日から、七日目の午後。

この日もぽかぽかとした春の陽気で、空にはのんびりと綿雲が浮かんでいる。

「いいお天気でちゅねー」

「そうですね」

三輪車から廊下の窓を見上げるユーチアに、ゲルダがにっこり笑ってうなずいた。

「ゲルダちゃん……おいちょがちいでちょうから、僕ひとりでだいじょぶでちゅよ？」

「忙しくなんてありません。たとえ忙しくても、こんなに愛らしいユーチア様とご一緒できる機会を逃したくありませんわ。それともユーチア様は、ゲルダがいるとお邪魔ですか？」

「じぇんじぇん！　じぇんじぇんでちゅ！　ゲルダちゃんとごいっちょできて、うれちいでちゅ」

「まあ、嬉しい！」

本当に嬉しそうに頬を紅潮させるゲルダを見て、ユーチアも嬉しくなった。

この城に来た当初から面倒を見てくれているゲルダと家令のイグナーツは、初対面のときから親切ではあったけれど、このところさらに距離を詰めて親身になってくれている気がする。

そう、ユーチアがユーシアになった翌朝辺りから、だろうか。

今日もそう。

お昼寝から起きたユーチアが、今最も気に入っている遊びの『三輪車でアイレンベルク城探検ツアー』に出ようと、愛車の『レモンタルト号』に跨《また》がると。

「ユーチア様。本日も三輪車で遊ばれますか？　ゲルダもご一緒させてください」

と、すぐさま申し出てくれた。

ゲルダが仕事から手が離せないときは家令のイグナーツが来るし、彼も無理なときは侍従長のフィリベルトか、料理長のベティーナが来る。

一度だけ騎士団長のバルナバスが顔を出したこともあったが、彼は任務で留守にしていることも多いようで、ほかの四人ほど頻繁《ひんぱん》ではない。

おそらくレオンハルトから、幼児をひとりにせぬよう命じられているのだろう。

多忙だろうにと申しわけなさも感じるが、見た目が三歳の子を放置しておけない大人の事情もよくわかるので、素直に好意を受け取っている。

「レオちゃま、今頃どこにいるのかな……」

キコキコと三輪車を漕ぎ出しながら呟くと、ゲルダの耳に届いてしまったらしく、「今日は残念でしたね」と慰めるように言われた。

「せっかくレオンハルト様と、お出かけの予定でしたのにね」

そうなのだ。

最近忙しそうにしていたレオンハルトだが、急ぎの仕事が片付いたとかで、今日は再び魔素研究所に連れて行ってもらうはずだった。そしてクレールに、ユーチアが短時間ながらもユーシアになっていたことを相談する予定だったのだけれど。

急な知らせが入って、レオンハルトはフランツと出かけてしまい、ユーチアはお留守番となった。

と言ってもこの通り、誰かが必ず付き添って、万全の態勢でお守りをしてくれているのだが。

「おちごとなので、ちかたないでちゅ」

心配させぬよう笑顔で言うと、ゲルダも「そうですね」と笑ってくれた。

「早くお帰りになるといいですね」

「はい！」

そこは正直にうなずくのが幼児仕様。

けれど……クレールに相談するといっても、ユーチアには元の姿に戻っていた自覚がない。だからレオンハルトから「また相談してみよう」と言われて、「二度目のデート！」と鼻息荒く喜んだものの、何をどう相談すればよいのかは、わからずにいる。

レオンハルトばかりかゲルダもイグナーツも、元の姿の自分を見たと聞いたときには、本当に驚いたけれど……。

「ゲルダちゃん」

「はい、ユーチア様」

「あの、ちょの、僕……」

「どうされました？　お腹がすきましたか？」

「違うのでちゅ。えと……ゲルダちゃんも、おっきく戻った僕を、見たのでちゅよね？」

「ええ、拝見しました！」

この話をすると、なぜかゲルダは興奮気味になる。

ユーチアはちょっと怯みながらも、ずっと気になっていたことを訊いてみた。

「えと、えと。レオちゃまは、ちょの……元に戻った僕を見て、気持ち悪がって、いまちぇんでちたか……？」

今のユーチアの最大の心配ごとは、そこにある。

ユーチアがユーシアであると受容することと、実際に人が小さくなったり大きくなったりする様を目撃するのとでは、衝撃の度合いがまるで違うと思うのだ。

ゲルダは「まさか！」と目を丸くしたが、もしも己が大人になったり子供になったりするのを自分で見られたなら、「こわっ！」と思う気がする。

「子供の頃、『寝る子はちょだちゅ』って、ハンナからよく言われまちたけど……ちょだちゅにもほどがありまちゅよね」

「寝る子は育つ⁉　おほほほ、ユーチア様ったら！　育つというか、元の姿に戻られたのでしょう？　ゲルダは惚れ惚れしちゃいましたよ。あの可憐な美しさを見て、気味悪がる人などいるものですか！」

それまで三輪車の横を歩いていたゲルダが、ユーチアの顔を覗き込んでそう力説してきたものだから、ユーチアはビクッと躰をのけぞらせた。

ゲルダは……それにイグナーツも優しいので、そんなことを言ってくれるけれど。

そしてレオンハルトも、これまでとまったく変わらず優しいけれど。

「僕って……縮んだり伸びたり、ダンゴムチみたいでちゅ」

「ダンゴムシ⁉」

ゲルダが「そんな馬鹿な」と大げさに驚いていている。

でもユーチアは本当に、複雑な気持ちなのだ。

幼児のままではレオンハルトの負担を増やすばかり。

もしも元に戻れたなら、レオンハルトの役に立つこともできるだろうか……そんなことを考えて、悩んでいたのは本当だ。

だが実際に、元に戻っていたと知らされると……。

ちびっ子ではない、本来の自分の姿を見て、レオンハルトはどう思っただろう、とか。

大人の自分は、これまでのように気安くそばに置いてはもらえないかもしれない、とか。

グダグダと思い悩んでしまっては、プルプルと頭を振って、気持ちを切り替えろと自分に言い聞かせることを繰り返している。考えても仕方のないことに気をとられるより、レオンハルトが発明した、この三輪車を満喫するべきだと。

レオンハルトは本当にすごい。こんなものを考えつくだけでもすごいのに、それをかたちにするのだから、天才としか言いようがない。

……明らかに幼児向けの乗り物なので、正直、初めて「乗ってみろ」と言われたときは、かなり複雑な気持ちになったが……。

それでもいざ乗ってみるととっても楽しくて、複雑な気持ちなど飛んでいった。これは商品化すれば絶対売れると思う。今ではすっかりユーチアのお気に入りで、『レモンタルト号』という名前まで付けてしまった。

それに三輪車のおかげで行動範囲が広がったので、城で働く使用人や、出入りする兵士や商人など、たくさんの人と会う機会が増えた。

今日もキコキコ移動するうちに、廊下の向こうからガヤガヤと掃除道具を持ってやって来た召し使いたちから、「あっ、ユーチア様よ！」と声が上がって。

ユーチアは颯爽と愛車に跨ったまま、ぺこりと頭を下げた。

「こんにちは。ちゅてきなお天気でちゅね。ご機嫌いかが？」

途端、「やったー！　今日もユーチア様に会えたー！」と歓声が上がる。

「ラッキーラッキー！」

「今日もレモンタルト号でお城探検ですね？　ユーチア様！」

「あー癒される。あー可愛い」

たちまち取り囲まれて、頭を撫でられたりほっぺをプニプニされたり、「会えるかもと思って持ってきてよかった！」と言いながらポケットにお菓子を入れられたりと、大騒ぎになった。

ユーチアが「あうぅ」とされるがままになっていると、ゲルダが「もう、いいかげんにしなさい！」と切り上げさせる。

……最近はこんな流れも、恒例になりつつあった。


レオンハルトやフランツたちは、ユーチアがユーシアであることを、『少なくともアイレンベルク城内においては隠す必要なし』という方針で一致したらしい。いつまでも隠しておけることではない以上、まずはこれからおそらくユーチアの、生涯の生活拠点となるアイレンベルク城の者たちに、正体を明かしていくべきだと。

それで、どう正体を明かすことになったかというと……。

ユーチアが城内を行く先々で出会った人に、これまで通り、「ユーチア・クリプチナでちゅ！」と自己紹介するのはもちろん。

なんと、「レオちゃまのヨメでちゅ！」が、解禁されたのだ！

……いや、これまでも散々言ってきたが。

これまではダダ洩れの結果としての発言だったが、ユーチアからどんどん「ヨメでちゅ」でも「ちゅまでちゅ」でも好きなように主張してくださいと、『ユーチア保護者会』メンバーから勧められた。

ちなみに『ユーチア保護者会』とは、レオンハルトにより相談相手として選ばれていた、フランツ、ゲルダ、イグナーツ、フィリベルト、ベティーナ、バルナバスらが、自分たちで冠した名称である。

ユーチアには、自分がレオンハルトの結婚相手だと大々的に宣言してしまうと、レオンハルトが変態扱いされるのではという危惧があったのだが……実際、これまでバルナバスたちは、レオンハルトがそういう目で見られないよう気を配っていたし。しかし保護者会の面々は強気だった。

「この先、ユーチア様がユーシア様に戻られたら、そんな誤解も解けますよ」

なんて、イグナーツに優しく微笑まれてしまい。

でももし、二度と戻れなかったら？　と焦って訊いても……。

「それならそれで、ユーチア様として堂々としていればいいのです。本気でレオンハルト様を変質者呼ばわりする奴がこの城にいるなら、追い出すのにちょうどいい機会になりますからね」

ニヤリと笑ったフランツの顔にはちょっぴり不穏さも漂っていたけれど、ほかのメンバーたちもうんうんとうなずいていた。

それでも躊躇するユーチアの背中を押したのは、当のレオンハルト本人だった。

「レオちゃま。僕、本当にみんなに『レオちゃまのヨメでちゅ！』って、言っちゃっていいのでちゅか？」

「ああ。好きなように言え」

「で、でも、でも。ほんとにちゃんと元に戻れるのか、わからないのでちゅよ？　じゅーっと幼児のままかも、ちれまちぇん」

レオンハルトの名誉がかかっているのだ。にわかに緊張し、不安に押し潰されそうになったユーチアの頭を撫でて、レオンハルトは優しく（傍からどう見えようとも）微笑んでくれた。

「嫁さんになるというのは、家族になるということだろう？」

「は、はい」

「俺はユーチアと過ごすと楽しい。ユーチアのために大工仕事をするのも、いいものだ。だから家族がユーチアでもユーシアでもどちらでも、俺は幸運だ。……以前はともかく、今は、そう思うようになった」

その言葉は、ユーチアの胸に、春の陽射しみたいなぬくもりをくれた。

ずっと憧れていた、あたたかな家庭。

嫁いでくるとき、もしかしたらイシュトファン辺境伯と心安らぐ家庭を築けるかもしれないと、一縷の望みを抱いていた。その希望は、ケイトリンから『内縁の妻と、複数の子がいる』と聞かされた瞬間、霧散していたのだけれど。

レオンハルトが、生まれて初めて恋した人が、その夢を叶えてくれる。

そう思ったら、泣きそうになった。

というか涙がぶわっと浮かんでしまい、レオンハルトやフランツたちを驚かせた。

そのとき、ユーチアは胸に誓った。もっと頑張って、元に戻る方法を探すと。

今よりもっと真剣に。ダメかもしれないとか、失望することに備えずに。

だってユーチアは……心から、レオンハルトの妻になりたい。

レオンハルトがユーチアを大切にしてくれるように、ユーチアももっと、レオンハルトにしてあげられることを増やしたい。だから、だから。

「僕、僕……これからは、『レオちゃまのヨメ』と書いたタチュキをかけて、生きていきまちゅ！」

「いや、そんなタスキをかけていたら、生きるのに邪魔だと思うが」

「うぅ」


——そんなわけで、タスキは却下されたけれど。

自分の存在がレオンハルトの迷惑になるという懸念が払拭されたので、ユーチアは意識して、城の奥の部屋から出てくるようにした。

それに、レオンハルトがくれた三輪車。この楽しさのおかげで、これまでよりずっと積極的に城内を見学するようになったし、多くの人と交流する機会も増えた。

まだこの国では普及していない三輪車という乗り物の珍しさがあるからか、初対面の人もユーチアに話しかけてきやすいようで、話題にも困らない。一石二鳥も三鳥もあるレモンタルト号。素晴らしい。

……そして……。

「ユーチア様。今日はレオンハルト様は、どちらにいらっしゃるのですか？」

ユーチアを取り囲んでいた召し使いのひとりが、笑顔で尋ねてきた。ほかの者たちもニコニコしながらユーチアを見ている。

ユーチアは、もじもじと指を組んだ。

「えっと、どこにいるのかは、わからないのでちゅ。でもフランチュちゃんと、ごいっちょでちゅ。ちょれは、わかりまちゅ！」

「わあ、さすがですユーチア様！　なぜそんなにレオンハルト様のことがわかってしまうのですか？」

「ちょれは」

レモンタルト号に跨ったまま、小さな胸を張ってキリリと答える。

「僕はレオちゃまの、ヨメでちゅから！」

「「「おおお～！」」」

みんなから拍手喝采《はくしゅかっさい》。ゲルダまで一緒になって「その通り！」と拍手している。

実はこの流れも、最近すっかり定着しつつある。

ユーチアは初対面の人に会うたびに、「ユーチア・クリプチナでちゅ！　レオちゃまにおヨメ入りちゅるため参りまちた！」と繰り返してきた。

ただ、ヨメ入りという言葉をそのまま信じてくれる人は、ほぼいない。ゲルダたちがいくら説明しても、ユーチアがユーシア本人であると認めてくれる人も、まずいない。

だがちっちゃなユーチアが、子供なら誰もがギャン泣きするレオンハルトに懐いて「大ちゅき」を連発し、「おヨメ入りちゅるの」などと言うのが妙にウケて……。

レオンハルトも今まで以上に「ユーチアは俺の嫁さん」と認めてくれているけれど、それは傍から見ると、レオンハルトに片想いしているユーチアに話を合わせてくれているように見えるらしい。

本気で幼児と結婚しようとしている変質者と思われるよりは、いいのかもしれないが……。

そうしたわけで、今アイレンベルク城には、何やら別の方向からユーチアの恋を応援してくれる人たちが増えている。

別の召し使いが、「ユーチア様」とにっこり笑った。

「熱心にお城を探検されるのもやっぱり、レオンハルト様のお城だからですよね？」

「ちょの通りでちゅ！」

またもユーチアは、キリリと凛々しくうなずいた。

「ヨメでちゅから！」

「「「おおお～！」」」

「可愛いわ、ユーチア様！」

「頑張ってください！　応援しております！」

またもユーチアに向けて拍手喝采する中に、気づけば、イグナーツも交じっていた。

「イグナーチュちゃん」

ユーチアが声をかけると、仕事に戻っていく召し使いたちと入れ替わりに、イグナーツが「ユーチア様」と笑顔で歩み寄ってきた。

「レオンハルト様がお戻りですよ」

「レオちゃまが!?」

「はい。ユーチア様にお話があるそうです。執務室でお待ちですよ」

「わっ！　ちゅぐ行きまちゅ！」

ユーチアは華麗にレモンタルト号をUターンさせ——つまりキコキコと三輪車ならではの小回りを利かせて方向転換し——レモンタルト号が出来得る限りの速度で——すなわちゲルダとイグナーツが早足でついてこられる速度で——執務室へと急いだ。

「いちょげユーチア！　あいちゅるレオちゃまのもとへ！」

勢いをつけるべく、クリプシナ家で読んだ恋愛小説の台詞を自分に当て嵌めてみたら、脳内再生するだけのつもりが全部ダダ洩らし、イグナーツとゲルダにすべてを聞かれていた。

「そうですね、急ぎましょう。でもあわてなくて大丈夫ですよ」

「愛する旦那様に早くお会いしたいのですよね？　ユーチア様」

「う。あ、はい……」

笑顔で返事をされて、恥ずかしいったらない。

カーッとほっぺを火照らせつつ、キコキコと前のめりでペダルを漕いだ。


「来たか、ユーチア」

イグナーツが開けてくれた扉から、レモンタルト号に乗ったまま執務室に飛び込むと、フランツと並んで窓辺に立っていたレオンハルトが笑顔で迎えてくれた。

「はぁ、はぁ、イケメン……！」

急ぎすぎて息切れして、三輪車に跨ったままレオンハルトに見惚れていると、レオンハルトが「汗をかいているじゃないか」と目を瞠った。

　ゲルダがどこか得意そうな笑みを浮かべてうなずく。

「ユーチア様はレオンハルト様をお待たせしないよう、それはそれは健気に懸命に、レモンタルト号を走らせていらしたのです！」

「そんなに急がなくてもいいのに」

　大股で寄ってきたレオンハルトにひょいと抱き上げられて、ユーチアは「ひゃあっ」とあわてた。

「レオちゃま、僕、あちぇくちゃいかも……」

「ん？　そんなことないぞ。むしろ甘い匂いがする」

「ちょれはご婦人たちがくれた、おかちの匂いでちゅ」

「そうか？　ユーチアが砂糖菓子なんじゃないのか？」

　そう言ってからかうレオンハルトの笑みに、ユーチアは抱っこされたまま「きゃっ！」と両頬を覆った。

「もう！　もう！　どこまでイケメンなのでちゅかー！」

「何言ってるんだか」

　笑うレオンハルトと照れるユーチアを、ゲルダとイグナーツが微笑みながら見守り、フランツは「レオンハルト様が誰かとイチャつく場面を見られる日が来ようとは」と、目を丸くしている。

　それからゲルダたちが持ち場に戻り、三人になったところで、レオンハルトはユーチアを長椅子に座らせ、自分も隣に腰を下ろした。さらにフランツも手近なひとり掛けの椅子に腰かけるのを待って、「さて」と話を切り出した。

「実は、例の武器防具の粗悪品の流通を調べさせていた部下から、バイルシュミットを仕切る商会の頭を捕らえたと、情報が入った」

「お、おおぉ……！」

思いもよらぬ話に、ユーチアは驚愕の声を上げる。……話があると聞いて、お土産に飴ちゃんでも買ってきてくれたのかなと思った自分が恥ずかしい。

「ちょれで急にお出かけちたのでちゅね！」

「ああ。魔素研究所に行く約束を破ってしまってすまない」

「ちょんなことはいいのでちゅ！　僕はレモンタルト号とゲルダちゃんのおかげちゃまで、たのちくちゅごちぇていまちたから。ちょれで、何か手がかりはちゅかめまちたか？」

「そうだな……」

言葉を選んでいる様子のレオンハルトに代わって、フランツが「つかめたような、つかめていないようなという感じですよね」と続けると、レオンハルトも「ああ」とうなずく。

「捕らえたのはボッホマンという、バイルシュミットを含む北方地域に広く展開する闇ルートの元締めだった」

「元締め。なんだか、ちゅごちょう」

「すごそう？　そうだな、新興組織《しんこうそしき》とはいえ、かなりの勢力の頭だからな。背後に大貴族がついていると思えば不思議はないが。ただ……」

「ただ？」

「やはりボッホマンすら、直接、総元締めと……つまり貴族派の連中と、つながっているわけではなさそうだ」

「おお……もうちょこまで、ちらべがちゅいたのでちゅか！　ちゅごい！　ちゃちゅがレオちゃま！」

ユーチアは拍手して、いつものようにレオンハルトが「そう、俺はすごい」と言ってくれるのを待ったが、今回は「うーむ」と悔しそうに唸っている。

「俺たちも舐められたものだな？　フランツ」

「いや、充分震え上がってましたよ。我々がいかに効率よく質問するか、裏社会の者なら知らぬ者はいないでしょうし……その一端を味わった今では、なおのこと」

二人の会話にユーチアが小首をかしげると、レオンハルトが「ああ、すまん」と話を戻した。

「今のところわかっているのは、ボッホマンと貴族たちとのあいだには何人も仲介が入っていて、ボッホマンから黒幕を吐かせるのは難しいということだ」

「ちょうなのでちゅか……」

ユーチアもレオンハルトたちの苦労を思って一緒にガッカリしたが、レオンハルトの話にはまだ続きがあった。

「ただ……これをユーチアに知らせたかったんだが、ボッホマンが持っていた『割符』を入手することができた」

「割符！」

それを聞いて、ユーチアの声も弾む。

以前、ユーチアはレオンハルトたちに、大きな取引のときは割符が使われることと、その割符には暗号で、取引の日時や内容などが書かれていることを伝えた。ゆえに割符を手に入れられさえすれば、重要な取引の現場を押さえられると。

「ちゅごい！　ちゅごいでちゅー！　ちゃちゅがレオちゃまとフランチュちゃん！」

「そう、俺はすごい」

「俺もすごい」

今度は二人もそう言って、ニヤリと笑った。しかし……。

「やっぱアレは効きますよね。おかげで自分から差し出してきましたし」

「そうだな」

などと小声で喋っているが、そこは意味がわからない。

「きっと、むじゅかちい、おちごとのおはなちをちてるのでちゅね」

思ったことをダダ洩らし、うんうん、とひとりでうなずいていると、レオンハルトが「ユーチアのおかげだ」と頭を撫でてくれた。

「割符の件を知っていたから、とても助かった。知らなければ見過ごしていただろう」

「とうじぇんのことでちゅ！　ヨメでちゅから！」

少しは役に立てただろうか。

レオンハルトから褒められると、天にも昇れそうなほど嬉しい。

「てへへ」と笑うと、レオンハルトも目を細めて、「そうだ、忘れていた」と一度立ち上がり、机の上から紙袋を取って戻ってきた。

渡されたその袋の中には、半透明の、やわらかな宝石のようなものが入っている。

「お土産だ。これは琥珀糖という」

「こはくとう……？　初めて見るおかちでちゅ。きれい……」

「昔母上が作って、バイルシュミットの名物にしたのだ」

「わあぁ……ちゅごい！　ちゅごいレオちゃまのお母ちゃまも、ちゅごいー！」

食べるのがもったいないほど、綺麗なお菓子だ。

ドキドキしながら見つめていると、「ユーチアの瞳みたいな名前の菓子だな」とレオンハルトに言われて、「きゃあ」と火照るほっぺに手をあてた。

「ちょんなに幼児をメロメロにちないで……！」

「メロメロ？」

今度はレオンハルトが首をかしげたところで、フランツが「はいはい、そこ。イチャコラするのはあとにしてくださいよ？」と話に入ってきた。

「まだユーチア様に訊きたいことがあったでしょう、レオンハルト様」

「ああ、そうだったな」

ユーチアは、目をぱちくりさせて二人を見た。

「僕に訊きたいこと、でちゅか？」

「これが、押収した割符なんだが」

レオンハルトが胸ポケットから出したのは、彼の指の長さほどの四角い板だった。一辺を独特なかたちにカットしてある。取引相手が持っている割符と合わせれば、カット部分がピタリと嵌まるはずだ。

そして板には、妙な模様のようなものがついていた。

「これは……絵でちょうか」

「おそらくそれが、暗号化された取引内容だと思うのだが……情報処理の担当班に見せても、これまで見たことのないタイプの暗号らしく、解読の目途が立っていない」

「ちゅかまえたボッホマンという人からは、暗号の内容を聞けなかったのでちゅか？」

「ああ、今のところは」

レオンハルトがフランツを見ると、「そうです。今のところは」と首肯を返し、ユーチアににっこり笑顔を向けてきた。

「ボッホマンから聞けたのは、暗号を解くために必要な『道具』があるということです」

「道具でちゅか？」

「そうです。それを使えば暗号を読めるようになるらしいのですが、ボッホマンは捕縛のどさくさに紛れて、その道具を湖に捨ててしまったのです」

「なんと！」

ユーチアは、こっそり琥珀糖の欠片を含んでいた口を両手で押さえた。

あまりに綺麗なので、本当にお菓子なのだろうかとつまみ食いしてしまったのだが、そんなことをしている場合ではなかった。

「うぅ。ごめんなちゃいぃ」

「気に入ったならよかった」

「気に入りまくりでちゅ！　レオちゃまがくれるものは、なんでも大ちゅきでちゅ！　でも一番大ちゅきなのは、レ……って、もう！　ちょうでないでちょ、幼児！」

ユーリアは自分を叱りつけてから、笑いをこらえているように見えるレオンハルトとフランツに、「あの、あの」と質問した。

「ボッホマンという人は、暗号を解いていたのでちゅよね？」

「ああ、それなんだが……部下たちがボッホマンを捕らえたのは、ちょうど割符が奴に渡った直後だったようだ。奴が解読する前に、割符を押収したわけだな。その間にボッホマンは『道具』を処分してしまったから、暗号を解く時間もなかった。――と、本人は言っているが。言葉通り信じるわけにもいかんから、まだ質問中だ」

「ありゃ～」

眉根を寄せたレオンハルトにつられて、ユーチアも一緒に顔をしかめると、レオンハルトの指がユーチアの眉間のしわを撫でた。そうして「それで、ユーチアに訊きたいのは」と、もう一度割符を示す。

「ボッホマンの言う、解読に必要な道具というものに、心当たりはないだろうか？」

「道具……」

ユーチアは割符を両手にのせて、まじまじと観察しながら、クリプシナ家で見つけた裏帳簿や、父が所持していた割符について、改めて記憶を辿ってみた。

……が、それらしき道具のことには心当たりがない。

「ごめんなちゃい……わからないでちゅ」

「そうか。いいんだ、気にするな。調査するのは我々の役目なのだから」

大きな手で優しく頭を撫でられると、役に立てない申しわけなさで、しょんぼりと背中が丸くなる。

しかし……。

「んー」

「どうした？」

割符を見て考え込むユーチアに、レオンハルトが気遣わしげに訊いてきた。

「これ、何かが気になるのでちゅけど……」

「何か？」

「んー……」

この模様のようなものを見ていると、確かに、記憶の中の何かに引っかかりがあるのだが。

「……ダメでちゅ。思い出ちぇまちぇん」

「無理に思い出そうとすると、余計に思い出せないからな」

「そして関係ないときにポンと思い出すものですよね」

割符の解読はひとまず担当班に任せるとして、レオンハルトはまた別の話題を出してきた。

「実は陛下から、延び延びになっている戦功褒賞《せんこうほうしょう》と結婚の祝いを兼ねて、一度王都に来いと催促されている」

「王ちゃまから？　おおぉ、ちゃちゅがレオちゃま！」

「そんな暇はないから、褒賞金だけ送ってくれと断り続けてきたのだが」

「お、おお……ちょうでちゅね。王都は遠いでちゅち」

見栄や体裁より実をとる。とてもレオンハルトらしい。

が、今回は事情が違うようだ。

「しかし王都は貴族派の本拠地とも言えるから、取引の件で何か手がかりがつかめるかもしれん。その件は陛下とも話し合うべきだしな。それに税金や軍備費の件で、貴族派に圧をかけておかねば」

フランツも「そうですね」とうなずいている。

「あちらさんは、隙あらばレオンハルト様たち王侯派の勢力を削ごうとしますからね」

「ちょうなのでちゅか……」

国の基盤を揺るがすような裏取引で利益を得ている父マティスらが、躰を張って国を守っているレオンハルトたちの足を引っ張るとは……。

言われるがまま引きこもって、悪事を知っても意見ひとつ言えなかった自分は、本当に情けない人間だったと、ユーチアは何度目かの自省をする。

でも、だからこそ。これからレオンハルトを全力応援することで少しでも償いたいし、後悔しないよう変わっていきたい。

……けれど……。

「じゃあレオちゃまは、ちばらく、おるちゅなのでちゅね……」

王都とバイルシュミットがどれほど遠く離れているか、ユーチアもよくわかっている。レオンハルトはユーチアほどには時間を要さず移動できるだろうが、数日で帰ってくるというわけにはいくまい。

レオンハルトと離れると思うと心細くて、留守のあいだの寂しさを想像しただけで泣きそうになる。

だが、「ダメ。中身は二十歳」と自分に言い聞かせた。

仕事なのだ。仕方ない。

ユーチアは涙をこらえて、キリリとレオンハルトを見た。

「レオちゃま！」

「ん？　どうした、急に威勢がいいな」

「このヨメが、ゲルダちゃんたちと、ちっかり、おるちゅを守りまちゅので！　この、ヨメが！　なので心置きなく、お出かけくだちゃい！」

ぽふんと小さな胸を叩き、決死の覚悟でそう宣言すると。

レオンハルトは、ぽかんと口を開けたあと、「ん？」と首をかしげた。

「留守番したいのか？　一緒に行くつもりだったのだが……」

「いっちょー⁉」

驚愕の声を上げたユーチアに、レオンハルトもいささか圧された様子で「あ、ああ」とうなずいた。

「陛下に婚姻の報告をするのだから……まあ、実質的なことはともかく。改めて顔を見せろだのなんだのと呼び出されるよりは、一度で済ませてしまったほうがユーチアもラクだろうと考えたのだが……。そうだな。ユーチアはこちらに来たばかりなのに、また長旅はしんどいだろう。わかった。では今回は、城でゆっくりしているといい」

ひとりでどんどん納得していくレオンハルトに、ユーチアは殆ど飛びかかる勢いで抱きついた。

「いやーっ！」

いきなり体当たりされたかたちのレオンハルトが、「うおっ⁉」と目を瞠る。

ユーチアは広い胸にグリグリおでこを押しつけながら訴えた。

「僕もいっちょに行きまちゅーっ！」

「つ、疲れているんじゃないのか？」

長く離れなくて済むという安堵感が、幼児の涙腺を決壊させた。

ダバダバと涙をこぼしながら、「ちゅかれてないぃー！」と主張する。

「いっちょがいいでちゅ、いっちょがいいーっ！　うあぁぁん！」

「わ、わかった、ちゃんと連れて行くから！　ほら泣くな」

いきなり号泣されて困り顔のレオンハルトが、せっせとユーチアの涙を拭くのを眺めていたフランツだが、「そうなると」と、のんびりとした声で言った。

「急ぎでユーチア様用の夜会服も作らせなくてはいけませんね」

「そうだな」

「う？　やかい……？」

ユーチアは、しゃくり上げながら二人を見上げたが、夜会服と聞いて少し考え込んだ。

「えと……レオちゃま？」

「うん？」

「陛下に謁見《えっけん》ちゅるときは、僕もごいっちょちゅるのでちゅか？」

「当然だ。はるばる妻同伴で結婚の報告をしに行くのに、陛下の御前で俺ひとりとは、いかないだろう？」

「ちゅ、ちゅま同伴……！」

レオンハルトの口から、妻同伴。

ドッキーンと胸が高鳴り、ユーチアは「はうっ！」と座ったままよろめいて、短い指を組み天を仰いだ。

「神ちゃま、ありがとおごじゃいまちゅ！　このたび、ちゅまに！　ちゅまになれまちた……！」

「なぜ天井を拝んでいるのだ？」

涙目で感謝を捧げていたユーチアだが、「はっ！」と我に返って、レオンハルトの太腿に両手をかけた。

「でででも、僕が幼児になっていることを、陛下はご存知《じょんじ》ありまちぇんよね？　驚かちぇてちまいまちゅよっ」

「ああ、陛下にはまだ言っていない。ユーシア保護の連絡のみ入れてあるのだが、幼児化までは報告してないな」

「どうしてそこで手抜きをするのです？」

フランツの質問に、レオンハルトは「どうせ信じないから面倒だ」と答えている。国王への報告を省略する辺り、従兄弟同士の気安さなのだろうか。

しかしユーチアは、それでは安心できない。

「ちょ、ちょれに、陛下の周りには、ほかにも偉い方たちがいらっちゃるのでちょ？　きっと、皆ちゃんもビックリちゅる……」

「びっくりするだろうな」

これまた否定せず、愉快そうに笑っている。さすがはユーチアが惹かれた、山のように動じぬ精神の持ち主。

しかし今はそれを称賛している場合ではない。

このアイレンベルク城ですら、ようやくユーチアの正体を明かし始めたばかりで、でも殆どの人はユーチアがユーシアだなんて本気にしていない。

それでも、この城ならばレオンハルトを慕う者たちばかりだから、みんな好意的に受け止めてくれる。事情はよくわからずとも、ユーチアはクリプシナ家所縁の子なのだろう、だからレオンハルトも大事に接しているのだろうと。

しかし王宮となれば話は別だ。王都には父マティスのような、レオンハルトを敵対視する者たちがいる。

レオンハルトが幼児を連れて現れ、「妻のユーシアです」などと言おうものなら、どんな目で見られることか……マティスですら、ユーチアが自分の息子だなどとは信じまい。

ユーチアは焦って、ぷるぷると首を振った。

「ダメでちゅ……やっぱり僕、おるちゅばんちまちゅ！」

「ん？」

「僕がいたら、レオちゃまが馬鹿にちゃれちゃう。ダメ、ちょれはダメ！」

「だがもう、ユーシアの生存を明かす頃合いだろう？　クリプシナ伯爵にも」

ニヤリと笑ったレオンハルトの顔が、一瞬、殺気立ったように見えたのは、ユーチアの気のせいだろうか。

「何をどう受け取るかは相手の勝手だが、こちらは筋を通すまで。王都ではまだ『クリプシナ家令息は行方知れず』のままで、表向きは大騒ぎだろうがな」

「表向き……」

「ああ。クリプシナ家としては、『必死で捜索している』と装っているようだ」

確かに、とユーチアはうなずく。

マティスたちは虚栄《きょえい》の塊だ。自分たちを良く見せようとする努力は怠らない。

しかしレオンハルトは鼻で嗤った。

「だがいつまでも、そんなふざけた芝居でやり過ごせると思ったら大間違いだ。『こちらはすでに令息を保護しており、このレオンハルト・イシュトファンが、必ず真犯人を捕まえて八つ裂きにしてくれる』——と、大々的に知らしめてやらねばな」

「や、やちゅじゃき!?」

「ほんとにやるわけじゃないので安心して下さい」

フランツが笑いながらフォローしてくれて、ユーチアはホッとした。

しかし。

「けど、ユーチア様が生きていて、花嫁を傷つけられた『氷血の辺境伯』が激怒していると知ったら……心当たりのある者は、生きた心地がしないでしょうねぇ」

フォローと見せかけて煽っている気がする。

とにかく二人がユーチアの来し方と行く末を考えた上で、王都行きを決めてくれたのだということは伝わってきたけれど。それでもレオンハルトのことが心配でたまらないユーチアの気持ちを察したのか、レオンハルトは苦笑して「心配するな」と大きな手で頬をつつんでくれた。

「姿が変わるユーチアの特殊魔法を、今はまだ公にするわけにはいかない。特にクリプシナ伯爵にユーチアがユーシアだと認識させるタイミングは、慎重に見極めなければ」

「は、はい……」

「陛下にだけは打ち明けようと思っているが、その他の者たちは上手くあしらう。そういうことには慣れているから、全部任せておけ」

優しく言われて、琥珀糖を口の中に入れられて。

さくりと歯を立てたら、オレンジの風味と甘さが広がったけれど……細やかに味わう余裕は、今のユーチアにはなかった。

その夜。

明日、夜会服や旅行用の服も仕立てさせようという話をしてから、レオンハルトはまた仕事に戻っていった。

ユーチアは湯浴みを済ませ、ゲルダにお休みを言って、ベッドに入ったのだが……。

「やっぱり、ちんぱい」

ゲルダが作ってくれたヒグマのぬいぐるみを抱きしめ呟いた。

最初はレオンハルト作の『てるてる人形』を抱っこしていたのだが、『ユーチア保護者会』メンバー全員から「夜中に見回りに来たとき怖い！」と苦情が出てしまった。以来、寝るときはてるてる人形を机の上に飾り、代わりに『れもん』と書かれた名札付きのぬいぐるみを抱いている。

……それはともかく。

「レオちゃまが、お稚児《ちご》ちゅみだと思われたら、どうちよう。……隠ち子だと思われたこともあったち……」

自分のことなら、何を言われてもいい。

だが、自分のせいでレオンハルトが中傷されたり、笑い者になったりするのは耐えられない。

「こんなとき、デキたヨメなら、愛人を代わりに同伴ちゃちぇる……」

それは以前クリプシナ家で読んだ、『ある貴族家の嫁姑千五百日戦争』という物語で得た知識だけれど。

その物語の中では姑が、妊娠した嫁の代わりに、夫の愛人を舞踏会に同伴させていた。それがデキた嫁というものだと姑から説教された嫁は、心を痛めつつも「仕方ないわ」と従うのだ。

その代わり姑が隠しておいた干し肉を食べたことで、嫁姑戦争が始まるのだが。

「でも、僕には無理。レオちゃまに『愛人をおちゅれくだちゃい』なんて、言えないいぃぃぃ！」

そもそもレオンハルトに愛人がいるという話は聞かないが……。

「いたら、どうちよう……いやーっ！」

想像しただけで胸が詰まって、ベッドの上で七転八倒した。

レオンハルトの隣に別の人が並ぶなんて悲しすぎる。けれど、自分のせいで彼が嘲笑《ちょうしょう》されるのはもっと嫌だ。

「……幼児め……」

じわっと浮かぶ涙を、小さなこぶしでコシコシ拭ううち、いつのまにか眠りに落ちていた。

――しかし。

悩みが深いせいだろうか。

なんだか息苦しくて、いつもなら朝まで熟睡しているのに、暗闇の中でぱちりと目がひらいた。

「んー……」

本当に苦しい。なんだか躰が圧迫されているよう。

無意識に、寝衣の胸元を合わせるリボンに手が行って、するりと解くといくらかマシになった。しかしまだ肩や腕周りが動かしづらい。

「なんでだろう」

ぼんやりした頭で上半身を起こして、気がついた。

寝衣がきつい。窮屈。

眠る前までは、そんなことはなかったのに……なぜ？

「……ん？」

この感覚。

掛布を持つ手に入る力。

寝衣越しにさわった肩、腕。

闇に慣れた目に映る、手、脚。

「……んん!?」

震える躰でベッドから降りた。

床が近い。踏み台なしでも降りられる。

紗幕をひらき、よろよろと窓辺に立つと。

ガラスに映っているのは、紛れもない、久しぶりに見る――。

――ユーシア。

「………ひょええ!?」

闇の中で、間の抜けた声が上がった。

「ど、どうしよう。どうしよう。どうしよう」

ユーシアは混乱のあまり、あわあわと無意味に室内をうろついたり、燭台を灯してみたり、てるてる人形とヒグマのぬいぐるみを交互に抱いて「どうしよう」と相談してみたりした。もちろん答えは返らない。

「どうして？　どうして？」

ひとりでブツブツ呟いてしまうのは、ユーチアのダダ洩れがうつってしまったのだろうか。

視線を彷徨わせた先、扉のそばに、ちんまりと置かれたレモンタルト号が目にとまった。

朝になったらまた乗るはずだった、大切な愛車。

「……こんなに小さかったんだ……」

何時間か前まで、この小さな乗り物に乗っていたなんて信じられない。

そっと撫でれば、優しい木の感触が早くも懐かしく、じわっと涙が浮かんだ。

レオンハルトがあの大きな手で、面取りをして、やすりをかけて、ユーチアにどんな小さな棘も刺さらぬよう気遣ってくれた、世界にひとつの三輪車。

「レオンハルト、様……」

ユーシアはもう、舌足らずではない。

その名を呼ぶことになんの不自由もない。

なのにその響きだけで、切なくて胸が詰まって、涙がぽろりとこぼれ出た。

彼やゲルダたちから、自分が元の姿に戻っていたと聞かされてはいた。だが記憶にないものだから、そうなのかと戸惑うしかなかった。

けれどこうして本当に、元の姿に戻った自分を見れば、彼らがどれほど驚愕し困惑したかをしみじみ気づかされる。本人ですらこんなに混乱しているのだから。

そしてみんなの優しさに、改めて胸がいっぱいになった。

こんなダンゴムシのように伸びたり縮んだりするわけのわからない人間を、大切に守ってくれているなんて。

「レオンハルト様……」

思わず三輪車に抱きついた。

涙が次々溢れてくる。ユーチアならきっと、大声で泣いている。でもユーシアになった途端、昔の、声を殺して泣く習慣が戻ってきた。

悲しいわけじゃない。

ただ元の姿を取り戻した今、レオンハルトがどれほど寛大に自分を受け入れてくれたことかと胸に迫ってきて。

自分はユーシアだと主張して泣くことしかできない幼児を信じて、小さな机や椅子や、三輪車まで作ってくれた。

「レオンハルト様……」

しゃくり上げる声を押し殺し、愛しい名を呼んで胸を押さえた。

切ない。苦しいほどに。

「……あ」

そうだった。本当に寝衣が窮屈なのだった。苦しいはずだ。急に感傷的になったのも、そのせいだろうか。

「失敗」

ひとりでポッと頬を火照らせ、上質な寝衣を破いてしまわぬよう苦心しながら腕を抜く。そうして「よいしょ」と両手でまくり上げ、頭をくぐらせて、どうにか無事に脱ぐことができた。

それから、これまた窮屈な下着も脱いで……。

「すっぽんぽん」

わざわざ口にせずともいいのに、自分の現状について声出し確認してしまったのも、ユーチアの影響だろうか。

しかしまだまだ冷え込む春の夜。ぶるりと全身震わせて、裸でボーッとしている場合ではない、とにかく着替えをと思い至ったのだが。

そこでまた、「あ」と気づく。

ユーシア用の服がない。

前回ユーシアになったあと、ゲルダが「ユーシア様用のお着替えも用意しておかねばなりませんね」と張り切っていたが、これほどすぐ必要になるとは思わなかったのだろう。注文はしていたようだが、まだ出来上がってきていないはず。

ユーシアはとりあえず、衣装箱の中から毛布を取り出し、くるまった。

朝になったら、ゲルダかイグナーツが来てくれる。そしたら、元に戻ったと報告しよう。……報告するまでもなく一目瞭然とは思うが。

「レオンハルト様、どんな顔されるかな……」

そういえば前回ユーシアになったとき、レオンハルトは自分のことをどう思ったのだろう。気味が悪いとは思われず済んだようだけれど、その後すぐ三輪車をもらうという特大イベントがあったために、聞きそびれていた。

「やっぱりダンゴムシみたいと、思われたかな……」

夜闇と静けさは、思考をうしろ向きにさせる。

こんな状況では眠れそうもない。早く夜明けが来てほしいけれど、弓張月はまだ中天。窓外の闇も色濃い。

心細い。早く誰かに、元に戻ったと打ち明けたい。でも……でも……。

言葉にならない不安ともどかしさに襲われて、三輪車の隣に「ううー」と呻いてうずくまり、ミノムシのように縮こまった。

――そのとき。

コンコンと、かすかなノックの音。

それは応答を待つためのノックではなく、一応の礼儀としてのノックだった。その証拠に、息を詰めて見つめるユーシアの目の前で、音をたてぬよう、そーっと扉がひらく。

そこに、ぬっと現れた長身。

手にしたランタンに照らされた端整かつ精悍な顔は、ユーシアが愛してやまない、今一番会いたかった、そして会うのが怖かった、その人だった。

ランタンを肩の高さに持ち上げベッドを照らし、紗幕の中を確かめるように目を細めたレオンハルトを見上げながら、ユーシアは小さくその名を呼んだ。

「レオンハルト様」

ピクッと肩を揺らした彼が、すごい勢いでユーシアに明かりを向ける。

さすが反応が早い。

眩しさに目をつぶりながらも、感心していると……しばし間を置いてから、レオンハルトが膝をつき、うずくまるユーシアを覗き込んできた。

「……ユーシア？　またユーシアになったのか……？」

その、そっと探るような、優しい声。

驚いているはずなのに、自分の動揺よりユーシアへの気遣いを優先してくれる、陽だまりのようなあたたかさを感じる声。

「うっ、ううぅ」

涙がぽろぽろこぼれる。

ユーシアは、突き刺さるようにレオンハルトの胸へと飛び込んだ。

「うあぁん、レオンハルトさまぁぁぁ」

「うおっ⁉」

声を殺して泣く習慣は、ユーチア流の号泣に上書きされてしまったようだ。

「ううっ、目が、さめたら、お、おっきくなって、て、何がなん、だかっ、こ、怖いぃ、ダンゴムシい」

「なにっ、ダンゴムシ⁉」

「僕、僕、ダンゴムシになっ、どうし、たら、うわあぁぁん」

この人さえいれば大丈夫という安心感が、混乱と困惑と、わけのわからぬ変身への恐怖を押し流してくれた。

だからユーシアはわんわん泣いた。無闇に泣きたくなったのだ。

すると、フッと、レオンハルトが笑った気配。

「この泣き方、ユーチアと一緒だな。……落ち着け、大丈夫だ」

「うぅ」

優しく抱きとめてくれる長い腕。

抱きついたまま見上げると、深い青の瞳と目が合った。

幼児のときも、今も、いついかなるときも、うっとりしてしまう男前。

ぼーっと見惚れていると、レオンハルトが急にハッとしたように目を逸らし、不自然に咳払いをした。そうして目を逸らしたまま、ユーシアがまとっていた毛布を引き上げ、肩を覆ってくれる。

素肌に触れるその感触で、ユーシアもようやく気がついた。

勢いよく抱きついたせいで毛布が落ちて、かろうじて腰から下は隠れているものの、あとは剥き出し状態であることに。

「ほ、ほああ！」

奇声を発して躰を離し、「ごめんなさい！」と頭を下げる。

「お、お見苦しいものをお見せして……」

「見苦しくなどない」

途端、被せるように否定された。

外されていたレオンハルトの視線が、今はまっすぐ、ユーシアを見つめている。

「綺麗だ」

「え」

「綺麗だ」

重ねてそう言ってから、レオンハルトは照れたような笑みを浮かべて、それでも視線は外さぬまま、もう一度「綺麗だ」と言った。

ユーシアはたっぷり時間をかけて、胸の内で『綺麗だ』の意味を確認し……カーッと、耳まで熱くなった。

綺麗と言ってもらえた。

陰気で何もできないお荷物で、外に出したら恥ずかしい人間と言われ続けてきたユーシア・クリプシナが。

綺麗だと、言われた。

大好きで大好きでたまらない人に。

「……綺麗、なのですか？」

空耳だったら悲しすぎると思い、レオンハルトを見上げて確認してしまったのだが。

レオンハルトは小さく笑い声を洩らして、はっきりとうなずいた。

「綺麗だ」

「ぼ、僕が……ですか？」

「ほかに誰がいるんだ」

また笑って、ユーシアの前髪を掻き上げながら覗き込んでくる。

「すごく綺麗だ。ユーシアは、今まで俺が見てきたすべてのものの中で、一番綺麗だ」

「はうぅ！」

ユーシアは毛布越しに胸を押さえた。

「苦しい。嬉しすぎて苦しいぃ……ずるいです、レオンハルト様」

「ずるい？　何がだ」

「イケメンすぎます……！」

「またか。ユーチアでもユーシアでも、きみは変わったことを言う」

その言葉に、ユーシアはギンッ！　と目を剝いた。

ユーシアを綺麗だと言ってくれる愛しい人が、自分の魅力には気づいていないなんて……それはいけない。彼の尊さは、レオンハルト自身を含む、全人類が知るべきだ。

「僕は変わっていませんよ！　誰がどう見ても、レオンハルト様はイケメンです！」

「うむ。見る目があるな」

「ありまくり！　レオンハルト様は強くて優しくて賢くて寛大で情け深くて、凜々しくて逞しくて頼りになって、おまけになんでも作れちゃう、完全無欠のイケメンなんですから！」

「そんな、息つく間もなく褒めてくれなくても大丈夫だぞ？」

「いいえ、まだまだ足りません！　結婚して！　……はっ！」

しまった。

レオンハルトの素晴らしさを称賛するだけのつもりが、つい自分の欲求まで盛り込んでしまった。己の欲深さが恥ずかしい。

「失敗」とあわてて口を押さえてみても、ダダ洩れしてしまったものは、もう遅い。

真っ赤になっているであろう顔で、おそるおそるレオンハルトを見上げると……。

片手を口元にあてて、肩を震わせ笑っている。

その表情はやわらかくて、ちょっと気恥ずかしそうで。

傍らに置かれたランタンにほんのり照らされた青い瞳が、ユーシアを優しく見つめた。

「ユーシア」

「は、はい」

ユーシアの髪を撫でていた手が、毛布をかき合わせるユーシアの手をつつみこんで重なった。

「苦労して嫁入りしに来てくれたのに、式も婚姻届を出しに行くのも、日取りすら決めていなかったな。すまない」

「そ、それは僕が悪いのです！　いきなり謎の幼児が嫁入りしてきたら、お式なんて挙げようがありません」

実家に追い返されなかっただけでも、どれほど感謝してもし切れない。

レオンハルトはそんなユーシアの気持ちも、わかっているというように、ユーシアの指に指を絡めてきた。

「ユーシア」

「はひっ」

「改めて、求婚させてくれるか？」

「きゅ!?」

今度こそ空耳か、と己の耳を疑ったが、レオンハルトは跪いた姿勢で、ユーシアをまっすぐ見つめてきた。

「ユーシア・クリプシナ。この俺、レオンハルト・イシュトファンの妻になってください。生涯を共に歩み、俺にきみを守らせてください」

――夜闇の部屋に降りた、ひとときの沈黙。

ユーシアはまた胸を押さえた。

これがすべて幻聴だったら、絶望しすぎて生きていけない。

「……あ、う」

嬉しくて、嬉しくて。幸せな夢より幸せで。

返事に詰まった代わりに、涙がぶわっと溢れ出た。

ユーチアを経験してから、すっかり涙腺が脆くなってしまったみたいだ。

「はい……！　ずっと、ずっと、一緒にいさせて、ください……！」

コクコクと何度もうなずく。そのたび涙がころころと頬を転がり落ちた。

滲む視界の中、レオンハルトは嬉しそうに微笑んで、いつものようにユーシアの涙を拭ってくれた。

ユーシアはしゃくり上げながら、愛しい人を見上げる。

「レオン、ハルト、様」

「うん？」

「これ、夢じゃあり、ません、よね？　夢だったら、い、生きていけないぃぃ」

「夢じゃないから。そんな想像で泣くな」

笑う顔が、また愛しい。

「レオンハルト様」

「どうした？」

「お嫁さんに、して、くれて、ありがとう、ございます……！」

「こちらこそ。嫁さんになってくれて、ありがとうございます」

丁寧に返してくれる、そんなところも大好きが止まらない。

「レオンハルト様……っ！」

広い胸に飛び込めば、しっかりと抱きしめてくれる長い腕。

「領民たちへのユーシアの披露目も兼ねて、式はバイルシュミットで挙げたいが、婚姻届は王都に提出せねばならないから。……書類だけ送ってもいいが、せっかく王都に行くのだし、あっちで一緒に提出しようか」

「ふおぉ……！」

婚姻届の提出。

にわかに『夫婦になる』という実感が湧いてきて、心臓が高鳴った。

嬉しいけれど恥ずかしい。物語で読んだ『甘ずっぱい気持ち』とは、こういうことか。

「レオンハルト様……」

大好き。

そう伝えようとした、そのとき。

レオンハルトが「——で？」と、急に声の調子を変えた。

「いつまでそうしているつもりだ？」

「ほへ？」

ユーシアがきょとんと小首をかしげたと同時、ゆっくりと扉がひらく。

レオンハルトが部屋に入ってきた際にユーシアを発見したどさくさで、きちんと扉が閉まっていなかったらしい。

「失礼いたします！」

待ちかねたように顔を出したのは、ゲルダにイグナーツ、そしてベティーナ。

ユーシアが「ひょえっ！」と驚きの声を上げると、三人そろって「「「申しわけありません、立ち聞きするつもりではなかったのです」」」と頭を下げた。

が、上げた顔には歓喜の笑み。

「わたくしどもは今日もたまたま、ユーチア様の様子見が重なったのです」

「そうしたら、なんとまあ、とってもおめでたい展開になっていて！」

「レオンハルト様、ユーシア様、本当に本当に、おめでとうございます！」

ゲルダ、ベティーナ、イグナーツと、立て板に水の勢いで説明し始めた。

つまり……三人に、聞かれていたらしい。

ユーシアは顔から火を噴くかと思った。しかしレオンハルトは平然としている。

「あうぅ」

羞恥のあまりまた涙目になったが、三人がユーシアに向かって跪いたので、驚きが恥ずかしさに勝った。

ゲルダも目に涙を浮かべて、「ユーシア様」と泣き笑い。

「元に戻られたご様子。そして早速のご婚姻の誓い。まことにおめでとうございます……！」

「よかった、よかったですね、ユーチア……じゃない、ユーシア様！　あんなにレオンハルト様のお嫁さんになりたがってたんだもの！　それになんてまあ、お美しい……！　本当に、可憐なお花のようだわ！」

鼻を真っ赤にしたベティーナに、イグナーツもうんうんとうなずいて続ける。

「ユーシア様。北の地域には昔から、『聖なる誓いに偶然三人が立ち会ったなら、それは神の祝福の証』という言い伝えがあるのですよ」

「そうなの、ですか……？」

それは初耳だ。レオンハルトを見ると、微笑と首肯が返る。

「なんという縁起の良さでしょう！　敬愛するレオンハルト様とユーシア様の新たな誓いの夜に、ちょうど三人が居合わせるとは！」

三人の歓喜の様子を見るに、大人からも信じられている言い伝えらしい。それでレオンハルトは、三人の気配に気づいたあとも求婚を続けたのかと納得する。——が。

「この祝福の件は、大々的に領民たちに広めねばなりませんね！」

「そうですとも！　皆、神の祝福を受けしユーシア様を称賛すること間違いなし！」

「予定されていた婚姻が遅れ、ユーシア様が現れないことで、クリプシナ伯爵家に対する不信や反感を口にする者たちも出てきておりましたが。祝福とユーシア様のお美しさが、それらすべてを吹き飛ばすでしょう！」

……なるほど。実は広まりつつあった反感を、案じてくれていたらしい。

しかしいささか興奮しすぎではなかろうか。何をどこまで広める気なのか……。

「あ、あの、あの」

オロオロしていると、レオンハルトが「わかったから、これ以上夜中に騒ぐな」と切り上げさせてくれた。

もしかすると前回同様、寝ているあいだにユーチアに戻ってしまうかもしれないと思われたが……。

翌朝になっても、ユーシアはユーシアのままだった。

普通は、朝になっても幼児にならなかったからといって、歓声が上がることなどないだろう。それが当然なのだから。しかし共に朝食をとるためユーシアの部屋に来てくれたレオンハルトも、そしてそこへ集ったゲルダとイグナーツとベティーナも、ニコニコと本当に嬉しそうに笑ってくれた。

「朝の光の中のユーシア様もお美しいです！」

「レオンハルト様と並ばれると、まことお似合いのご夫婦ですな」

「でもまたユーチア様になっても、それはそれで、あたしは嬉しいですけどね！」

ベティーナの言葉に皆が笑う。

……本当に戻るかもしれないので、笑っている場合だろうかともユーシアは思ったが……みんなの前向きな姿勢が、心強かった。

話を聞きつけやってきた、『ユーチア保護者会』メンバーのひとりである侍従長フィリベルトも、ユーシアを見るや、いつもの冷静さの中にちょっぴり興奮を滲ませて、「おめでとうございます」と小さく微笑んでくれた。

あいにくフランツとバルナバスは任務のため城にいなかったが、あとの四人で協力して、ユーシアの当座の衣服や小物をそろえてくれたり、レオンハルトと共に今後の対応について話し合ったりしてくれた。

そこではまず、レオンハルトが危惧を表明した。

「成人に戻ったからといって、いきなり城の使用人全員に『ユーチアだったユーシアです。昨夜、成人に戻りました』と知らせれば、大混乱になることも予想される。よってしばらくのあいだは、対面する人数を絞ったほうがよかろう。特に男」

ほかの四人は最初はフムフムとうなずきながら聞いていたが、『特に男』が付け加えられた瞬間、ニヤニヤと笑い出した。

「レオンハルト様ってば、いくら新妻が愛らしいからって、今からヤキモチを焼かれてたら身がもちませんよ？」

ゲルダと手を取り合って笑うベティーナにそう言われて、レオンハルトは「むっ」と少し目元を赤くした。

「ヤキモチではない。ユーシアの安全と、使用人の混乱防止のためだ」

「そうですとも、レオンハルト様。仰る通りです」

イグナーツがレオンハルトの味方をして話を進めようとしたが、今度はユーシアが「……新妻」と反応してしまった。

「新妻……とても、素敵な響き」

嬉し恥ずかし。

「僕がレオンハルト様の、新妻……。この、非の打ち所がないイケメンの、新妻」

火照る頬に手をあてて、ぷるぷると顔を振った。

ついでに心の声もダダ洩れていたのだが、あまりに心が浮き立って、そのときはまったく気づかず。

そんなユーシアを、レオンハルトが隣の席からじっと見つめている。

目が合ったので、「レオンハルト様」と彼の右手の小指をツンツンして尋ねた。

「僕……新妻？」

「新妻」

しっかりうなずいてくれた。

嬉しさのあまり、パーッ！　と視界が明るく照らされたよう。

「レオンハルト様、もう一回お願いします。ユーシアはレオンハルト様の新妻って」

「ユーシアは俺の新妻」

「きゃっ」

「ユーシアは世界一綺麗で可愛い、俺の新妻」

「ひゃーっ！　もうダメです、恥ずかしいぃ！　……もう一回！」

キャッキャしていると、さっきまでニヤニヤしていたベティーナたちがちょっと遠い目をして、ユーシアとレオンハルトのイチャコラが終わるのを待っていた。

◆ ◆ ◆

ユーチアがユーシアになったことを、外部の者ながら、いち早く教えられた者がいる。それは、ユーチアの服を仕立ててもらっていたデザイナーである。

新進気鋭の大人気男性デザイナーで、その名もピュルピュル・ラヴュ。

彼は大まかな説明と、ユーシアをひと目見ただけですべてを理解し、ギン！　と目を剝いて叫んだ。

「ユーチア様ですわね⁉　そして華麗にユーシア様に変身されたのですわね⁉　わかります、わかりますとも！　このピュルピュル・ラヴュにはわかります！　なぜって美しいアーモンド形のおめめも、澄んだ琥珀色の瞳も、すらりとした首筋も、可憐な白い花のような美貌も、んもー、すべてがユーチア様そのもの！　真の美を追求する者の目はごまかせません！　それこそがあたくし、おひとりおひとりの美しさをお手伝いする、美の伝道者！　そう、ピュルピュル・ラヴュ！」

ビシッ！　とポーズを決めたピュルピュル・ラヴュに、ユーシアは「お、おおお……！」と拍手を送った。なんだかよくわからないが、とてもすごい。

一方、ここでもユーシアに付き添っていたレオンハルトは、まったく動じず「ふむ」と小さくうなずいた。

「さすがだ、ピルピル・パブ」

「呼びにくければ、どうぞお好きにお呼びくださいませ」

レオンハルトはユーシア用とユーチア用の夜会服と、旅行用の衣服ひとそろいを、特急料金で注文した。

ユーシアは恐縮して、ユーチアのぶんだけでも遠慮すると申し出たが、採寸の手を止めてチチと人差し指を振ったピュルピュル・ラヴュに、こう助言されてしまった。

「ユーシア様。人々が愛する相手を美しく装わせたいのはなぜか、ご存知？」

「い、いいえ、存じません。なぜですか？」

「ひとつは、愛する人がさらに美しく輝くのを見て、満足したいから」

長椅子に座って読書しながら待っているレオンハルトが、うむ、とうなずく。

「そしてもうひとつは、それを脱がせたいか・ら♡」

バチン！　と長いつけ睫毛でウィンクしたピュルピュル・ラヴュ。

ユーシアはカーッと頬を熱くして、両手で顔を覆った。

「もう、ピュプピュプ・ピピュさんったら」

「その発音のほうが呼びにくくありませんか？」

ユーシアはちらりと、指の隙間からレオンハルトを窺った。

と、こちらを見ていたレオンハルトと、ばっちり目が合う。

あわあわするユーシアとは正反対に、レオンハルトはニヤリと余裕の笑みを浮かべた。

「悪くないな、ピルピル・ラピュ」

「ですわよねー！」

「うぅ、レオンハルト様まで……！」

今度はピュルピュル・ラヴュを交えてキャッキャッしあい、ノリノリになった彼、いや彼女が、王都に出立する二日前には納品すると約束してくれた。

✦
✦
✦

「あーやっと見られる！　ユーシア様にお会いできるー！」

「だな！　保護者会の中で俺たちだけだもんな、拝めてないの」

騎士団の副団長フランツと団長のバルナバスが任務先から城に戻ってきたのは、ユーシアが元に戻ってから三日目の午後。

城に着いた途端、先にユーシアを目にしていたベティーナとフィリベルトが得意気に絶賛したものだから、二人は急いで湯浴みをした。

武人ばかりの城ゆえ、ほかの者なら汗臭くても埃まみれでもそれが普通で、いちいち気にしないが。

箱入り貴族令息の、しかも幼児のユーチアに会うにあたっては、必ず清潔にしてから会うようにと、ゲルダやベティーナから釘を刺されていた。

その習慣で、ユーシアに会う前にもいつものように、汚れを落としてさっぱりしてから向かったのだ。

「楽しみですね、団長！」

「おうよ！」

弾む足取りで長い廊下を進んでいた、そのとき。

聞きおぼえのある音が、二人の耳に届いた。

「「こ、この音は……」」

立ち止まった二人に、ゆっくり近づいてくる音。

――キコキコキコキコ。

立ちすくむ男たちの見つめる先、曲がり角から現れたのは――

「あっ！　フランチュちゃん、バルナバチュちゃん！　お帰りなちゃいまちぇ！」

レモンタルト号を乗りこなす幼児、ユーチア。

そして彼に付き添ってきたゲルダが、フランツたちを見て、フッと笑った。

「ひと足遅かったですね。今朝、またユーチア様に変わられたのです」

騎士二人は、石鹸の匂いをさせながら頽《くずお》れた。

第六章　変わりたいと願った

ユーシアに戻ったのも束の間、すぐにまた幼児に逆戻りしたユーチアだが、今回はそれほど驚きはなかった。また幼児になるかもしれないと、心の準備はしていたからだ。

……ようやくレオンハルトと夫婦らしくなってきたところなので、正直、幼児に戻ったと気づいた朝は、ベッドの中で「くぅっ！」と唇を噛んでうなだれたが……。

だがなんとなく、理屈抜きで、またそのうちユーシアに戻れるだろうという確信があった。

この躰の変化が本当に魔法によるものだとしたら、魔法を使えることを躰がおぼえた、と言えるかもしれない。意識して変化しているわけではないので、自在にとはいかないが。

ただし、クレールは言っていた。

『ある程度の期間は、魔素具がなくても魔法を使えるのかもしれません。ですが……ユーチア様の魔素と魔法を安定させるためにも、その魔素具《えほん》は絶対に手元にあるほうがいいと思いますよ』

つまり、魔素具なしで発動する特殊魔法には限りがあるということだろう。

今ユーシアになったりユーチアになったりしているのは、クレールが言うところの『ある程度の期間』で、魔法切れまでの猶予期間。

それ以降は魔素具が必要で、ユーチアにとっての魔素具とは、おそらく母方の祖父から贈られた絵本。

それがなければ……。

ユーチアは自室の中でレモンタルト号に跨って、レオンハルトが迎えに来るのを待つあいだも考え続けていた。

「もちかちたら、大人に戻れなくなって、ユーチアのままで止まってちまうかも」

魔法で幼児になった身が、普通に成長できるのかもわからないし……。

もし成長できるとしても、せっかくレオンハルトの妻になれるというのに、そして正式に婚姻の届け出もするというのに、おまけに式も挙げてくれるというのに、今から十五年ほどかけて成人するのを待つなんて、そんな悠長なことはしていられない。

そんなにレオンハルトを待たせるわけにはいかないし……。

レオンハルトだって待ちくたびれて、その間にユーチアよりずっと素晴らしい人を見つけてしまうかもしれない。そうなったとしても、ユーチアには文句を言う資格はない。

思考が悲しい方向に発展して、想像しただけでジワッと涙が浮かぶ。

しかし、キッ！　と顔を上げ、ハンドルを力強く握って、涙がこぼれる前に踏ん張った。

「泣いてる場合じゃないでちゅよ、ユーチア！」

今日はこのあと、レオンハルトの仕事が一段落つき次第、魔素研究所へ行く予定だ。クレールに、ユーシア化したことと、今後の方針を相談するために。

それに王都に行けば……父や継母たちと顔を合わせることになるかもしれない。というか絵本を取り戻したければ、そうするしかないだろう。

とうに家族の情など諦めていた。だが、いくら父マティスたちの裏商売を知ってしまったからといって、命まで狙われるとは思わなかった。あの凶行の日を思えば、マティスや継母キーラの残酷さに、身がすくみそうになる。

でも、もう以前の、鳥籠の中の自分とは違う。

レオンハルトがいる。フランツやゲルダたちもいる。

支えてくれる人たちのためにも、まずは自分でしっかり立たなければいけない。

「がんばれユーチア！　はい、がんばりまちゅ！」

自分で自分を励まし、レモンタルト号の上でこぶしを突き上げていたら、背中に視線を感じた。

ギクシャクと振り返ると……。

いつのまにやら扉がひらいて、レオンハルトとフランツが、ぽかんと口をあけてユーチアを見ていた。

◆
◆
◆

「悪かった。謝る。今度から、もっと大きな音でノックするから。だから機嫌を直してくれ」

前回と同じようにレオンハルトの馬に乗せてもらい、フランツら数人の騎士と共に魔素研究所に到着し、レオンハルトに抱っこして降ろしてもらって、副所長室でクレールを待つ今に至るまで、レオンハルトは何度も謝ってきた。

そのたびユーチアも、うつむいたままプルプルと首を振って、「レオちゃまは悪くないでちゅ。レオちゃまに怒っているわけではありまちぇん」と言っているのだけど。

「僕は、僕はただ、自分が恥じゅかちいのでちゅ！」

「ちっとも恥ずかしくないじゃないか。自分を鼓舞していたのだろう？　大事なことだぞ」

「……本当に？　じゃあ、じゃあ、レオちゃまも、同じようにちゅることがありまちゅか？　ひとりで『がんばれレモンタルト！　はい、がんばりまちゅ！』って、こぶちをちゅき上げたり、ちまちゅ？」

「……」

「ちょれをフランチュちゃんに見られても、恥じゅかちくないでちゅか？」

「……」

目を逸らし、無言で額を押さえているのが、何よりの答えだ。

ユーチアの視界がうるうる滲んだ。

「わぁぁん！　やっぱり僕は恥かきっ子でちゅー！」

「恥ずかしくないって！　元気でよいことじゃないか！」

「うあぁん、恥かきっ子世にはばかるぅぅ」

「それを言うなら憎まれっ子世に憚るだろう？」

「うあぁぁぁ」

「ほんとに恥ずかしくないぞ？　むしろ可愛いと思ったのに」

「うあぁ……？　か、可愛い……？」

「ああ、可愛い。何をやっても可愛い」

「レ、レオちゃまぁ……ちゅきっ！」

ガバッと胸に飛び込んだところへ、出入り口からクスッと笑い声が聞こえた。

涙に濡れた顔をそちらへ向けると、クレールが「今日も仲よしさんですね」とニコニコ笑っている。

彼の背後には、明らかに笑いをこらえているフランツも立っていた。

ユーチアは、「がーん」と恥ずかしさのあまり硬直したまま呟いた。

「……これこちょ、恥の上塗り」

「違うだろう？　可愛いの上塗り」

「レオちゃまぁ」

「はいはい、切りがないからそこまでにしてください？」

四人分の茶を運んできたフランツが、ユーチアたちが座る長椅子の向かいに座ったクレールの隣に腰を下ろした。今日は彼も同席するらしい。

ユーチアもきちんと座り直して、ぺこりと頭を下げた。

「ちちゅれいいたちまちた。クレールちゃん、お時間ちゃいていただき、まことにありがとおごじゃいまちゅ。今日もよろちくお願いいたちまちゅ」

「こちらこそ。あれから二度も元に戻られたそうですね。やはりユーチア様は、特殊魔法の持ち主なのでしょう。素晴らしいです！」

「しかしまたすぐに幼児に戻っている。ユーチアの躰に負担はないのだろうか」

レオンハルトの問いに、クレールは申しわけなげに頭を掻いた。

「特殊魔法であれば個人に合わせて発動するはずですから、問題ないのではと思われますが……なにせ前例がありませんので、なんとも」

「そうだな」

レオンハルトはうなずき、今日の本題に入った。

「実はじきに、ユーチアと王都に行く」

「王都に。それは長旅ですね」

「ああ。船での移動を増やしたので、かなり短縮できるはずだが。その間、いつ元の姿に戻るかわからないというのが不安要素ではある」

「そうですね……」

クレールは「うーん」と眉根を寄せ、黙って会話を聴いているユーチアに視線を移した。

「ユーチア様。これまでお姿が変わったときのことを、改めてよく思い出してみてください。何か共通して取った行動だとか、きっかけとなりそうなことは、ありませんでしたか?」

「共ちゅうの……? えっと、初めて幼児になったときは……」

——それは、殺されかけたとき。

首から噴き出す血を我が身に浴びた、その瞬間を思い出して、ユーチアはくらりと貧血を起こしそうになった。

「ユーチア! 大丈夫か!?」

「だい、だいじょぶ、でちゅ。だいじょぶ」

急にコテンとレオンハルトのほうに倒れたものだから、騒然とさせてしまった。

フランツも「顔が真っ青だ」と、いつになく硬い声だし、クレールも「横になっていてください、タオルを濡らしてきます」と立ち上がる。

ユーチアはあわてて、「ほんとに大丈夫でちゅ」と両腕を上下して見せた。

「ごめんなちゃい。ちにかけたときを思い出ちたら、ちょっとクラッとちたのでちゅ。でも、もうだいじょぶでちゅよ！」

「あの惨状を思い出せば、そりゃ貧血も起こしますよ……」

襲撃現場を見ているフランツがそう言うと、レオンハルトも表情を曇らせた。クレールも「申しわけありません」と泣きそうなほど眉尻を下げている。

「私が無神経すぎました。こんな小さなユーチア様に、恐ろしい場面を思い出させてしまって」

「中身は二十歳でちゅから！　ちょれに、こうちて『怖かった』って言えるほうが、ラクになれる気もちゅるのでちゅ」

「そう……なの、ですか……？」

クレールは、窺うような視線をレオンハルトに向けている。

レオンハルトが心配しすぎて、『やっぱり今日はやめておこう』と言い出す前に、ユーチアは「でちゅでちゅ！」と何度も首肯した。

王都に戻る前に、そして父や継母たちと対峙する前に。

この謎の幼児化に関する情報や対策を、ユーチアは少しでも得ておきたかった。

レオンハルトにもそれが伝わったのか、「絶対に無理はしない」と約束した上で話が再開された。

大きな手はユーチアの小さな肩を抱いたままだ。そのぬくもりが、ユーチアの心を力強く安定させてくれる。

「……もうちぬんだ、と思ったとき」

「もう死ぬんだと思ったとき？」

「はい」

レオンハルトにコクリとうなずく。

「ちゅごく後悔ちたのでちゅ。勇気がなかったことを」

「勇気？」

「はい。僕はダメ人間で、なんの価値もないから、何もできない、何も叶わないって思い込んでまちた。父上たちに抵抗ちようと、考えたこともありまちぇんでちた」

「それは……失礼ながら、無理もないことではないでしょうか」

クレールはそう言って、「ユーチア様のおおよそのご事情については、レオンハルト様から伺っております」と、労わるようにユーチアを見つめる。

「良くも悪くも、子供は親の影響を受けずにはいられません。『何もできない』と親から否定され続けてきた子供が、その抑圧を跳ね返すのは困難です。さらに自己肯定まで辿り着くのは、非常に険しい道のりでしょう」

クレールの言う通り、以前のユーシアは自己肯定感を持つことは難しく、発奮する気概もなかった。

殺されかけるなんて絶対に二度と体験したくないけれど、あの悲惨で衝撃的な体験がなければ、その頃のまま、なんの変化もなかっただろう。『変わりたい』と熱望する日は、一生来なかったかもしれない。

「あれが魔法のきっかけ……なのかはわかりまちぇんが、『変わりたい』と、ちゅよく思いまちた」

「おお、なるほど！」

クレールの目がキラリと光る。

「具体的に、どう変わりたいと思われたか、おぼえていらっしゃいますか？」

「んー……具体的にというより、勇気を出ちたいとか、レオちゃまに会いたかったとか、考えていたと思いまちゅ」

「俺に？」

「はい」

ユーチアはポッと頬を熱くして、コクリとうなずいた。

クレールは熱心にメモを取りながら問うてくる。

「その直後に、幼児化されたのですね？」

「ちょうでちゅ」

「ふむふむ。それでは次の変化は、えーっと……」

「前回ここに来た日の夜だな。研究所のあと病院に寄った」

レオンハルトが説明してくれて、ユーチアもうなずいた。

「でも、ちょのときは、変わったのも、戻ったのも、寝ているあいだに起こったのでちゅ。なので、どうちて変化ちたのかわかりまちぇん」

「眠りにつく前はどうでしたか？」

「眠る前は……んっと……たちかあの夜は、寝ちゅきが悪かったでちゅ」

「原因はわかりますか？」

「んと……レオちゃまのお役に立ちたいなと、思ったのでちゅ」

「俺の？」

「はい」

ユーチアは、またもポポッと頬を火照らせうなずいた。

そう、あの日は病院で患者たちを見て、父マティスらの裏商売の悪質さを目の当たりにし、なんとかしてレオンハルトの役に立ちたいと願った。

「幼児のままだと、レオちゃまのおちぇわになるばかりでちゅ。だから、大人に戻れば、もっとお役に立てるかもと思いまちた」

「そんなことを考えていたのか……きみはもう充分すぎるほど、我々を助けてくれているのに」

眉根を寄せたレオンハルトに、フランツも「そうですよ」と同意した。

「クリプシナ伯爵家絡みの裏商売に関する情報や、『モートン対抗バーム』も教えてくれたじゃないですか」

「……ちょう言っていただけると、とっても嬉ちいでちゅ……」

「てへへ」と照れ笑いすると、レオンハルトが「ほんとだぞ」と頭を撫でてくれた。

その手をつかまえて頬でスリスリしていると、メモを取り続けていたクレールが、「三度目はどうですか？」と心なしか目をキラキラさせて訊いてきた。

スリスリしていた手に逃げられ、代わりにほっぺをプニプニされながら、ユーチアは三度目の変化の夜を思い出す。あの夜のことは、まだ記憶に新しい。

「ちゃんど目は、王都に行くと決まった夜でちゅ。レオちゃまが、ちゅま同伴で陛下に謁見ちゅるって、言ってくれたのでちゅ。ちゅま同伴で。ちゅま」

「妻同伴ですね。大丈夫、わかりますよ」

「ちゅま……」

大事なことなので強調したのだが、クレールは別の意味に受け取ったようだ。

だがフランツには、ユーチアの喜びと自慢が正しく伝わったようで。

「俺も『妻』と言っただけでこんなに喜んでくれる嫁さんが欲しいなぁ」

と、笑われて、急に恥ずかしくなった。

「ちょっと自慢ちちゅぎまちた……」

「ここにはレオンハルト様の妻だと自慢されて嫉妬する人はいないので、まったく問題ないですよ」

「フランチュちゃん、やちゃちい」

ユーチアはホッと胸を撫で下ろし、「でも」と話を戻した。

「幼児なちゅまでは、レオちゃまが何を言われるかと、ちんぱいで、ちんぱいで。ちんぱいちながら、眠りにちゅいたと記憶ちておりまちゅ」

「気にするなと言ったではないか」

「うぅ。でも……」

「なるほど、なるほど」

クレールが食い気味にうなずいた。

「ちなみにユーチア様。ユーチア様の魔素具と思われる絵本ですが、それはどんな内容なのでしょうか」

「はい。『カエルのお姫ちゃま』という絵本でちゅ」

カエルのお姫さま

ある国に、グオルギーネという、賢く優しく美しい姫がいました。

姫の父のヒエロニムス王は暴君で、三人いる兄王子たちも、父の性質を受け継いだ乱暴者ばかりです。

姫だけが民の味方でした。ですから、民からも慕われています。

王と兄王子たちはそれを妬み、なんと悪い魔女に頼んで、グオルギーネ姫をカエルにしてしまいました。

醜いカエルの姿で城を追われた姫は、国境まで彷徨いボロボロになったところを、隣国の賢く優しく美しい、イエレミアス王子に拾われました。

姫の事情を知ったイエレミアス王子は、姫を守ることにしました。

王子もまた、陰湿な異母弟王子と継母に何度も命を狙われておりましたから、家族に苦労する者同士、意気投合したのです。

姫は、優しい王子に恋をしました。でも自分はカエル。叶わぬ恋です。

ならばせめて、自分を救ってくれた王子に、恩返しがしたい。

そう強く願っていたとき、カエルの自分は魚たちと話せることに気づきました。

するとなんと魚たちは、イエレミアス王子の継母たちによる暗殺計画を教えてくれたのです。

姫はその計画を王子に伝え、彼の命を救いました。

おかげで異母弟と継母を追放できた王子は、お礼に、姫に呪いをかけた魔女を捜し出し捕まえました。

王子は魔女に、姫にかけられた呪いの解き方を白状させました。

こうして姫は、めでたく人の姿に戻ることができたのです。

さらにイエレミアス王子は魔女に、姫の父であるヒエロニムス王と兄王子たちをイボガエルにするよう命じました。

加えて魔女自身にも、ガマガエルになる呪いをかけさせました。

イボガエルになった王と兄王子たちは、もう誰にもいばれません。

それどころか、うっかりしていると踏み潰されます。

おかげで周囲と協力することを学んだ王と兄王子たちは、善政を施すようになりました。

そののち、ゲオルギーネ姫とイエレミアス王子は結婚して――


「ちゅえ長く、ちあわちぇに暮らちまちたとちゃ。めでたち、めでたち。――と、いうおはなちでちゅ」

就寝前に物語を聞く子供たちのように、黙ってユーチアの話に耳を傾けていた三人だが、最後まで聞き終えると深く考え込む表情になった。

「周囲の者たちは、イボガエルになった王に協力してやったのか……暴君のくせに人材に恵まれていたのだな」

「しかし姫君以外は人間に戻った様子がありませんから、子供向けのわりに容赦ないですよ？」

「ふむふむ、なるほど」

レオンハルトとフランツは感想を言い合っているが、クレールはさらに夢中になってメモを取っている。

ユーチアは小首をかしげて、そんな彼に訊いてみた。

「あのう、絵本の内容、何かのちゃんこうになりまちたか？」

「はい！　大変参考になりましたとも！」

「お、おお……」

若干引くほど興奮気味に返されて、ユーチアはちょっとビクッとした。

絵本について語っていたレオンハルトたちも目を丸くしているが、それすらクレールの眼中にはないようで、いつもの穏やかで理知的な印象はどこへやら、何かブツブツ呟いては「素晴らしい！」などと叫んでいる。

それからようやく、大好物のおやつをもらう寸前の犬くらい目を輝かせて、ユーチアに視線を戻した。

「大変失礼いたしました。長く特殊魔法の研究をしてきましたが、故人の話を人づてに聞くか、すでに引退した職人の現役時代の想い出を伺うという事例ばかりでしたので……こうして今、現在！　特殊魔法の使い手を目の前にしてお話をさせていただいているのだと思うと、もう……感動で震えが止まりません！」

「そのわりにしっかりペンを持ってメモ取ってるじゃない」

フランツの指摘に、「いえいえ、ほら」とクレールが見せた筆記帳には、確かに手が震えたらしく、虫が這ったような解読不能文字が走り書きされている。

「では、ユーチア様から伺ったお話から考えられる、私の推測を聞いていただけますか？」

「「もちろん！」」

「お願いちまちゅ！」

クレールの文字に気をとられていた三人も、一気に彼の話に釣り込まれた。

「まずは絵本です。まさに『変身』が題材の内容です。私が推測しますに、おそらくリフテト子爵家には過去にも、ユーチア様のように躰が変わる魔法を使われた方が、いらしたのではないでしょうか」

「僕以外にもでちゅか⁉」

「はい。そうでもなければ、資産家として名を馳せた子爵家のご当主でありながら、ご息女の忘れ形見に残したものが絵本だけというのは、あまりに不自然です」

「だが」

レオンハルトが顔をしかめた。

「もしかすると、ほかにも贈りものはあったのに、金目のものは伯爵夫妻が横取りしてしまったということも考えられるのでは？」

「そうですね。嫁入りの支度金も、ユーシア様のためには使われませんでしたし」

フランツも同意している。

確かにそれはあり得るかもしれない。だがユーチアは、「でも」と二人を見た。

「お祖父ちゃまがハンナとレーネに、『孫への』ってちゅたえたものは、あの絵本だけなのでちゅ」

クレールは満足そうに微笑んで続けた。

「私がこれまで調査した中で知った特異な魔法の持ち主は、平民の方ばかりでした。しかし貴族の中にもいないとは言い切れません。なんなら魔素具なしで魔法を行使できるレオンハルト様も、充分特異と言えましょう」

まさに、その通りだ。ユーチアはうっとりとレオンハルトを見上げた。

「レオちゃまは本当にかっこいいでちゅ」

「ユーチアの魔法のほうが、ずっとすごいじゃないか」

「……ダンゴムチ魔法がでちゅか？」

「ダンゴムシ魔法？」

首をかしげたクレールに、「伸びたり縮んだりちゅるから、ダンゴムチ魔法でちゅ」と説明すると、

「なるほど！」とさらに目を輝かせた。

「わかりやすさと遊び心を兼ね備えた、素晴らしい名称ですね！」

「えへへー。ちょれほどでもぉ」

ユーチアは照れて鼻の頭を掻いたが、レオンハルトとフランツは「素晴らしいか？」「称賛する人もいるんですね」と眉をひそめている。

クレールはそれも意に介さず、「例えばですが」と続けた。

「リフテト家のご先祖様に、貴族なのに魔素を持たないと、神殿で判断された方がいらしたとします」

「僕みたいにでちゅね？」

「ええ、そうです。さらにユーシア様のように、そのご先祖様も、外聞が悪いという理由で世間から

隠されていたと仮定しましょう。しかしその方も実は魔素がないわけではなく、強い衝撃を受けることで後天的に発動する魔素の持ち主だったとします」

「そしてその魔法が、……えーと」

言葉に詰まったレオンハルトに代わって、ユーチアがキリリとつないだ。

「ダンゴムチ魔法だったと、仮定ちゅるのでちゅね！」

クレールがにっこり笑った。

「今はまだ、推測と想像でしか語れませんが」

クレールは、ユーチアをまっすぐ見つめて言った。

「クリプシナ家に限らず、貴族に生まれながら魔素を持たない者の存在を恥と考え、体面を失う、名誉を傷つけられると思い込んでいる家門は、少なくないでしょう。古い時代はさらに、その傾向が顕著だったかもしれません」

「確かに」

レオンハルトは同意しつつも、「だが」とクレールを見た。

「どうして躰を変化させる魔法なのだろうか。前回聞いた、職人の神技や、超人的な体力を持つ農民などの特殊魔法は、もともとあった彼らの資質を高める魔法だったと言える。しかし躰を変化させるというのは……もともとの資質とは、関係ないように思われるのだが」

「その辺もまず、魔素具が絵本であるということから推測してみましょう。……ユーシア様は本がお好きで、よく読まれていたのですよね？」

「はい、本は大ちゅきでちゅ」

ユーチアはコクコクうなずいた。

「本がなかったら、たいくちゅちゅぎて、グレていたかもちれまちぇん」

「……グレユーチア」

「三輪車に乗って暴走するとかですかね」

レオンハルトとフランツは何やら想像したらしく、プッ！　と吹き出している。

ユーチアはちょっと恥ずかしくなって、もじもじしながら呟いた。

「クリプチナ家には、レモンタルト号はなかったでちゅよ……」

「そもそも本当の三歳児であれば、まだグレようがないのではないでしょうか」

生真面目に意見を述べたクレールに、主従二人が黙らされたところで、「おそらく」と話が続いた。

「ユーシア様ほど狭い範囲で行動を制限されていたかはわかりませんが……魔素がないことから外部との接触を制限されたとあれば、そのご先祖様もユーシア様と同様、書物が人生の友と言えたかもしれません」

「ちょうでちゅね。きっとちょうでちゅ」

ユーチアは、クリプシナ家にいた頃の自分を思い返した。

外部とのつながりは家庭教師くらいで、異母妹のケイトリンが両親と外出するのを見送るときは、自分がまるで屋敷に飾られた彫像か調度品みたいに思えた。

自分だけがここから動けない。脚はあってもどこにも行けない。なんだか机や椅子のようだと。

「もちもリフテト家の昔々のお祖父ちゃまかお祖母ちゃまに、僕と同じ境遇の方がいらちたのなら、おはなちちてみたいものでちゅ」

「時代を超えてのお喋りですね」

「引きこもりの苦労を分かち合えたと思いまちゅ。本を読む楽ちちゃと……ちょれと、本の中には、いろんなちぇかいが広がっていまちゅけども、本を閉じれば、やっぱりいちゅもの部屋の中で、ちゃびちくなることも」

「ユーチア……」

レオンハルトが、どこかが痛むような目で見つめてきたので、ユーチアは「でもでも、もうだいじょぶでちゅよ！」とあわてて付け加えた。

「今はこうちて、レオちゃまの、ちゅ、ちゅまに！　なれちゃうんでちゅから！」

「ユーチア……」

「ちゅまに！」

「……そうだな、妻だ。一緒に陛下に謁見するんだもんな」

レオンハルトがようやく笑ってくれたので、ユーチアも嬉しくなって「えへへ」と笑った。

クレールは目を潤ませている。

「リフテト家の魔素を持たぬご先祖様たちも……何人いらしたかはわかりませんが、結果的にユーチア様のように、幸せになられたと信じたいですね」

「ほんとでちゅねぇ」

「きっとユーシア様と同じように、変わりたいと強く願われたと思うのです。どう変わりたいと考えたのか……魔法を使えるようになりたいと願ったのか、ほかに具体的な目標があったのか、それはご本人にしかわからないことですが……」

変わりたいと願う人と共に在った、変身して幸福をつかむ者を描いた絵本。

「願いが込められた絵本だったのでちゅね」

「ええ、きっと。昔は今ほど書物が普及していませんでしたし、製本された本はかなりの高級品です。今のクリプシナ家ほど蔵書数もなかったでしょう」

「ふあっ。ちょ、ちょうでちゅよね」

そうだ。それを失念していた。

クリプシナ家の蔵書数は、本好きの先祖の代に一気に増えたらしい。しかしその頃は、今の何倍も書物が高価だった時代。身代を潰す気かというほど金がかかったために、当主が交代する騒ぎに発展したと、『クリプシナ家の歩み』で読んだことがある。

「だとすると、多くはないリフテト家の蔵書の中に、子供のための絵本があったことになる」

レオンハルトの言葉に、クレールが「そこなのです」と首肯した。

「これは私の願望も入っておりますが……魔素がなくて世間から隠されたからといって、家族に愛がなかったとは限りませんよね？　たとえば魔素のない子が『変わりたい』という夢を語っていたとして、親はせめてもの心の慰めに、主人公が『変身』して幸せになる物語の絵本を贈った——と考えるのは、穿《うが》ちすぎでしょうか？」

「わああ……！　ちょれは、ちゅてき！　ちゅてきでちゅ、クレールちゃん！」

クレールの願望入りのその仮説は、ユーチアの胸にあたたかな火を灯してくれた。

魔素がなくて隠されていたと聞けば、自分とまるっきり同じ境遇を想像して悲しい気持ちになる。

けれどそのご先祖様の親は、貴族の体面を優先したとしても、子供のために心を砕く程度の愛情はあったのだと。そう思えば、なんだか重苦しかった気持ちも晴れていく。

「ちょんなふうに絵本を贈られたら、じゅーっと、大事に大事にちまちゅよね！　僕なら宝ものにちまちゅ！」

「ええ。親もまた、『この子も魔法を使えるようになれたらいいのに』という意味での変身を夢見て、選んだ物語なのかもしれません。カエル＝変える、とも取れますから」

「つまりそれが、ダンゴ……変身魔法が生まれた理由？」

言葉を選んだレオンハルトに、ユーチアは「ダンゴムチ魔法と呼んでかまいまちぇんのに」と言ったが、「ユーチアはダンゴムシではない」と気に入らないようだ。

クレールが「どれも推測ですが」とユーチアたちを見回す。

「ただ、リフテト家が、特殊魔法を行使できる魔素を持つ家系だったということは確かでしょう。その一族の中で、『変わりたい』という願いを込めて大切にされてきた絵本が魔素具となり、ついには変身の魔法を発動させるに至った……」

「ごちぇんじょちゃまも、幼児になったのでちょうか？」

「うーん……。それも情報が少なすぎて、推測というか想像になってしまうのですが……。もうひとつ、時代的に、考慮すべきかもしれないと思うことがあります」

「時代的……でちゅか？」

「現代でも、騒乱や、隙あらば我が国の領土を侵そうとする異国の者など、さまざまな脅威がありますが」

ユーチアはレオンハルトを見上げた。

まさに彼は、国境の守護者と呼ばれ、国民に降りかかる脅威を除く役割の人だ。今ユーチアがキュッと握っている手や、仕事中にまくり上げた袖から覗く腕などには、いくつもの傷痕がある。きっと躰中に残っているのだろう。

「それでも今は、比較的平和な時代と言えるでしょう。イシュトファン辺境伯閣下をはじめ、身を粉にして民をお守りくださる方たちのおかげで」

「ちょの通りでちゅ！　レオちゃま、ちゅごい！　レオちゃま、ちゅてき！」

「そう、俺はすごく素敵」

サラリと癖のある銀髪を掻き上げたレオンハルトを見て、薄笑いを浮かべたフランツが、「俺のことも褒めてほしいなー」と自分を指差したので、ユーチアは「はっ！　ちょうでちた！」と付け加えた。

「フランチュちゃんも、ちゅごい！　フランチュちゃん、まめにお風呂に入ってる！」

「しかし、ひと昔前まで、頻繁に蛮族の脅威に晒されておりましたし、戦争が長く続いた時代もありました」

フランツのことも称えようとするユーチアの声は、自説を話すことに夢中なクレールにより遮断された。フランツがじっとりと見ているが、クレールはそれにも気づいていないようだ。

「戦乱の世に人が求めるものは、当然ながら身の安全ではないでしょうか。自分や家族、大切な人を含め、『身を守りたい』という強い願いが生じるのは当然のことと思います」

「ちょうでちゅね……」

「ただでさえ、貴族に生まれて魔素がないというだけで、人生を左右されるわけです。加えて戦乱の世の脅威がある。そうしたことと、ユーチア様の事例も併せて考えますに――リフテト家の『変身』の魔法は、命の危機にあって発現する。その際にどう躰を変えるかというと、『変わりたい』という願いと、身を守ることを両立した姿になるのではないでしょうか」

「……ん？」

「それは、どういうこと？」

「もちゅこち、詳ちく、お願いちまちゅ」

三人そろって首をかしげても、クレールはへこたれることなく「たとえば」とユーチアを見た。

「ユーシア様の場合、変わりたいと願った大きな理由は、『人生をやり直したい』という切望と後悔ですよね。そしてできることなら、レオンハルト様にお会いしたかったという心残りもありました」

「はい、ちょの通りでちゅ」

「では、それらの願いを叶えつつ『身を守る』には、どんな姿が望ましいでしょうか？」

ユーチアは短い腕を組んで考えた。

「んー。レオちゃまみたいな、筋肉バキバキで逞ちくて、かっこいい、ちゅがた？」

「それは身を守るには最高でしょうけれども」

ユーチアの答えに、クレールは相好を崩した。

「人生をやり直すというより、別人になってしまいますね」

「あう。ダメでちゅか」

「ユーシア様のままで変化しなければ、やり直しにはなりませんよ？　それに」

「ちょれに？」

「もしも野盗に襲われたユーシア様が、レオンハルト様のごとく筋骨隆々の姿になっていたとしたら……フランツ様。そんなユーシア様に助けを求められたら、どう対応されましたか？」

「自分でどうにかせえ！　と言って終わりだったろうね」

フランツの即答にうなずいたレオンハルトが、「それに」とユーチアを見た。

「ユーシアの顔で俺の躰というのは、バランスが悪すぎる」

「がーん」

ユーチアは、ちょっとショックを受けながら二人を見た。

「僕だって、ムキムキお躰に憧れまちゅのに！」

「頼む、やめておけ」

この会話を聞いていたクレールは、「このように」とまたユーチアを見た。

「レオンハルト様に受け入れられない姿では、願いが叶わないわけです」

「それはつまり、幼児の姿ならレオンハルト様に受け入れられるってことか？」

フランツが眉根を寄せながら質問した。

「それなら普通に、ユーシア様の姿のままでよかったんじゃないか？　残念ながら俺はまだ拝見できてないけど、ユーシア様はびっくりするほど美しいって、目撃した奴はみんな言ってる。でしょ？

レオンハルト様」

「ああ。確かにびっくりした。綺麗すぎて」

優しく見下ろされて、ユーチアは「きゃっ！」と熱くなった頬を押さえた。

「おちぇじでも、うれちいっ！」

「世辞ではない。事実だ」

「もうぅ、イケメンったらー！」

恥ずかしすぎて胸元に飛び込むと、胸筋がボフンと迎えてくれた。衣服の上からでもわかる絶妙な弾力。思わずボインボインと頭を弾ませて堪能していたら、クレールが「それです」と大きくうなずいた。

「「どれだ」」

「どれでちゅか？」

「幼児であることが利点だったのです。まずユーシア様は、ご自分にまったく自信がないまま嫁がれたわけですよね。確か、レオンハルト様には内縁の妻と複数の子がいると、誤解されていたとか？」

「ちょ、ちょんなことまで、ごじょんじ!?」

「あ、俺が言っちゃいました」

ヘラヘラ笑うフランツを、レオンハルトがギロリと睨んだ。が、クレールの分析には有用な情報だったらしい。

「今のままでレオンハルト様と上手くやっていけるとは、ユーシア様は思えなかったのでは」

「……ちょの通りでちゅ。歓迎ちゃれなくてもいいから、会いたかったと、思っていまちた」

「ユーチア……」

レオンハルトの胸から顔を離してうつむくと、大きな手がユーチアの肩を抱いてきた。顔を上げたタイミングで、クレールが問うてくる。

「レオンハルト様に複数の子がいるのなら、少なくとも子供嫌いではないのかも——と、思われたことは？」

「うーん……おぼえていまちぇん」

「そうですか。私は『身を守る』とは、命を守るというだけでなく、心を守るということでもあると思うのです」

「心を」

クレールは「はい」とうなずいた。

「ただでさえ自己評価の低かったユーシア様が、そのまま嫁いで、もしもレオンハルト様に冷たく扱われたら？　そうなるだろうと予想していたとしても、心の傷は防げません。ユーシア様はご実家で受けた傷のほかに、嫁ぎ先でもまた新たに『やっぱり駄目だった』と傷を増やすのです。――でも、子供だったら？　レオンハルト様が変質者でない限り、恋愛対象からは外れます」

「嫁ぎに来たのに、恋愛対象から外れるのは困るじゃないか」

フランツの指摘に、「でも」とクレールは首を振った。

「そもそもユーシア様も、望んで嫁いでいらしたわけではありませんよね？」

「う。ちょ、ちょよれは」

確かに、父に命じられて決まった結婚。まさに青天の霹靂《へきれき》で。

レオンハルトには恐ろしい噂が多い上、すでに妻子と呼べる人たちがいると聞かされた。あたたかな家庭を築くという夢は、旅立つ前から打ち壊された。

「嫁いでも傷つくだけなら、最初から恋愛も婚姻も関係ない存在になればいい。でもレオンハルト様には会いたい、できれば受け入れられたい。変わりたい。人生をやり直したい。――これらすべて、幼児であればクリアできそうです」

「だから幼児になったって!?　そんな計算、死ぬ間際にできるわけがない！」

呆れ声のフランツに、クレールは「もちろんです」と同意した。

「ですが、魔法が計算を担うとしたら？　本人の思考、記憶、情報などを集約して、身を守りつつ願いを叶えるために、最善の姿を選ぶ。それこそが、リフテト家の変身魔法の、真骨頂なのかもしれませんよ？」

魔法が計算を担う。

身を守りつつ願いを叶えるために、魔法が最善の姿を選ぶ。

そんなクレールの仮説を聞いて、ユーチアもレオンハルトも、しばし無言で考え込んだ。

言われてみればユーチアには、身におぼえがありすぎる仮説だ。

確かに、元の姿で予定通りに嫁いでいたとしても、ユーシアはユーチアほど素直に自分をさらけ出せなかっただろう。

それに……嫁いでくる時点では、レオンハルトに歓迎してもらえる可能性は限りなく低く、きっと冷たく扱われるのだと悲観するばかりで、妻として見てもらえるなんて到底考えられなかった。

恋愛対象になることなど、最初から諦めていた気がする。

受け入れてもらえるなら、どんなかたちでもよかった。

かと言って、フランツが言った通り、幼児になれば上手くいくなんて考えたことは一度もない。

なのに魔法が勝手に『計算を担った』結果、幼児になったのだとしたら……。

信じ難いことだが、『身を守りつつ願いを叶える』ために最適な答えを出してくれたと、言わざるを得ない。……たぶん。

ユーシアのままでも、レオンハルトにひと目惚れしていただろう。けれど遠慮や自己否定が勝って、気持ちを押し殺す自分を容易に想像できる。

だがユーチアは違う。

ユーチアになってからは、嫌でも幼児の躰に精神が引っ張られてきた。感情丸出しだし、心の声もダダ洩れだし、すぐ泣くし、泣き声を押し殺すどころか号泣するし。

好きだと思えば、そう言うし。

望むまま抱きついてしまうし。

つくづく、幼児の欲求の赴くまま、レオンハルトを振り回してきたと思う。

改めて申しわけなく思いながら彼を見上げると、レオンハルトもあれこれと思いを巡らせていたようで、「そうだな」と呟いた。

「ユーチアに……そしてユーシアに、それほどの不安を与えてしまっていたのなら……クレールの仮説は腑に落ちる」

「不安は、僕が勝手に感じたのでちゅから。レオちゃまは、悪くありまちぇん！」

「ありがとう、ユーチア」

苦笑したレオンハルトの大きな手が、ユーチアの頭を撫でた。

しかし彼には、ほかにも気になることがあるようだ。

「クレール。その『魔法が計算を担う』という説が正しければ、ダンゴ……変身魔法というのは、なんというか……凄まじいな。魔法の使い手によっては、悪用できてしまいそうだ」

「さすがです、レオンハルト様！　私もそう思うのです」

クレールが嬉しそうに同意した。

「リフテト子爵家も、その危険性について認識されていたのではないでしょうか。ゆえにユーチア様のご祖父様も、信頼のおける者に絵本を託すのが精いっぱいで、詳しい事情は話せなかったのだと推測いたします」

レオンハルトは「うむ」とうなずき、ユーチアにも視線を流した。

「俺もひとつ、推測と想像の話を思いついた」

「なんでちゅか？　レオちゃま」

「リフテト家は資産家として名を馳せたが、記録によるとその礎を築いたのは、ユーチアに絵本をくれた祖父君の、さらに二代前。ランプレヒト殿だ」

ユーチアは「ほおー」と感嘆の声を洩らした。

「お祖父ちゃまの、お祖父ちゃま？　よくごじょんじでちゅね、レオちゃま！　ものちりでちゅー」

「いや……クリプシナ家との婚姻が決まったときに、ユーシアの身元を調査した中で知ったことだ。すまない」

「いえいえ。まーったく、問題ごじゃいまちぇん」

ユーチアはブンブン首を横に振る。警戒する相手について調べるのは、当然のことだ。

レオンハルトは「ありがとう」とユーチアの頬を指でプニプニして、話を続ける。

「ランプレヒト殿は、誰も目をつけなかった事業や埋もれた人材を見出し育てる天才で、彼が投資したものは、その後必ず大当たりし大金を生み出したそうだ。ゆえに周囲の者は、『彼は未来を視る魔法の目を持っている』と驚嘆しきりだったという」

「「魔法の目！」」

ユーチアとクレールの声が重なった。

フランツも「今となっては、聞き流せない言葉ですね」と目を瞠っている。レオンハルトは「なんにせよ、過去のことだが」と言いながら茶菓子を取って、ユーチアの手にのせた。

「もしランプレヒト殿も変身魔法の持ち主だったとしても、それをどう未来視に活かしたのかはわからんし。だから単なる推測と想像の話」

クレールが「そうですね。ですが実に興味深い」と、またメモを取っている。

「家門に莫大な利益を生み出すこともできる魔法であれば、いらぬ危険を避けるため、秘密厳守にするでしょう。代々の当主のみ口伝されていたのかも」

ユーチアは、ちょっと焦って、手の中のお菓子をレオンハルトに返した。

「ぼ、僕の魔法はダンゴムチになるだけなので、利益なんか生み出ちぇないと思いまちゅ……ごめんなちゃい」

すると三人ともが笑って、レオンハルトは茶菓子の包みを開けて中身を取り出すと、小さくつまんでユーチアの口に入れてきた。ベティーナ特製のミニケーキは、口の中いっぱいにバターの味と香りが広がって、たまらなく美味しい。

「おいちいでちゅー」

「よかったな」

表情をほころばせて、またひと口ケーキを入れてくる。

そうしてレオンハルトは、もぐもぐするユーチアの頬を人差し指でツンツンしながら、「ユーチアは」と微笑んだ。

「いてくれるだけで、いろんなものを生み出してくれている」

「ひょえっ⁉　ちょ、ちょんなことは、むぐ」

またケーキを入れられた。反射的にもぐもぐ味わってしまい、その間にフランツまで「そうですよ」と笑った。

「そんな可愛らしい顔で幸せそうに食べるから、ベティーナのやる気が漲ってますし。俺らも癒されて、共通の話題で盛り上がれます。何より、レオンハルト様は、前よりずっと笑顔が増えました」

「……そうか？」

「自覚あるでしょう？」

レオンハルトはコホンと咳払いをしただけで答えなかったが、実はユーチアも、レオンハルトがよく笑ってくれるようになったと感じていた。それが自惚れや勘違いではなかったと知って、嬉しさのあまり「ほわあ」とへらへら笑ってしまう。

「レオちゃま！　僕、レオちゃまの笑顔のためなら、なんでもちまちゅ！」

「いや、特に何もしなくてもいい」

「ご遠慮なちゃらじゅ！　なんだか今の僕、ベティーナちゃんより、やる気が満ち満ちておりまちゅよ！」

「そ、そうか。それはよかった」

ユーチアは、フンスと鼻息荒く胸を張った。

「今なら、陛下に謁見ちゅるのも怖くない気分！」

「「「おおー」」」

三人が拍手するので、ユーチアは調子に乗った。

「レオちゃまの、ちゅまとちて！　堂々と謁見ちまちゅ！」

「「「おおおー」」」

「ピルピル・ラピュちゃんがデザインちた服で、おちゃれちて、ダンゴムチなりに、ビチッ！　と決めてみちぇまちゅからねー！」

「「「おおおおー」」」

拍手と指笛で乗せられたユーチアは、いっそうイイ気分になって、「まあまあ」と小さな両手を振って応えた。

「ちゃらに！」

「「「さらに？」」」

ユーチアは、グッと握った小さなこぶしを、天井に向かって突き上げた。

「クリプチナ家に乗り込んで、絵本を取り返ちてやるでちゅーっ！」

「「「……えっ!?」」」

ユーチアは今、先日の魔素研究所で、調子に乗っていらんことを口走った自分を、心から恥じている。そして悔いている。

なぜなら、ピュルピュル・ラヴュの服でお洒落してビシッ！　と決めてみせる！　……なんて宣言してしまったばかりに、ユーチアの『着せ替え』が止まらないからである。

「あーやっぱりこちらの、真っ白ウサちゃんのほうがいいんじゃないかしら！」

「あたしは断然、この淡いグレーのウサちゃんがいいと思うね！　これをユーチア様が着たら、ちっちゃくて可愛いだけじゃない上品さが際立つもの」

「確かに。でもやはり白のほうが、色白とぅるとぅるお肌を引き立てない？」

こんな調子で、ゲルダやベティーナやイグナーツを始め、複数の召し使いたちまで集まって、すでに決まっていたはずの旅装でさっきからずっと揉めている。

おかげでユーチアは、何度も何度も着たり脱いだりを繰り返させられているのだが、自分が言い出したことだから文句も言えない。

おまけに……。

「どうでしょうか？　ピュルピュル・ラヴュさん。悪意渦巻く魔都ダーミッシュに立ち向かうユーチア様を守護するため、最も相応しい装束はどちらでしょうか」

侍従長のフィリベルトが、真面目な顔で尋ねた相手。

――そう、彼はわざわざ、ピュルピュル・ラヴュまで呼んでしまったのである。

「んもー、侍従長様ったら！　あたくしはデザイナーであって尼僧でも魔女でもないんですから、守護だの魔除けだのの効果付与なんてできないんですのよ⁉　でもそうですわねぇ、あたくしならやっぱり、こんな春の日の門出には、桃色ウサちゃん推しですわね！」

「きゃー！　やっぱり!?　私もそう思うんです！」

「ほらね！　あたしが最初っからそう言ってただろう？」

そういうわけでユーチアは、結局、当初の予定通り、ウサギの耳型のフードが付いた春物のケープを……似たようなデザインで白・淡い桃色・淡い灰色が用意された中から、桃色を着せられた。

「ユーチア様は本当に、どんな色でも愛らしく着こなしてしまいますね」

満足そうなゲルダに、首元の大きなリボンをキュッと結ばれて、「ちょんなこと、ないでちゅ」と答えた声は、ゲルダたちの歓声に掻き消された。

「キャーッ！　なんて可愛いのっ」

「桃色ユーチアウサちゃんっ」

「ウサ耳を付けるため生まれてきたというくらい、お似合いです」

「あ、ありがと、ごじゃいまちゅ……」

一応中身が成人としては、ウサ耳が似合うと言われても喜ぶ気にはなれないが。

出かける前からゲッソリ疲れながら、筋骨逞しい長身にピンクのワンピースを着こなすピュルピュル・ラヴュを見上げた。

「……ピルピルちゃん……おいちょがちいでちょうに、こんなことでお呼び立てちてちまって、もうちわけありまちぇん……」

「んまっ！　お気になさらないでくださいな、ユーチア様！　こうしたアドバイスもあたくしの大事な役目ですもの。しかも今回は、可愛い可愛いユーチア様と、お花の精のようなユーシア様のために、精魂込めてたっぷりと！　ご用意させていただきましたからねっ」

そう。ユーチアの知らぬ間に、レオンハルトはあれもこれもと追加で注文していたらしく。

たくさんの衣服ばかりか、それに合わせたアクセサリーや小物まで、次々城内に品物を運ぶ召し使いたちの行列を見たときには、ユーチアは腰を抜かしそうになった。

『ユーチアとユーシアの二人分だから、多く見えるだけだ』なんて、レオンハルトは言っていたけれど……。

そしてフランツも、『今まで贈りものをしたい相手がいなかったから、ユーチア様のためにいろいろ選ぶのが楽しいんだと思いますよ？　必要なものですし、遠慮なく受け取ればいいのです』なんて言っていたけれど……。

「やっぱりダンゴムチの身の丈には、合ってない……」

頭の上のウサ耳を、しょぼんと倒して考え込んでいると、ピュルピュル・ラヴュが隣に来て「ユーチア様」とにっこり笑った。

「レオンハルト様のお支度が豪勢すぎて、心苦しく思われているのでしょう？」

「ほあっ！　どどど、どーちてわかっちゃうのでちゅ!?」

「わかりますとも。心の綾まで知り尽くす、そう、それがあたくし。ピュルピュル・ラヴュ！」

ビシッ！　と腰をくねらせたポーズを決めて、しばしそのポーズのまま止まってから、ピュルピュル・ラヴュは「さて」と急に話を再開した。

「社交界において、身に纏うものは、まさに戦闘服！」

「ちぇ、ちぇんとう服!?」

「ええ。王都にはお得意様も多いのですが、あえてぶっちゃけましょう。ああした世界の方たちは、まず見た目でぶん殴ってくるのです」

「見た目でぶん殴る!?」

ウサ耳のユーチアがぴょん！　と跳び上がると、ピュルピュル・ラヴュは「やだ可愛いっ」と相好を崩し、「インスピレーションが刺激されるわ……」と呟いてから、話を戻した。

「見栄と面子と虚飾の世界ですからね。まず自信を持って堂々と振る舞わねば。そんなとき力強い味方となってくれるのが、身に着ける者を輝かせる装いなのです」

「じちん……ちゅっごく、僕にひちゅようなものでちゅ……」

「そのようですわねえ。ユーチア様は本当に謙虚でいらっしゃるから。でも、そんな方にこそ、このピュルピュル・ラヴュがお役に立ちますのよ！　ユーチア様でもユーシア様でも、社交界のどなたにも負けやしません！　……負けさせてなるものか……！」

何やら燃えているピュルピュル・ラヴュを見て、ユーチアは小首をかしげた。

「勝ち負けなのでちゅか？」

「もちろんです！　ユーチア様も王宮に足を踏み入れたら、きっとおわかりになります。怯みそうになっても、自信を忘れずに。ユーチア様とユーシア様より綺麗で愛らしい方なんて、ほかにいやしないのですから！　それに」

「ちょれに……？」

「レオンハルト様に色目を使う者は必ずいます」

「色目ー!?」

「そうですとも。あれだけの地位と財を持つ男前ですから」

ユーチアは、ギラリと目を光らせた。

「ちょの通り！」

「どんな相手が立ち塞がろうとも、自信を持って！　愛らしく装ったユーチア様の魅力で、返り討ちにしてやるのです！」

「で、できるでちょうか……」

「できますとも！　自信！　自信！　さあ、ご一緒に！」

「じちん！」

「自信！」

「じちん！」

「素晴らしい！　じ・し・ん！　はい、じ・し・ん！」

「じ・ち・ん！　はい、じ・ち・ん！」

声を合わせてこぶしを振り上げ連呼しているところへ、レオンハルトが「楽しそうだな」と戻って来て、ユーチアを抱き上げた。

「ウサギか。可愛いじゃないか」

「きゃっ！」

「さあ、出発するぞ」

ユーチアがバイルシュミットにやって来たときには、あちらこちらに雪が残っていたけれど、裸の枝の黒さばかりが目立っていた山々や森林も、今では瑞々しい新緑につつまれている。

冬の終わりを待ちわびた花々も一斉に咲き誇り、まさに春爛漫。
朝から爽やかに晴れ渡る本日。
いよいよ、シェーレンベルク王国王都ダーミッシュへ出発の日である。

ユーチアがグレまちた
ユーチア参上！

――ユーチア・クリプチナがグレた。

その知らせは、『氷血の辺境伯』レオンハルト・イシュトファンが住まうアイレンベルク城に集う人々を、騒然とさせた。

「信じられない！　あんなにも素直で愛らしいユーチア様が、グレてしまったなんて！」

「なぜ、こんな急に⁉」

理由はわからない。

魔素研究所のクレール副所長は、「これは悪い魔女の呪いに違いありません」と断言した。

しかしもっと深刻なことに、「単にイヤイヤ期では」という意見もある。

とにかく、ユーチアはグレたのだ。

あいにくレオンハルトは任務で城を留守にしていて、どう対処すべきか、決められる者がいない。

それゆえ周囲の者たちは、ユーチアの恐ろしいほどのグレっぷりに、なすすべもなく不安を募らせる毎日だった。

――そんな荒ぶる三歳児（仮）ユーチアの朝は、シャウトから始まる。

「ヨメにちろーっ！」

それが起床の合図だ。

あらかじめ室内に控えていたゲルダが、洗面ボウルにぬるま湯を張りながら挨拶した。

「おはようございます、ユーチア様。今日も朝から元気いっぱいですね」

ユーチアはムッ！　とゲルダを睨んで、声を荒らげた。

「どこが元気でちゅか！　未だにヨメになれないのに、元気なわけあるかー！」

「そ、そうですよね。さあどうぞ、こちらへ。お顔を洗いましょうね」

「洗いまちぇん！　顔なんか洗わないの！」

「でもそれだと、お顔に垢が溜まってしまいますよ？　レオンハルト様が戻られたとき、垢だらけのお顔でお出迎えするのですか？」

ユーチアは、今度はキッ！　とゲルダを睨みつけて宣言した。

「洗いまちゅ！」

「そうですとも。ユーチア様の美貌が損なわれては、レオンハルト様が悲しまれますからね！」

「美貌なんか、ちゃいちょっから、ありゃちないのー！　むぐっ」

抗議する声は、お口に新鮮イチゴを入れられて途切れた。

「今朝、城の菜園で摘んできたばかりのイチゴですよ。とびきり甘いのを庭師に選んでもらいました」

「んー、おいちいっ」

噛むとジュワッと広がる甘い果汁と、瑞々しい食感。

思わずニコニコしながら、うっとりと味わい、しっかり余韻まで楽しんでから、にやりと悪い顔で笑った。

「よち！　今日のちょくじは、じぇんぶイチゴにちゅる！」

「お食事を全部イチゴに？　それでは栄養が偏りますし、きっとすぐお腹が減ってしまいますよ？」

「イチゴにちゅるの！　イチゴ以外は食べまちぇん！」

「まあ。でも……」

「イチゴじゃないなら、歯磨きも、ちゅるものか！」

「でも今日の朝食は、『ベティーナ特製・イチゴのパンケーキ～三種のフルーツとたっぷり生クリームを添えて～』ですよ？　本当に召し上がらないんですか？」

「食べるに決まってるでちょー！」

朝食も着替えも済ませたユーチアは、甘い誘惑に抗えない幼児の情けなさを怒りに変えて、レモンタルト号に跨った。

するとすぐに、ゲルダが笑顔で扉を開ける。

「ユーチア様、今日もお城を探検されるのですね？」

「探検じゃありまちぇん！　家出なの！」

「あらあら」

「誘惑だらけの、くちゃった世の中は、もうたくちゃん！　行け行けユーチア！　もう誰も僕を止められない！」

力強くペダルを踏んでキコキコと廊下へ出ると、ゲルダのほかに、なぜか三人の召し使いがついてきた。みんな顔見知りではあるが、なぜか最近付き添いの人数が増えたのだ。

ユーチアはキッ！　キッ！　キッ！　と彼女たちを睨んだ。

「おはようごじゃいまちゅ！」

「「おはようございます、ユーチア様！」」

睨まれているのに、なぜかみんな嬉しそうだ。

なぜだ。ユーチアはグレているというのに、なぜみんな嬉しそうなのだ。

「もう、ちらない！」

胸のモヤモヤを吹き飛ばすべく、再び力強くレモンタルト号を駆り始めた。

「みんなのことなんか、置いてってちゃいまちゅからね！」

すると召し使いたちは、いかにも悲しそうな声を出した。

「そんなあ」

「置いていかないでください、ユーチア様」

「わたしたち、寂しくて泣いてしまいます」

ユーチアは、思いっきり怖い顔をして振り向いた。

「ちゅいてこられるなら、ちゅいてきてもいい！」

「まあ、ありがとうございます！」

「なんてお優しい！」

「頑張ってついていきます！」

口々に言いながら、なぜか顔を見合わせ笑い合っている。解せぬ。

ユーチアは、ふんっ！　とそっぽを向いた。

「遅れても、待っててあげまちぇん！」

皆と一緒に笑みを交わしていたゲルダが、「だとすると……」と寂しそうに言った。

「ゲルダたちはどこかで行き倒れてしまうかもしれないので、そうなったらもう二度と、ユーチア様にお会いできないのですね……」

みんなして、「ううっ」とか、「ユーチア様、どうかお元気で」とか、「離れても、お幸せをお祈りしております」などと言って、目元を押さえている。

その様子を見たユーチアの瞳に、みるみる涙が浮かんだ。

ゲルダたちが「まずい」と思ったときには、もう遅い。

琥珀色の大きな瞳から、だばだば涙が溢れ出した。

「うあぁぁぁぁぁぁん！　ほんとは待ってるも、お会いできるもーっ！」

「きゃーっ！　ごめんなさい、お会いできますとも！」

「泣かないでください、ごめんなさいユーチア様ー！」

わんわん号泣するユーチアとお供の者たちの姿を、離れたところから、じっと見つめる一団があった。

家令イグナーツ。侍従長フィリベルト。料理長ベティーナ。その他。

「……騎士団団長バルナバス」

「同じく副団長フランツ。その他と言われた気がしましたよね、団長？」

「普通、騎士団のツートップが、これほど雑魚キャラとして扱われるか？」

そんなその他二人のほかにも、さらにその他の使用人たちもいる。

彼らは虎視眈々《こしたんたん》と、あることを狙っているのだ。

「ゲルダめ。ダメじゃないか、ユーチア様を泣かせちゃ」

「やはりユーチア様のお守り役は、私でなければ駄目なようだ」

「何言ってんだい。美味しいプリンを作れるお守り役こそ最高だよ！」

――そう。

彼らは皆、ユーチアの恐ろしいほど愛らしいグレっぷりに嵌まった大人たちである。

おかげで現在、『ユーチア保護者会』入会希望者が殺到しているのだが……。

いちいち面接をしていられないので、臨時措置として、ユーチアのお相手をする役目を一日三名まで、クジ引きで決めている。

皆がどれほどグレユーチアを一日中眺めて癒されたいと熱望しようとも、採用がクジ引き任せでは、祈るよりほかになすすべがない。

「明日こそクジが当たるだろうか」

「定員三名に対して倍率三百倍なんて、当たる気がしない」

誰もがそんなふうに不安を募らせ、同時に「明日こそ当たるかもしれない」という希望を抱いて、自分たちの出番を待ち詫びているのだった。


「ヨメにちろーっ！」

本日もグレを続行中のユーチアの、目ざめを知らせるシャウトが響き渡った。

そして今日は、家令イグナーツが待機中である。

「ユーチア様、お目ざめですか？　よく眠れましたでしょうか」

穏やかな笑みを浮かべた彼が、天蓋付きベッドの紗幕を開けたけれど。

ユーチアは「むっ！」と声を出し、寝ざめが悪くてムッとしていることを演出した。

「目なんかちゃめてまちぇん！　未だにヨメになれないのに、よく眠れるわけあるかー！」

「おや、それは困りましたね……二度寝されますか？」

「にどね!?」

そう来るとは思わなかった。

ユーチアのお腹がクーンと仔犬の鳴き声のような音をたてる。

本当は、ぐっすりたっぷり眠ったので、いい感じにお腹がへっているのだ。

「二度寝ちない！」

「そうですか。それではお顔を洗いましょう。すぐに朝食を運ばせますからね」

「なんだとー！」

「おや？　どうされました」

「おなか、ちゅいてるの！　お顔なんか洗わないのー！」

「おお、これは失礼いたしました。そうですね、その通りです。では先にお食事にいたしましょう」

「う……」

ユーチアは、「なんか、やりぢゅらい」とぼやいた。

白髪優勢の黒髪……ほぼグレーに見える髪をビシッとオールバックで決めて、衣服の着こなしはわずかな乱れもなく、初老ながら腹も出ず背筋をピンと伸ばし、ユーチアが見るときは常に穏やかな笑みを浮かべているイグナーツ。

ゲルダなら、どうにか先に顔を洗わせようとしてくるのに……イグナーツは大抵のことは、柔軟に対応してくれてしまう。

洗顔を「かったるいじぇ！」と拒否して、腕組みなんかしてみても。

「ではイグナーツが、蒸しタオルで拭いてさしあげましょう」とニコニコしているし。

着替えも拒否して「こんなダチャい服着れるかー！」と言ってみても。

「では、あとでイグナーツとお出かけして、お好きなお召し物を買いましょう。それとも、ピュルピュル・ラヴュさんをお呼びしましょうか」

「い、いい。いりまちぇん……このダチャい服でいいの！」

「おお、そうなのですね」

どう転んでもニコニコしている。

こういう対応は非常に反抗しづらい。グレにとっての天敵と言えよう。

「どうやってグレてやろうかちら！」

朝の自由時間になり、イグナーツへの対抗策を考えながらレモンタルト号に乗ろうとしたユーチアは、みごとに愛車を二度見した。

「なっ、なんでちゅか、これはーっ！」

叫びながら駆け寄る。

なんとレモンタルト号に、のぼりが括り付けられているではないか。

そしてそこには、達筆な文字で黒々と、『ユーチア参上！』と書かれていた。

「あわわ」

「お気に召していただけましたか？　わたくしの直筆でございます」

驚愕するユーチアの隣に歩み寄ってきたイグナーツが、満足げに笑った。

「わたくし、筆文字文化の国ニッポンチョに滞在しました折、書道検定十段に合格いたしまして」

「ニッポンチョ!?　なんでちゅか、ちょの、けったいなお名前の国は！」

「日出ずるオタクの国です」

「オタクってなんでちゅか⁉　んー、ちょんなこと、どーでもいいのでちゅ！　どーちてレモンタルト号が、のぼりで僕の自己ちょうかいをちているのでちゅ⁉」

「おや、ご存知ありませんか？　いにしえより、グレし者はこのように名乗りを上げるしきたりなのですよ」

「ちきたり……でちゅと……⁉」

「このように」

イグナーツは、コホンと咳払いをひとつしてから、すーっと大きく息を吸い込むや、城中に響き渡りそうな声を上げた。

「やあやあ遠からん者は音にも聞け、近くば寄って目にも見よ！　我こそはアイレンベルク城に住まいしイシュトファン辺境伯の妻、ユーチアなり！」

あまりの大声にびっくりして固まったユーチアに、「――こうです」とイグナーツはにっこり笑った。

「さあ、ユーチア様もやってみてください」

「イヤでちゅ！　よくわからないでちゅけど、なんか違う！」

「いえいえ、これが正式なグレ方です」

「……ほんとでちゅか？」

「そうですとも。名乗りを上げてこそ、一人前のグレです」

「……レオちゃまのちゅまって名乗るのは、気に入りまちたけど……」

「そうでしょうとも。さあ、行きましょう。レモンタルト号で移動しながら、城中の者に『ユーチア様ここに在り！』と知らしめるのです！」

ユーチアの本能が、『やめておけ、かなり恥ずかしい』と告げていた。

しかしレモンタルト号で廊下に出ると、侍従長のフィリベルトと年配の男性使用人三人が、手に籠を持って待ちかまえていた。

「お待ちしておりました、ユーチア様」

「我ら、ユーチア様の名乗りを支えるべく、まかりこしました」

「孫を溺愛する祖父のごとく、どこまでもユーチア様のお供をする所存」

「いざ参りましょう。城中の者どもに、ユーチア様がどれほど立派にグレたかを知らしめましょうぞ！」

「……」

ユーチアの危機察知能力が、『黒歴史になるぞ。じいさんの感覚を信じるな』と警告している。しかしレオンハルトの妻と名乗れるという誘惑が、警告を追いやった。

「よ、よーち。行くでちゅよ、皆の者！」

「「「「おー！」」」」

——その日、城中の使用人や騎士、兵士、城に出入りする商人たちが、それを目撃した。

のぼりの付いた三輪車を漕ぎながら叫ぶユーチアと、その周りで籠に入った紙吹雪を撒き散らし、合の手を入れるじぃじたちを。

「ややあ我こちょは、アイレンベルク城にちゅまいち、レオちゃまのちゅま！　ちゅま！　レオちやまのちゅまでごじゃいまちゅ！」

「ユーチア様、それでは選挙の演説です。お名前を名乗って！」

「はっ！　ちっぱい。えと、やあやあ我こちょは、レオちゃまのちゅま、ユーチアなりー！」

「「「「いよっ！　ユーチア様！」」」」

皆、ぽかんと口を開けてそれを見ている。

同じく居合わせたバルナバスとフランツも、ハシビロコウのように立ち尽くしたまま呟いた。

「……なんだあれ」

「……やっぱダメですよ、イグナーツとフィリベルトを組ませちゃ……。可哀相に、ユーチア様。これ、一生語り草にされますよ」

フランツのその言葉は正しかった。

こののち、グレユーチアが更生してユーチアに戻ろうとも、さらにユーシアに戻ろうとも、この日の『三輪車行列』は、一生彼の人生について回るイジられネタとなるのだった。


今朝もユーチアは、「ヨメにちろーっ！」とシャウトして、天蓋の紗幕がひらくのを待っていた。

「ちゃて、今日はどんなエネミーが現れるでちゅかね！」

毎朝、あの手この手でグレユーチアを更生させようと罠を仕掛けてくる大人軍団。

昨日は特に手ごわかった。

うっかり言いなりになって『名乗り』とやらを叫びながら城中を巡ったために、お昼どきには喉がカラカラになってしまった。

しかし紙吹雪を撒きながらついてきたイグナーツたちのほうも、腰痛・膝痛・手足のしびれ・頻尿といった症状で満身創痍になっていたから、かろうじてユーチアが勝利をおさめたと言えよう。

「油断禁もちゅでちゅよ、ユーチア！」

グッと掛布を握りしめながら己に言い聞かせていると、「おはようございます！」と元気に紗幕が開けられた。

「ユーチア様、ご機嫌うるわしゅう！　本日のお相手は俺と、バルナバス団長ですよー！」

「ユーチア様！　今日はバルおじちゃんと楽しく遊びましょう！」

そこにいたのは、満面の笑みを浮かべたフランツとバルナバス。

「……はぁ」

ユーチアは無言で眉根を寄せ、深くため息をついた。

途端、「ええっ!?　なんでいきなりため息!?」「まだ何もしてないのに！」と、声が上がる。

ユーチアはキッ！　キッ！　と二人を睨んだ。

「おはようごじゃいまちゅ！」

「「あ、おはようございます」」

「もう、だまちゃれまちぇんからね！」

「「はい？」」

「ニコニコちゅる大人の男ちぇいの言うことは、もうちんじまちぇん！」

「……ニコニコする大人の男性の言うことは、もう信じない……と言うと」

首をかしげるフランツに、バルナバスが「イグナーツじゃねえのか」と言ったので、ユーチアは「ちょれでちゅ！」とうなずいた。

「名乗りを上げるのが正ちいグレのちきたりだって言うから、ちょの通りにちたのに！　ランチのときにゲルダちゃんが、イグナーチュちゃんとフィリベルトちゃんに、『いちゅの時代の、どこの国のはなちでちゅか』って！」

「「ブフッ！」」

フランツとバルナバスが吹き出した。

ユーチアが「むーっ！」と頬を膨らますと、わざとらしい咳払いをして誤魔化している。

しかし、そうなのだ。

ユーチアは、石器時代のニッポンチョ辺りのしきたりを信じ込んでいたイグナーツの間違った知識に巻き込まれ、精神的に大怪我を負った。

道理で途中で会ったベティーナが、「ユーチア様ったら、何してるんですかっ」と腹を抱えて笑っていたはずだ。

ユーチアにじっとりと睨まれた二人は、あわてて「彼らと一緒にしないでください」「俺らのほうが、まだユーチア様と年齢が近いし」と言いわけして……。

「どうです？　ユーチア様。今日は俺たちと一緒に、剣の稽古でもしてみませんか？」

フランツの提案に、ユーチアの眉がぴくりと上がる。

「剣の、お稽古……？」

「そうですよユーチア様。もちろん本物の剣は無理ですけども、まずは木剣で」

「騎士団団長のバルおじちゃんみずから、基礎から教えちゃいますよー？」

その提案には、悔しいが、かなり惹かれる。

「……グレるからには、喧嘩上等でちゅからね……」

「どこでそんな言葉おぼえたんです？」

「いや、その通りだ。たいしたもんです、ユーチア様！　稽古して強くなりましょう！」

褒め上手で乗せ上手なバルナバスの言葉に、うっかり喜びがダダ洩れしそうになったユーチアだが、キリリと顔を引き締めた。

「ち、ちかたないでちゅね。ちてあげないと、二人が泣いちゃうかもでちゅから！」

「うんうん、お稽古してくれないと泣いちゃう！」

「ちょんなに言うなら、ちてあげまちゅ！」

「わーい、やったー！」

のぼりを撤去されたレモンタルト号に跨り、騎士団員用の稽古場に向かう途中で、「実は」とバルナバスが嬉しそうに切り出した。

「実は騎士団員みんなで、ユーチア様のための特別な木剣を注文してたんですよ」

「ほえっ？　とくべちゅ？」

「特製木剣が無駄にならず済んでよかったですね、団長！」

フランツも、なんだかワクワクした様子。

ニヤリと笑ったバルナバスが、「だから言ったろ？　俺はクジの引きは強いんだ」と答えて、ユーチアにはわからない会話で笑い合っている。

意味がわからないので、ユーチアは、ここは警戒せねばと思った。

「なんだか、あやちい」

「「えっ？」」

「またイグナーチュちゃんのときみたいに、おかちなグレ方を、おちえるんじゃないでちょーね！」

「おかしなグレ方？　まさかそんな。イグナーツと一緒にしないでくださいってば」

フランツが苦笑したが、ユーチアはキコッ！　とレモンタルト号を止めた。

「やっぱり、お稽古ちない！　もう笑顔の大人にだまちゃれるものかー！」

「イグナーツめ……どんだけトラウマ植え付けてんだ」

「帰りまちゅ。フランチュちゃんとバルちゃんは、二人でお風呂に入ればいい！」

「「え。嫌だ」」

二人はユーチアに会う前に必ず湯浴みをしてくるので、よっぽど一緒に入浴するのが好きなのだなとユーチアは思っていたのだが、即答で拒否された。

するとバルナバスが、「あ、そうだ」と手を打った。

「レオンハルト様が帰ってきたときユーチア様が剣の振り方をおぼえていたら、きっと驚きますよー！」

「お稽古ちまちゅ！」

✦
✦
✦

「こ、これは……」

手渡された『特製木剣』を手に、ユーチアは固まった。

それはユーチアの小さな手でもしっかり握れる大きさで、きちんと剣のかたちをしている。

が、しかし。

鍔《つば》がハート型をしている上に桃色に塗られており、柄には赤いリボンが巻かれて大きく蝶結びされている。おまけに柄頭は、可愛らしくデフォルメされたウサギの顔だ。

——なんだかもはや、剣というより、絵本で見た魔法の杖のよう。

しかしバルナバスは真剣な表情で、「準備運動は終わりましたね。では、素振りから始めましょう！」とユーチアの隣でお手本を見せ始めた。

「はい、正しく構える！　息を吸ってー、振り上げてー、息を吐いてー、下ろす！　そうそう！　お上手ですよ、ユーチア様！」

「ちょ、ちょうでちゅか？　えへへー」

バルナバスはしっかり教えてくれている。魔法の杖などと疑って悪かった。

機嫌を直したユーチアは、熱心に稽古に取り組んだ。

その様子を、ワイワイと集まって来た騎士団員たちも、にこにこしながら見守っている。……妙に嬉しそうなのが、ユーチアには謎だったたが。

しかし稽古に集中だ。

「喧嘩上等の立派なグレに、僕はなる！」

「その調子ですよ、ユーチア様！　さあ、クルッとターン！」

ユーチアはクルッとターンした。

騎士たちから「「「なんて完璧なターン！」」」と声が上がる。

「それから右手で剣を掲げて、左手はほっぺに添えてハートマーク！」

ユーチアは左手とほっぺでハートマークを作った。

騎士たちから「「「かーわーいーいー！」」」と声が上がる。

「そして台詞！『ウサギ妖精ユーチア参上！　みんなを癒す天使だぴょん♡』」

ユーチアは台詞を言った。

「ウチャギようちぇい、ユーチアちゃんじょう！　みんなを癒ちゅ、てんちだぴょん♡」

騎士たちが悶絶しながら歓声を上げた。

「うおーっ！　がーわーいーいー！」

「あーん！　癒されまくりです、ユーチア様ー！」

「むさ苦しい筋肉ダルマばかり見て疲労困憊の心身が癒されます、ユーチア様ー！」

「「「ほんとにウチャギの天使だぴょーん！」」」

「……」

野太い声でキャーキャー言われながら、ユーチアは、黙って木剣を足もとに置いた。

「ユーチア様？」

バルナバスの声には答えず、そばに停めてあったレモンタルト号に跨ると。

かつてこれほど力が漲ったことはないという勢いでペダルを漕いで、猛然とバルナバスに向かって突っ込んだ。

「うわっ！　ちょっ、まっ、ユーチア様！　ごめんなさい冗談です、もうしませんから！　お許しをーっ！」

「ゆるちゃん！　逃げるなでちゅー！」

バルナバスが騎士たちのあいだに逃げ込んだために大混乱となり、そーっと抜け出そうとしたフランツを目ざとく見つけたユーチアは、今度はそちらに向かって突進した。

「あぶっ、あぶなっ！　ユーチア様、落ち着いて！」

「落ちちゅけるかー！　ちょこへ直れー！」

――大騒ぎしているその状況を。

たった今、任務を終えて帰城したレオンハルトが、眉根を寄せて見つめていた。


「――で？」

旅装を解いたレオンハルトが、椅子の背もたれに寄りかかって長い脚を組み、執務室に呼び出した『ユーチア保護者会』幹部メンバーたちを見回した。

執務机越しに並ばされた、ゲルダ、イグナーツ、フィリベルト、バルナバス、フランツ、ベティーナは、飢えたヒグマのごとき眼光に晒されうな垂れている。

ベティーナが「あたしはまだ順番来てなかったのに！」と小声でフランツに抗議したが、「順番を待ってた時点で連帯責任でしょ」と返されて、グッと言葉に詰まった。

――そんな様子をじっくり眺めてから、レオンハルトがもう一度尋ねる。

「どういうことだ？　これは」

これは、と言いながら、レオンハルトの視線が下がった。

つられて全員の視線もそこに――レモンタルト号ならぬレオンハルトの太腿に跨り、分厚い胸に顔をうずめてグズっているユーチアに、集中した。

レオンハルトがその小さな背中をあやすようにポンポン叩いて、「ユーチア」と話しかけても、イヤイヤと首を横に振るばかりだし……。

「どうして拗ねてるんだ？　ん？」

尋ねても、顔を上げずに「ちらない」とくぐもった声で返すだけ。

ユーチアに顔を押しつけられているレオンハルトの服の胸元は、すでに涙と鼻水でぐっしょり濡れている。

レオンハルトはゲルダからタオルを受け取り、優しくユーチアの顔を引き剝がすと、「うー」と不満を訴える顔を丁寧に拭ってやった。

そうして両手で小さな顔を上向かせ、潤む瞳で見上げてくる愛らしさに、ふっと笑みをこぼす。

「よし、綺麗なユーチアに戻った」

しかしその言葉を聞いたユーチアの瞳から、またもポロポロ涙が溢れた。

「き、きれーに、ちて、まちた」

「ん？」

「垢、ためてまちぇん……」

「垢？　うん、垢を溜め込んでたなんて思ってないぞ？」

首をかしげたレオンハルトに、ゲルダが「あの」と申しわけなさそうに声をかける。

「わたくしの言い方が悪かったのです、レオンハルト様。ユーチア様に、お顔を洗わないと、垢だらけのお顔でレオンハルト様をお出迎えすることになるなんて、言ってしまったものですから……」

「ああ、なるほど」

レオンハルトがクスッと笑った。

桃色のほっぺを転がり落ちる涙を拭いてやりながら、「ユーチア」と頭を撫でる。

「いつもみたいに、元気に笑ってくれないのか？　久しぶりに帰ってきたのに、泣かれてばかりじゃ寂しいぞ？」

「う……ひっく」

しゃくり上げた拍子に、またしても、琥珀色の瞳から大粒の涙がこぼれた。

「元気に、ちて、まちた。……名乗りも、ちまちた」

「名乗り？」

「あの、レオンハルト様」

今度はイグナーツが、涙目で申し出た。

「わたくしが、その、正式なグレ方には『名乗り』が必要だという間違った知識を、ユーチア様にお教えしまして……ううっ。ユーチア様は……ユーチア様は！　頑張って、名乗られたのです……！　それはそれは健気に、お元気に！」

「私も、紙吹雪を撒いてお供してしまいました……」

目頭を押さえるイグナーツとフィリベルトを見て、レオンハルトは「なぜお前たちまで泣く」と呟き、今度は話の内容も理解できずに、「名乗り……？　紙吹雪……？」と眉根を寄せて斜め上を見上げた。

結局考えてもわからず、ユーチアに「なんのことだ？」と尋ねるも、ユーチアは「ちりまちぇんっ」と赤くなっている。

レオンハルトはまた微笑んで、そんなユーチアの顔を覗き込んだ。

「そろそろ機嫌を直してくれないか？　帰ったらユーチアは喜んで出迎えてくれる、と期待していたのだぞ」

「……僕も、レオちゃまに、よ、喜んで、もらい、たか……っ、うっく」

喋ろうとするたび、しゃくり上げて、上手く言葉にならないユーチアに代わって、バルナバスとフランツが「「申しわけありません！」」と頭を下げた。

「ユーチア様は真面目に剣技を習おうとされていたのです。レオンハルト様を驚かせようと」

「真剣に取り組んでいたのに相手がふざけているのでは、激怒して当然です。ユーチア様を傷つけた我々に、どうか処罰を」

フランツの申し出に、ユーチアがギョッとして、レオンハルトとフランツたちを交互に見た。

「ちょ、ちょばちゅダメ！　ちょばちゅいりまちぇん！」

「処罰はいらないのか？　話を聞く限りでは、全面的にこの二人がダメな大人の典型に思えるが」

「「返す言葉もございません」」

「ダメ人間でも、二人はいい人でちゅ！」

「「ダメ人間は否定しないのね」」

「あちょんでくれたのでちゅ。だから、だから、ちょばちゅちないで……」

「ユーチア様……」

ダメな大人二人がじーんと胸を熱くしているのを見ながら、レオンハルトは「ふむ」とうなずいた。

「じゃあ、今から明日の朝まで飯抜きで」

騎士二人が、「先に昼飯食っとけばよかった……！」とよろめいているのを無視して、レオンハルトは「――で」と再度、皆を見回した。

「そもそもなぜユーチアは、洗顔を拒否したり、名乗り？　をしたり、ダメな大人に怒ったりしたんだ？」

「それは……」

保護者会の面々が言いにくそうに視線を交わしていると、高速で扉がノックされた。レオンハルトが「入れ」と答えたとほぼ同時に扉がひらき、息を切らせて入ってきたのは、魔素研究所のクレールである。

「失礼いたします！　ようやく記録を見つけました！　探すのに手間取りまして、予想外に時間がかかりましたが……って、うおっ!?」

勢いよく入室してきた途端、大の大人がズラリと並んで立たされている光景に出くわしたクレールは、ビクッとあとずさりした。

が、レオンハルトに張りつき泣いているユーチアに気づいて、「お可哀相に」と呟く。

「何ごとだクレール。なんの記録を見つけたって？」

レオンハルトに問われたクレールは、「はい、こちらです」と、ボロボロに擦り切れた革表紙の本を差し出した。

「この本は、悪い魔女の呪いについて書かれた記録書です。やはりユーチア様がグレた原因は、魔女の呪いなのですよ！」

「………は？」

保護者会メンバーは、クレールが当初から『ユーチアがグレたのは魔女の呪いが原因だ』と主張していたことを思い出し、顔を見合わせた。

しかしユーチアがグレる前に出かけていたレオンハルトには、クレールの発言の意味がまったくわからない。理解しようと考え込む顔が、腹をすかせたヒグマのごとき表情になっていく。

その顔を見たクレールは「ひょえっ」と跳び上がった。

一方ユーチアは涙目のままマジマジと見つめて、「……ちゅてき」とうっとりしている。

その間に保護者会のメンバーたちがかわるがわる、実はユーチアがグレていたことや、それゆえ彼らがさまざまな対応を試みたことや、クレールの発言の意図などをレオンハルトに説明した。

レオンハルトは「ふむ」と顔をしかめると、改めてユーチアを見た。

「それで……まだ、グレているのか？」

「ぐ、グレて、まちぇる」

「まちぇる？」

「ユーチア様の葛藤が、発言に表れておりますね」

クレールがわけ知り顔で解説した。

「グレたい願望はある。しかしレオンハルト様にはグレたくないという、複雑なご心境なのでしょう。

……お可哀相なユーチア様。しかしもう大丈夫ですよ。私が解決法を見つけましたからね！　たぶん！」

「「解決法？」」

ユーチア以外の全員が首をかしげて見つめると、クレールは「失礼」と言いながら執務机の上で本をひらいた。

「カビくさいな」

レオンハルトが眉をひそめると、クレールは「そうなのです」とうなずいた。

「長いこと、地下室に潜んでいたようなのです」

「「潜んでいた？」」

「ええ。この本は隠れるのです」

「「隠れる⁉」」

「魔女の呪いについて知られたくないものだから、隠れるのでしょう。そんなことより」

かなり気になる部分を端折ったクレールは、みんなの疑問と抗議の声を置き去りに、さっさと話を進めていく。

「ここをご覧ください。『いにしえより九十か月ごとに現れる、悪い魔女』について書かれている章です。その魔女は常に世界を移動しており、降り立った国で『とってもよい子』を見つけると、『グレ魔法』をかけると書かれているのです！」

「「……へぇぇ？」」

保護者会は、あまり信用していないのが丸わかりの反応を返した。

しかしクレールはめげずに続ける。

「おまけにその魔女は大変嫉妬深いために、『とっても仲よしな夫婦や恋人』も大嫌いなのです。ですからそのどちらかにも、『グレ魔法』をかけるのですよ」

「「「ほーう」」」

保護者会、取り繕うことなく信じていない。

それでもクレールはへこたれない。

「そしてここが重要です。今はちょうど、前回その魔女が我が国に現れてから、九十か月の時期なのですよ！　きっとすでに我が国に寄っていたのです！」

ここでクレールは、黙って話を聞いているレオンハルトに向かって、熱く語りかけた。

「レオンハルト様！　ユーチア様は、我が国を代表する『とってもよい子』だと思いませんか？　その上、レオンハルト様と『とっても仲よしな夫婦（予定）』です。嫉妬深い魔女が大嫌いな要素を、たっぷりと併せ持つ存在。それがユーチア様です。目をつけられないはずがありません！」

力説するクレールに、保護者会メンバーは乾いた笑い声を洩らした。

「そんな馬鹿な」

「この広い国で、ちっちゃなユーチア様を、どうやって見つけるんだ」

「そんな話、レオンハルト様が信じるわけがない。そうでしょう？　レオンハルト様」

フランツの問いに、レオンハルトは真剣な顔で首肯した。

「確かにその条件なら、ユーチアが狙われないわけがないな」

「「「信じたーっ！！！」」」

保護者会が目を剝く中、レオンハルトはユーチアに微笑みかける。

「うちのユーチアは、この世で一番のとってもよい子な上に、とっても可愛い俺の嫁さんだからな」

「うきゃっ！」

真っ赤になったユーチアが、小さな胸を押さえた。

「ちょ、ちょんな、見えちゅいた、おちぇじ……」

「見え透いたお世辞？　まさか。俺がユーチアに嘘をついたことがあったか？　ユーチアは本当に、とってもよい子で可愛い嫁さんだぞ」

「うにゃーっ！」

レオンハルトの太腿の上で、ユーチアがジタバタ悶えた。

「ぼ、僕はグレてるんでちゅからね、だまちゃれまちぇんよっ。ちょんな、イチゴより甘い誘惑に乗る僕ではありまちぇん！　もっと言って！　……はっ！」

ついつい本音をダダ洩らしたところで、クレールが「今です、レオンハルト様！」と叫んだ。

「ユーチア様のグレごころが溶けかけています！　その調子でグレた相手の心を甘々に溶かして、仕上げに愛を込めてキスするのです！　それで悪い魔女の呪いは解けるはずです！」

「「キスーッ⁉」」

保護者会の声が裏返った。

「キチューッ⁉」

ユーチアも、イチゴみたいに頰を赤らめる。

だが、レオンハルトだけは動じず。

ユーチアを至近距離でまっすぐ見つめて、優しく囁いた。

「ユーチア。俺の嫁ちゃん」

「ぴゃっ！」

「グレるより、笑っていてくれないか？　俺の嫁ちゃん」

レオンハルトの大きな手が、ユーチアの紅葉《もみじ》のような手を取る。

そしてその手の甲に、優しくキスした。

そのとき。

ユーチアの頭から、プシューッ！　と音を立てて、グレーの湯気が出た。

湯気……のようなものは、もくもくと雲みたいに寄り集まり、『ちくしょー！　爆ぜろリア充！』と謎の言葉を吐き捨てると、パッと霧散した。

グレーの湯気が消えた天井を、保護者会が呆然と見つめる隣で、クレールが「やりました！」と満面の笑みを浮かべた。

「『グレーの湯気が出ると呪いが解ける』とも書かれているのですが、まさにその通りの反応が起こったのです！　ご気分はいかがですか？　ユーチア様！」

「ご気分……？」

ユーチアは、ぺたぺたと自分の頬や胸をさわった。

それからレオンハルトに視線を戻すと目が合って、深い青の瞳が優しく細められると、「きゃっ！」と火照る頬を両手で押さえた。

「まぶちいっ！　イケメンのやちゃちい微笑み、まぶちーっ！」

「気分はどうだ？　ユーチアア」

「気分ちゃいこー！　レオちゃま、も一回言って？『ユーチア、俺のヨメちゃん』って」

「ユーチア。俺のとってもよい子で可愛い嫁ちゃん」

「ぷきゃーっ！　むはーっ！　うれちはじゅかちぃぃ！　結婚ちてっ」

きゅっとレオンハルトの首に抱きつくと、レオンハルトが「あはは」と声を上げて笑う。

その様子を見ていたクレールは、「うんうん、もう大丈夫ですね」と満足そうに笑った。一方、保護者会メンバーたちは……。

「元に戻ったわ」

「ほんとに魔女の呪いだったんかい」

「グレが去りましたな」

「デレが戻りましたな」

「ほっとしたような」

「寂しいような」

呆然と見つめる先で、二人はいつも通りイチャつき始める。

「実はユーチアの『ウサギ妖精』も見ていた」

「うぎゃっ！　わちゅれてくだちゃいー！」

「なぜだ？　とても愛らしかったぞ。その前にバルナバスがお手本するのも見ていたから、よりいっそう可愛く見えた」

「可愛い……？」

「ひゃーっ！　レオちゃまこちょ、輝けるイケメンでちゅのにっ」

「そう。俺は輝けるイケメン」

「ちゅてきー！　キラキラー！」

保護者会の面々は、すん、と顔を見合わせた。

「……仕事に戻りましょうか」

フランツの提案に、皆同意する。

そうして、それぞれの持ち場と生活に戻っていったのだった。

魔女の呪いも悪くなかった――などと思いながら。

「可愛い」

はじめてのおちゅかい

♥ ♥ ♥

CHIBIYOME wa

hyoketu no henkyohaku ni

DEKIAI sareru

♥ ♥ ♥

「――行け」

レオンハルトの号令で、彼の愛犬マチルダ、ビアンカ、マルグリット、エーミールが、花咲き誇る庭へと我先に飛び出した。

アイレンベルク城の広大な庭園は春爛漫。落葉樹の裸の枝も若葉を纏い、雪解けを待って次々に開花した花々が、艶やかな競演を繰り広げている。

レオンハルトとユーチアが王都に行くと決まって以来、旅の支度や仕事の調整などで使用人も騎士も商人も入り乱れて右往左往、城内はてんてこ舞いの大騒ぎだ。

皆が忙しない中、手持ち無沙汰の幼児ユーチアは、よくポツンとひとりで座っている。

邪魔にならぬよう、お行儀よく、すみっこでニコニコしながら皆を眺めているのだが、きっと退屈しているだろうとレオンハルトは気になっていた。

ゆえにユーチアを近場の散策や乗馬などに、これまでより頻繁に連れ出すようになり、本日も愛犬たちの散歩に二人そろって出てきたところだ。

「春のお花が満開！　綺麗でちゅねぇ」

「フキノトウは育ちすぎて、もう食うには適さないがな」

野営に慣れて植物を食用になるか否かで判断しがちなレオンハルトは、言ってしまってから今の返答は適切でなかったと気づいた。それでもユーチアは、「ちょうなのでちゅか」と楽しそうに見上げてくる。

「僕、食べたことがないのでちゅ」

「ベティーナがジャムを作ったかもしれない。新鮮なのは来年の春に食べよう」

「はいっ！」

つないでいないほうの手をビシッ！　と上げて、嬉しそうに笑うユーチアア。


（本当にいい子だな）

しみじみ感じ入りながら、ユーチアに花の名を訊かれるたび、ひとつひとつ答えてやった。花の美しさには疎くとも、この城で育ったから名前くらいはおぼえているのだ。

白、黄、紫、色とりどりのクロッカス。春霞の空の水色を映したようなプスキニア。甘い香りのヒアシンス。雪とレモンみたいなスイセン。鮮やかに青くグングン背を伸ばすデルフィニウム。

そして、雪が戻ってきたみたいに真っ白な――と言いつつそれなりに汚れているが――レオンハルトご自慢の、四匹の犬。

庭師が丹精込めて育てた花々を、彼女たちは決して踏み荒らすことなく、小径の上をじゃれ合いながら駆け回る。そうして、あっという間に遥か遠くまで走って行ったと思ったら、レオンハルトが短く口笛を吹いただけで一目散に戻ってきた。

ユーチアが「わあぁ！」と歓声を上げて拍手した。ちっちゃな手から、パチュパチュと空気の抜けたような可愛らしい音が鳴る。

「速いでちゅ、速いでちゅ！　ちょれにとっても、お利口ちゃんでちゅー！」

ユーチアはとても褒め上手だ。これまで何度も犬の散歩に同行しているのに、そのたび犬の走る速度や指示通りに行動する賢さに目を輝かせ、賛辞を惜しまない。

そんなユーチアのことが、犬たちも大好きらしい。ユーチアの顔を舐めることで褒められた嬉しさを表現すると、顔をデロデロにされたユーチアが「ひゃーっ」と笑い声を上げた。

しっかり躾けているので、遊びに夢中になっても子供に飛びついたり圧し掛かったりはしないけれど……マチルダたちは猟犬の中でも大型の犬種ゆえ、彼女たちからすると、ユーチアの顔はちょうど舐めやすい位置にあるらしい。

レオンハルトが「座れ」と命じる。

四匹とも素直にビシッとお座りして、ユーチアから離れた。

が、つられてユーチアまで、四匹の真ん中にちょこんと座っている。

レオンハルトは思わず「プッ」と噴き出してから、ユーチアを傷つけてはいけないと急いで口元を手で覆う。だがレオンハルトの一挙手一投足をしっかり見ていたユーチアは、「はっ！」と自分の間違いに気づいたらしい。

「ちっぱい」

赤面しながら立ち上がる姿もまた、愛らしいことこの上ない。

レオンハルトは笑みを深くして、ハンカチでユーチアの顔を拭いてやった。

「ユーチアは犬が好きなんだな」

「はいっ、大ちゅきでちゅ！　ちょれに、猫も鳥もウチャギも、おちゃかなも、大ちゅきでちゅ！」

「動物全般好きということだな。実家でも何か飼っていたのか？」

途端、ユーチアの表情が曇った。

「えと、えと……。飼いたかったのでちゅけど、父上も継母上も、どうぶちゅが嫌いなので……えと、小鳥だけ、ケイトリンが飼っていまちた。……あの……ごめんなちゃい」

「ん？　なぜ謝る？」

「だって、なんにも飼ったことがないくちぇに、大ちゅきとか……言っちゃいまちた……。ほんとは、なんにも、ちらないのでちゅ。ご本を読んで、憧れてただけなのでちゅ……」

しょんぼりとうなだれ恥じ入る様子を見て、レオンハルトは顔をしかめた。

もちろん、ユーチアに対してではない。彼の向こうに透けて見えた、クリプシナ伯爵とその妻に対してだ。彼らの冷酷さに、改めて強い憤りをおぼえたのだ。

動物嫌いなのは仕方ない。それでも娘には小鳥を買い与えておいて……ユーシアの望みは、まるで聞く気がなかったのだろう。手に取るようにわかる。そもそもユーシア自身が籠の鳥だったのだから。

屋敷の敷地より外に出ることを許されず、本の中でだけ会える動物たちを愛で、その感触や匂いや声やぬくもりを想像するばかりだったユーシアの過去を思うと、いっそう不憫でならない。

付随して、クリプシナ夫妻への嫌悪と憤怒の度は過去最高を更新し続けている。

いくら先妻やその家門と折り合いが悪かったといえど、なんの罪もない息子に執念深く八つ当たりしたあげく命まで奪おうとしたマティス・クリプシナを、レオンハルトは胸の内で、肥溜め目がけて蹴り飛ばした。

（ユーシアへの残酷な仕打ちに対する代償は、必ず支払わせてやるぞ）

心の中でそう誓ったところで、レオンハルトは努めて笑みを浮かべながら地面に膝をつき、ユーチアと視線を合わせた。

「ユーチア。動物好きとは、そういうものだ。飼ったことがあってもなくても、好きなものは好き。素晴らしいことだと俺は思う」

「レオちゃま……」

「それにこの城でなら、気兼ねはいらない。犬でも猫でも飼うといい」

「えっ！　い、いいのでちゅか⁉」

跳び上がるほど驚いたユーチアの、琥珀色の瞳が輝いた。心配になるほど表情豊かな目だ。

喜びと期待に満ちたその目を見たレオンハルトの中に、『もっともっと甘やかしてやりたい欲』がムクムクと膨らんだ。

「で、でも」

ユーチアはもじもじと短い指を動かしている。

「僕、ちゃんと飼えるでちょうか……」

「うむ。命に責任を感じることも、飼い主に絶対必要な条件だ。ユーチアはすでにそれを満たしている。偉いぞ」

「きゃっ」

頭を撫でてやると照れくさそうに笑う、その顔もまた可愛らしい。

欲得ずくで近づいてくる者の、笑顔の仮面には慣れているレオンハルトだが……春の陽射しのようなユーチアの笑顔は、やけに胸をざわつかせる。

（いや、ざわつくと言うより……もしやこれがアレか。『きゅんきゅんする』というやつか）

まさか自分の人生で、分厚い鎧じみた胸をきゅんきゅんさせる日が来ようとは。二十八歳にして新たな自分発見。新鮮な驚きである。が、フランツにだけは絶対に知られぬようにしようと心に決めつつ、レオンハルトは話を続けた。

「俺を含め、この城の連中はいろいろ飼ってきた奴ばかりだから、いつでも相談に乗るぞ。それにユーチアなら、何を飼ったとしても最期まで大切に面倒を見るだろう。――そうだ」

あることを思いつき、レオンハルトは笑みを深める。

そんな彼を見つめ返すユーチアの頬が、ポッと色づいた。まあるいほっぺと相まって桃のようだと思いながら、レオンハルトはユーチアのちっちゃな手を取った。

「ユーチア。俺の代わりに明日、マチルダたちを散歩させてやってくれないか？」

「ひょえっ⁉　ぼ、僕が、マチルダたちを⁉」

「ああ。あいにく俺は明日用事があって、マチルダたちに付き合ってやれない。だがこいつらはこの通り、散歩が大好きだし、ユーチアのことも大のお気に入りのようだから。ほかの奴に任せるよりユーチアと一緒のほうが喜ぶだろう。……どうかな？　引き受けてくれるか？」

ユーチアの頬が林檎みたいに紅潮して、レオンハルトの手を握り返す指にキュッと力が入った。

「やり、たいでちゅ。ほんとは僕、ワンちゃんのお散歩《ちゃんぽ》に、憧れていたのでちゅ。でもでも、僕みたいな幼児じゃ……レオちゃまの大事なマチルダたちに何かあったとき、頼りになりまちぇん」

「大丈夫。こいつらは賢いから、散歩コースも手順も心得てる。あとはリーダーが指示してくれさえすれば」

「りーだー！」

ユーチアの手に、さらに力が入った。かなり力んでいるらしい。

レオンハルトは知らず表情が緩んで、さりげなく引き締めた。

「そう、リーダーだ。ユーチアはもう、リーダーのひとりとしてマチルダたちから認められている」

「僕が⁉」

「そう。俺が言うのだから間違いない。な、マチルダ？」

お座りしたまま待機していたマチルダが、ワン！　と返事をした。ユーチアが「お、おぉ……！」とレオンハルトとマチルダを交互に見ながら目をキラキラさせる。

「いつかユーチアが自分で選んだ犬を飼うときのために、経験を積んでみるのもいいと思うぞ？」

「……ちょの通りでちゅ……経験、大事でちゅ」

「ああ。経験大事」

「レオちゃま！　僕、じぇんちんじぇんれいで、マチルダたちを守りまちゅ！　だから、やらちぇてくだちゃい！」

「全身全霊まで懸けなくて大丈夫だから、肩の力を抜いて頑張れ。任せたぞ」

「はいっ！」

コーフンのあまり小鼻を膨らませ、ビシッ！　と手を上げたユーチアを見て、やっぱり笑ってしまったレオンハルトだった。

——その夜。

アイレンベルク城の城主執務室にて、最重要会議がひらかれた。

レオンハルトの呼びかけに応じて集まったのは、ユーチア保護者会の幹部たち。フランツ、ゲルダ、イグナーツ、バルナバス、フィリベルト、ベティーナのいつもの六人。

さらに犬。マチルダ、ビアンカ、マルグリット、エーミールが、暖炉の前で気持ちよさげに伏せている。

北国の春の夜はまだまだ冷える。暖炉の前に半円を描いて置かれた椅子に腰かけた一同を、揺れる炎が不規則な陰影をつけて照らす。

薪が爆ぜる音がパキンとひときわ大きく響いた直後、レオンハルトが「そういうわけで」と眼光鋭く皆を見据えた。

「明日、ユーチアがマチルダたちの散歩をする。彼が無事に散歩を遂行し、自信を持てるよう、諸君には陰で見守ってもらいたい」

レオンハルトの提案に、皆が大きくうなずいた。

「そういうことならお任せください！」

「こんなときのための保護者会です！」

「たとえ腰痛で倒れようとも、そのお役目だけは全ういたしましょう」

強い決意を胸に結束した面々に、「感謝する」とレオンハルトが目を細めると、すかさずフランツが「では早速、見守り場所を割り振りましょう」と流れるように議事を進行した。

皆がわいわいと計画を練るのを横目に見ながら、レオンハルトは立ち上がり、ほぼ寝落ちしていた犬たちの名を呼んだ。途端、四匹ともがパチッと目を開け、「座れ」の指示に従う。

レオンハルトは順にその目を覗き込みながら、犬たちに言い聞かせた。

「いいか。ユーチアが無事散歩を終えて、達成感を得られるかどうかは、お前たちにかかっている。ユーチアを頼むぞ。あの子を守ってやってくれ。できるな？　マチルダ」

「ワン！」

「ビアンカ」

「ワン！」

「マルグリット」

「ワン！」

「エーミール」

「ワフッ」

その様子を見ていたバルナバスが、フランツにこっそり「レオンハルト様って、本気で犬と会話が成り立ってると思ってるのかな」と尋ねた。それを隣で聞いていたベティーナも、フランツと一緒に笑ったけれど……。

犬たちは、まっすぐレオンハルトを見つめ返している。

その黒い瞳には紛れもなく、『お任せください、ご主人様！』という意志を宿していた。

――人も犬も、絶対に失敗できない任務が始まる。


翌日は朝から快晴で、絶好の散歩日和となった。

いつものようにレオンハルトとユーチアは手をつなぎ、四匹の犬を引き連れ庭園へ向かった。

だが、ここからが、いつもと違う。

レオンハルトは膝をついてユーチアと視線を合わせ、「じゃあ、頼むぞ」と小さな肩を優しく叩いた。

「俺は仕事に戻るから、いつもの散歩コースを回って、西の四阿《あずまや》まで連れていってやってほしい。大丈夫だな？」

「はい！　がんばりまちゅ！　行ってきまちゅー！」

紅潮した頬がぷるぷるするほど何度もうなずいたユーチアが、幾度も振り返って手を振りながら出発した。

が、何度も振り返りすぎて数歩しか進まないので、レオンハルトは苦笑してその場を離れた。――と、見せかけて、戦場で鍛えた身のこなしで素早く植栽の陰に隠れる。

レオンハルトが見えなくなって、ようやくユーチアは散歩に集中したようだ。

（ユーチアの初めての犬の散歩記念日。これは『イシュトファン家当主の記録』に書き記し、末代まで語り継ぐべきだろう）

大真面目にそのようなことを考えながら、イチイの枝の隙間からそっとユーチアのうしろ姿を見守っていると、背後にフランツがやって来た。

「いかがです？　ユーチア様のご様子は」

「絶好調だ」

まだ出発しただけなので絶好調も何もないのだが、レオンハルトの頭には、みごと散歩を成功させて笑うユーチアの姿しか浮かばないので、間違ってはいないだろう。

本日レオンハルトと保護者会の面々は、見つからぬようにユーチアのあとを追い、いつでも手助けできるよう見守りつつ、胸の内で『頑張れ！　頑張ってくれ！』と応援の念を送り続けるという、万全の過保護態勢を敷いている。

「完璧な見守り計画です。ユーチア様は大丈夫ですよ」

フランツがグッと親指を立てたが、レオンハルトは眉をひそめた。

「いや……どれほど完璧と思っても、不測の事態は起こり得る。油断大敵だ」

そう。結果的に成功することは疑っていないが、そこに至る道は茨の道——ではなく花咲き乱れる庭園の平坦な小径だが、とにかく用心するに越したことはない。

そうこうするうち、動きがあった。

——マチルダたちが、走らない。

いつもなら思い思いに駆け回りながら決められたコースを進む犬たちが、前後左右、ぴたりとユーチアを取り囲み、周囲を警戒しながらゆっくり歩を進めている。

フランツが薄笑いを浮かべてレオンハルトを見た。

「レオンハルト様があまりに警戒するから。犬にも伝わっちゃってるんですよ、あれ」

「さすが俺の愛犬たち」

「褒めるとこなのか……。けど、いつもと同じようにしてくれないと、ユーチア様に不審がられません？　って、ほら！」

鋭い声を上げたフランツと同時に、レオンハルトも気づいていた。

ユーチアが、躰全体を傾けて「おかちい」と不思議そうに犬たちを見ていることに。

「どうちて、はちらないの？　いちゅもみたいに、はちっていいんでちゅよ？」

そう言われてもマチルダたちは、『いえ、任務中ですので』という顔でユーチアを見つめ返すばかり。

「んー。レオちゃまじゃなくて僕だから、いちゅものお散歩《ちゃんぽ》と思えないのかなぁ……あっ！」

心細げにしていたユーチアの表情が、パッと明るくなった。

「お手本！　お手本を見ちぇまちゅね！　ほらほら、こうやって、いちゅもみたいに、はちりまちょー！」

ユーチアは率先して、タッ！　と駆け出した。

「おいでぇ、マチルダ！」

おそらく本人的には、風のように身軽に走っているつもりに違いない。

しかし重心の危うい幼児のこと。笑顔で振り向いた拍子に短い脚がもつれ、ぐらりと傾いた。

「「危ない！」」

叫ぶや否や、間に合う距離ではないとわかっていても、レオンハルトたちはとっさに飛び出しかけた。が、彼らより先に反応した者がいた。

ユーチアが顔から地面に突っ込む寸前、マチルダが、その白いモフモフボディを滑り込ませて、ボフン！　と全身で受け止めたのだ。

（よくやった、マチルダ――！）

レオンハルトはグッとこぶしを握り、心の中で拍手喝采を送りつつ、フランツともども再び木の陰に戻った。

ビアンカとマルグリットも、『よかった！』とばかり尻尾をブンブン振っている。が、レオンハルトの気配に気づいたらしきエーミールが笑顔でこちらを見ているので、レオンハルトは胸の内で『見なくてよし！』と指示を出した。

その間、ユーチアはなぜか顔を上げない。

やはり怪我をしたのだろうかと気を揉んでいると、ようやく、「ぷはーっ！」と顔が上がった。

「お日ちゃまの匂いのモフモフでちゅねぇ」

突っ込んだついでに犬吸いをしていたらしい。

「ありがと、マチルダ。ほんとにありがと。でもごめんなちゃい。どこか、痛くちてない？　レオちゃまの大事なマチルダの上に転んじゃって、怪我ちてたら大変……」

心配そうにマチルダの躰を撫でるユーチアに、マチルダは「ワン！」と元気に応えて、ユーチアの周りをクルクル回ってみせた。それを見たユーチアの顔に笑みが浮かぶ。

「元気！　よかったぁ」

ちっちゃな胸にちっちゃな両手を当ててホッと安堵しているユーチアの、愛らしいこと。思わずレオンハルトも一緒に笑ってしまった。

しかしすぐに（いや、ニヤけている場合ではない）と思い至る。

「フランツ」

「なんですか？　レオンハルト様」

「このままではいけない。この世はユーチアにとって危険だらけだ」

「は？」

「ところ構わず転がる小石。不意に突き出る木の根。突如横たわる水たまり。バランスの危うい幼児体型。そもそも危うい運動神経。このままでは散歩を終えるまでに百回は転んで、『初散歩記念日』が流血の記憶と共に刻まれる」

「初散歩記念日ってなんですか？」

フランツの質問は聞き流し、レオンハルトは眼光鋭く呟いた。

「こんなときこそアレの出番だ……。そろそろポイントに着く頃合いだが」

視線の先で「よち！　行きまちゅよ！」と、ちょこまか歩き出したユーチアを視界に入れながら、レオンハルトは前方に見えてきた白柳の巨木に目を凝らした。

するとその太い幹のうしろに、影と同化したようにチラチラと、二人の人物が立っているのが見えた。

「イグナーツとフィリベルトが、予定通り第一ポイントで見守っていますね」

「先回りするぞ」

ユーチアたちが進む小径を横目に、レオンハルトとフランツは素早く植栽に隠れながら、白柳まで移動した。

両手を合わせて拝むようにユーチアを見つめていたイグナーツとフィリベルトは、レオンハルトが背後に立っても、「ああ、レオンハルト様」と上の空で応対し、視線はユーチアに据えたままだ。

イグナーツが白いハンカチを取り出し、目頭を押さえた。

「ご覧になりましたか？　あの心震える感動的な場面を！　ユーチア様と犬たちが寄り添い、互いを想い合う、愛に満ちた光景を！」

「ここからあれが見えたのか。なかなかの視力だな」

「年寄りというのは、可愛い孫――ではなくとも、いとけないおさな子を見るときだけは、異常な視力を発揮するものなのです」

イグナーツが涙しながら語るあいだも、フィリベルトは真顔で手を合わせたまま「神よ、ユーチア様をお守りください」と祈り、熱視線を送っている。

「重っ！　じぃじたちの愛、重っ！」

フランツが仰け反った。しかしレオンハルトは、「それでいい」とうなずいた。

「ユーチアに成功体験を積ませるには、万全の見守り態勢だけでなく、神の御加護も必要だ。真摯な祈りは必ず天に届くであろう」

「わたくしもそう思います」

イグナーツがようやくこちらを向いた。

「我らはおそらく、あの世にだいぶ近づいているでしょうから。祈りが届く距離も近いと思うのです」

「なるほど」

「レオンハルト様。そこは納得せずに『そんなことはない』と否定してあげるべきでは？」

再度フランツの言葉は聞き流し、レオンハルトは「そんなことより」と辺りに視線を走らせた。

「アレは用意してあるな？」

「もちろんです」

フィリベルトが初めて合わせていた手を解いて、白柳の奥の低木の茂みへと移動し、その陰に隠していたものを持ってきた。

彼が両手で運んできたのは、三輪車。ユーチアの愛車レモンタルト号である。

「ご苦労」

レオンハルトはヒグマがネズミを摘まみ上げるごとく、片手でひょいと三輪車を持ち上げると、戦場で鍛えた身のこなしで素早く木々に隠れながら移動した。

そうして小径の真ん中に、ユーチアを待ち伏せるように三輪車を置くと、素早く木々の陰に引き返す。

レオンハルトのあとにフランツも続き、そこへイグナーツとフィリベルトも追いついたところで、ユーチアが何やら歌いながらやって来た。

「レオちゃま、レオちゃま、お山ちゃま〜♪　イケメン山のお山ちゃま〜♪」

「……お山様？」

首をかしげるレオンハルトのうしろで、フランツとフィリベルトが口元を隠して震え出した。イグナーツも心なしか声を震わせ、「レオンハルト様」と小声で話しかけてきた。

「幼い子というのは、よく即興の歌を歌うものなのです」

「そうなのか」

だからといってイケメン山のお山ちゃまという歌詞の謎が解明されたわけではなかったし、よく考えるとユーチアは二十歳なので、幼い子の基準に当て嵌めるべきなのか疑問は残るが。

それはともかく、ユーチアが三輪車の手前に迫ったところで、皆の意識と視線がそこに集中した。

ユーチアが「あっ！」と声を上げる。

「レモンタルト号!?」

犬たちと共に駆け寄った。

その間もレオンハルトはハラハラと、（転ぶなー転ぶなよー！）と念じていた。それが通じたためかはわからないが、今回は転ぶことなく無事に三輪車の前へと至る。

立ち止まったユーチアは、また上半身ごと傾いて不思議がった。

「どおちて、こんなところに、レモンタルト号がいるの？」

ユーチアにつられたか犬たちまで一緒になって傾き、ひとりと四匹の頭上に『？』マークが見えるようだった。

が、ユーチアはすぐに「わかった！」と小さな手を打った。

「きっとレオちゃまでちゅ！　僕が歩きちゅかれると思って、通り道にレモンタルト号を用意ちておいてくれたに、違いありまちぇん！　ね、マチルダたちも、ちょう思うでちょ？」

嬉しそうに問いかけられた犬たちは、『そう思います！』とばかり、ブンブン尻尾を振って同意を示した。

ユーチアは、「うれちい……」と桃色に染まった頰に両手を当てている。

「ありがとおごじゃいまちゅ、レオちゃま。なんてやちゃちい、僕の……旦那ちゃま♡　きゃっ！　言っちゃいまちたっ。はじゅかちー！」

きょとんとしている犬たちの真ん中で、ひとり恥じらいジタバタしているユーチア。

レオンハルトは胸の奥がムズムズして笑いが込み上げ、聞こえもしないのに思わず「どういたしまして」と返した。

そんなレオンハルトをジーッと見ていたフランツの顔に、薄笑いが浮かんでいる。

「レオンハルト様って……子供ができたら、かなりの親ばかになりそうですね」

「は？　脈絡なくなんの話だ」

「脈絡ありますよ。ユーチア様に対して発揮されている、その過保護っぷりを見ていれば予想できます」

「どこが過保護だ。このくらい普通だろう」

「自覚ないんだ……」

納得できないレオンハルトが眉根を寄せていると、自他共に認める『じぃじばか』を堂々発揮しているイグナーツたちが、「レオンハルト様！」とユーチアのほうを指差した。

「雑談されている場合ではありませんよ」

「ユーチア様がお散歩を再開されます」

その言葉通り、今まさに三輪車に跨ったユーチアが、「マチルダたち、ちゅいてこられるかちら！」と張り切っている。

「レモンタルト号は速いでちゅからね！　遅れじゅに、ちゅいてきてね！」

「「「ワフッ！」」」

キコキコキコと動き出す三輪車。

その速度に合わせて、さりげなく前後左右からユーチアを囲み、再び警護の陣を敷く犬たち。レモンタルト号の速さに遅れる心配はまったくない。

「――よし。これでコケる心配はなくなった」

保護者会一同、ほっと胸を撫で下ろし、ユーチアを追って一緒に移動した。

犬たちの表情にも、心なしか安堵の色が広がっている。転ぶとき、とっさに手をつくという反射神経が未発達な幼児に、顔から突っ込まれるという経験をしたマチルダは特に、格段に安定感の増したユーチアを見て安心していることだろう。

見守る保護者と犬たちの思惑をよそに、ユーチアは「楽ちいでちゅねぇ」と鼻歌まじりで言った。

「レモンタルト号は、ほんとに楽ちいでちゅ。イケメンの神の上に、こんなちゅごい乗り物まで、ちゅくれちゃうレオちゃま。ちゅごちゅぎるー！」

……ユーチアは普段から、よく独り言を言っては「またダダ洩れちまちた！」とあわてているが……ひとりでいてもこんなに独り言を言うのだなと、レオンハルトは初めて知った。そしてその内容は、レオンハルトを褒める言葉ばかり。

（そう。俺はすごすぎるイケメン）

胸の内で答えてフッと笑っていると、フランツがまたも薄笑いを浮かべていた。さらにフィリベルトは真顔、イグナーツは満面の笑みで、レオンハルトを見つめている。

「なぜ俺を見る。ユーチアを見ろ」

「いや、だって、ニヤけるレオンハルト様なんて貴重ですから」

「お幸せそうで何よりです」

「ユーチア様とユーシア様がお嫁入りしてくださって、本当によろしゅうございましたね、レオンハルト様……！」

三人そろって何やら感想を述べているが、レオンハルトの意識はすでに別のことに移っていた。

なぜなら、新たな危機に気づいてしまったからである。

ユーチアが進む小径の先、たっぷりと白い花を咲かせたサンザシの下の第二見守りポイントに、ゲルダとベティーナが潜んでいた。

しかしなぜかゲルダの手には、イチゴジャムとミルクの容器。

ベティーナの手には、蓋が閉まらないほど山盛りにしたスコーン入りバスケット。

「なぜあの二人は、食べもの持参であそこにいるのだろう」

この見守りは、ユーチアに自信をつけるための支援。あくまで隠密活動だ。

『これを食べて精をつけるのよ！』と差し入れできるわけもないのに、なぜに彼女たちは、おやつ持参で立っているのだろう。

フランツもそこに気づいて「なんで食いもの持って来たんでしょうね」と首をかしげたが、イグナーツは「わたくしにはわかります」と理解を示した。

「とにかく何か食べさせたい。『もう満腹だから』と言われようが、次々食べものを差し出したい。それが『じぃじごころ』というものです！」

「じぃじのこころは孫いのち」

フィリベルトも無表情のままうなずく。すかさずフランツが「ゲルダとベティーナをじぃじ扱いしたら怒られるよ」と忠告した。

じぃじのこころはともかく、イグナーツの言う通り、ユーチアが散歩を終えたらすぐに食べてもらうべく持ってきたのかもしれない。

しかしミルクに焼き菓子とは……犬たちが、その匂いを嗅ぎつけないわけがない。

「まずい」

案の定、マチルダたちの動きが落ち着かなくなった。

鼻をヒクつかせ、匂いの出どころを探している。

そちらに気を取られるうちに足取りが乱れ、ユーチアを囲む警護の輪にほころびができた。

しかしユーチアは、犬たちの異変に気づいていない。

キコキコと三輪車を漕ぎながら、すっきりと晴れ渡った空を見上げてニコニコしている。

「はあぁ……気持ちいいでちゅねぇ。ちゅっきり、ちゃわやか！　いちゅもレモンタルト号に乗るのは、おちろの中でちたけど……おちょとで乗るのも、ちゅてきな気分」

素敵な気分のままに、空を仰いで三輪車を漕ぐユーチア。

うっかりいつもの散歩コースから逸れて、森の奥へと続く小径に進んでしまったことにも、まったく気づいていない。

「「「あああ！」」」

イグナーツたちが悲痛な声を上げて、そろってユーチアのほうへ両手をのばした。

第二ポイントに立つゲルダたちの口も、「「あああ！」」のかたちになっている。

（どうする。出て行くしかないのか――!?）

だがここで出て行っては、ユーチアに失敗体験を味わわせてしまう。

しかし森に進まれては道がどんどん悪くなるから、車輪が泥に嵌まるかもしれないし、三輪車とて横転するかもしれない。それに森といってもこの辺りなら熊は出ないだろうが、蛇やネズミには出くわすかもしれない。さらに運悪くスズメバチの巣に遭遇することだって考えられる。

レオンハルトの脳内に、マムシとスズメバチに追われたユーチアが泣きながら、『たちゅけて、レオちゃまーっ！』と叫ぶ場面が浮かんだ。

レオンハルトは唇を噛みしめ、一歩踏み出した。

「今回は手を貸そう。失敗したと落ち込ませるのは可哀相だが、マムシに咬まれスズメバチに刺されるよりはずっといい」

「え。なんの話です？　レオンハルト様」

「躰さえ無事なら、再挑戦の機会はいくらでもある」

「え。え？」

フランツは混乱しているようだが、イグナーツとフィリベルトには、レオンハルトの考えが伝わったらしい。

「そうですとも、レオンハルト様！」

「我ら保護者会も何度だって、ユーチア様のため立ち上がりましょう」

「よし！」

今まさに、レオンハルトがブナの木のうしろから飛び出そうとした、そのとき。

「ワンワンワンワン！」

「ガウゥ！　ガルルッ」

「ヒャウンッ」

突然、ビアンカとマルグリットとエーミールが、取っ組み合いの喧嘩を始めた。

レオンハルトの足が止まる。

よく見ると母親のマチルダは、教官のごとくペシペシと尻尾で地面を打ちながら娘たちを見つめていて、ビアンカとマルグリットはそんな母をチラチラ見ては噛みつくフリをしている。

そして末息子のエーミールは意味もなく腹を見せて転がり、どうにかこの流れに参加しようとしていた。

そこへ、ユーチアがあわてふためきながらキコキコと寄ってきた。

「どちたの!?　ケンカちないでーっ！」

涙目になっているが、レモンタルト号で器用に方向転換をして、みごと元のコースに戻ってきた。

「どうちよう、どうちようーっ！　怪我ちちゃう、ケンカちないでー！」

涙声を聞いた途端、四匹はピタリと動きを止めた。

そうして嬉しそうに尻尾をブンブン振りながら、競うようにユーチアの顔を舐め始める。

「ひゃーっ！」

ころりと態度を変えて上機嫌になった犬たちに、三輪車に跨ったまま顔をデロデロにされながら、ユーチアが目をぱちくりさせた。

「え、えと……仲直り、ちたの？」

「「「ワフッ！」」」

「ちょ、ちょうなの。仲直りちたのね。ふわぁぁ、よかったあぁぁ」

ぐったりと脱力しているユーチアを見て、レオンハルトも胸を撫で下ろした。

そこへゲルダとベティーナも合流してきて、「申しわけありません、レオンハルト様！」と頭を下げる。

「食べものの匂いでマチルダたちの気を散らしてしまったのですよね。考えなしに申しわけありません。ユーチア様はお散歩のあと、きっとお腹ぺこぺこでしょうから、すぐにでも美味しいものを召し上がっていただきたくて……つい」

「あたしったら、ほんと馬鹿だわ！　焼きたてスコーンじゃなくプリンにすれば、そんなに匂わなかったのに！」

やはりユーチアに何か食べさせたくて仕方なかったようだ。じぃじごころの推測は概ね正しかった。

なんにせよ、ユーチアが可愛くてやったことだ。レオンハルトは「気にするな」と落ち込む二人の肩をポンと叩いた。

「マチルダたちに助けてもらった。あとで労ってやってくれ」

「はい！」

「もちろんです！」

笑顔の二人の隣で、イグナーツがハンカチで目頭を押さえながら「愛こそがすべて」とうなずく。

「愛こそが……すべて」

なぜか二度言った。

「感涙するのは早いぞイグナーツ。さあ、もうすぐユーチアが西の四阿に着く。散歩コースの終着地点だ。みんなでゴールに先回りしよう」

「「「「はい！」」」」


緩い坂道の上にある西の四阿は、花満開の庭園を見渡すことができる憩いの場だ。

任務のため出遅れたバルナバスともここで合流し、皆でそわそわしながら待ち構えていると、賑やかな犬の声と幼児の声が近づいてきた。

ゆったりと弧を描く小径の先に見えてきたのは、応援するように行ったり来たりするマチルダたち。

そんな彼女たちに先導されながら、キコキコキコとお馴染みの音と共に、ユーチアが現れた。

「はふー。待っててねマチルダ、ビアンカ、マルグリット、エーミール。ちょっぴり坂道《ちゃかみち》なので、ひと苦労なのでちゅ」

緩いとはいえ傾斜があるので、やはり三輪車を漕ぐのは大変らしい。来たばかりで元気が有り余っているバルナバスが、「あー見ていられない」とレオンハルトに視線を向けた。

「もう殆どゴールしたようなもんですし、俺が三輪車ごと担いできましょうか！」

途端、ほかの者たちから「馬鹿！」「何言ってるんだい！」「ここまでのユーチア様の頑張りを無にするつもりですか」と怒りの声が噴出した。

バルナバスは「おおう。す、スミマセン」となぜかカタコトになりながら、広い肩を限界まで縮めた。その肩を、フランツが労わるようにポンポンと叩く。

だがそんな騒ぎも、レオンハルトの興味を引きはしない。

彼の視線は、うつむいて懸命にペダルを踏む小さな躰に集中していた。

「よいちょ、よいちょ」

……中身は二十歳なのだと、わかってはいるのだが……。

ふにゃふにゃとやわらかく、頼りない小さな躰で。

非力で、不器用で。

それでも決して手を抜かず、レオンハルトとの約束を守ろうと懸命に頑張る姿を見ていると、愛おしさが込み上げてきて……尽きることなく胸から溢れて、止まらなくなった。

（……フランツが言ったことは、正しいかもしれない）

親ばかとは、こういう感情を知ることで始まるのだろう。確かに自分には、親ばかの要素充分だ。

ユーチアとユーシアは、二十八年生きてきても知らなかった、さまざまな感情を教えてくれる。彼のおかげでレオンハルトの人生は、目の前の花畑のごとく鮮やかに色づいた。

深く感謝しながら、レオンハルトはユーチアの到着を待った。

犬たちはレオンハルトに気づいている。盛んに尻尾を振ってこちらを見ているが、与えられた任務を遂行すべく、ユーチアのそばを離れない。

保護者会一同が固唾を呑んで見守る中、不意にユーチアが頭を上げた。

緩い坂道の上に立ってユーチアを見下ろしていたレオンハルトと、目が合う。

たちまち、小さな顔いっぱいに、春の花のような笑顔が広がった。

「レオちゃまーっ!」

三輪車からおりたユーチアが駆け寄ってくる。

レオンハルトもそちらへ歩きながら両手を広げた。

「ユーチア!」

「レオちゃまあ!」

みごと目的を達成し、誇らしげな薔薇色の頬で、マチルダたちと共に走るユーチア。咲き誇る花たちに祝福されて、今、レオンハルトのもとへ――!

と、ユーチアの足が小石を踏んだ。ぐらりと躰が揺れて、前のめりに倒れる。

「「「「ああーっ!」」」」

保護者会の口から悲鳴が上がった。

しかしそれよりも前に地面を蹴っていたレオンハルトが、矢のようにユーチア目がけて滑り込み、ユーチアの顔は地面に激突することなく、レオンハルトの胸に突っ込んだ。

ポフンと分厚い胸筋の上でほっぺをバウンドさせたユーチアが、横たわったレオンハルトの上に乗っかったまま、「あうぅ」と涙目で顔を上げた。

「レオちゃまぁ、ごめんなちゃい！　レオちゃまが僕の下敷きにぃぃ」

「俺は大丈夫だ。ユーチアこそ怪我はないか？　どこかぶつけたり擦ったりしなかったか？」

「おかげちゃまで、じぇんじぇん、だいじょぶでちゅ」

「それはよかった」

レオンハルトはユーチアを支えて、腹筋の力だけで躰を起こした。そのまま小さな躰を抱きしめ立ち上がると、ユーチアを高く掲げた。

「ひゃあっ！」

「お帰り、ユーチア」

「た、ただいまでちゅ……ひゃあぁぁ」

高い高いをされたままクルクル回られて声を上げたユーチアの表情が、困惑から笑顔へと変わっていく。

「レオちゃま、待っててくれたのでちゅか？」

「ん？　まあ、ちょうど手が空いたからな。そんなことより、やったなユーチア」

「ほえ？」

琥珀色の瞳を瞠ったユーチアに笑いかけ、レオンハルトは動きを止めて、視線を合わせて抱っこした。

「ユーチアだけで、ちゃんと犬たちの散歩ができたじゃないか。すごいぞ」

「あ。で、でも、ちゅごいのは、マチルダたちなのでちゅ。僕は転んで守ってもらったり、レモンタルト号に乗ったり、ちていただけで」

「信頼関係がないと、マチルダたちもユーチアを守ったりしない。ユーチアはリーダーと認められたんだ。充分すごい」

「ちょ、ちょうなのでちゅか……？」

ユーチアに見下ろされた犬たちが、並んでお座りしたままワンッ！　と答えた。

「あ、ありがと、マチルダ、ビアンカ、マルグリット、エーミール」

琥珀色の瞳を輝かせて、嬉しそうに笑うユーチアを見上げる犬たち。顔を舐めたくて仕方ないようだが、レオンハルトが抱っこしたまま離さないのでそれは叶わず。

代わりにレオンハルトが「よくやった」と労うと、グイと胸を張って、「「「「ワン！」」」」と声をそろえた。

笑みを深くしたレオンハルトが、改めてユーチアを見つめる。

「人生初の犬の散歩の成功、おめでとう。頑張ったな」

ユーチアが、花よりも愛らしい笑顔を咲かせた。

ぎゅうっとレオンハルトの首に抱きついてくる。

「ありがとおごじゃいまちゅ、レオちゃまっ！」

——笑顔で抱き合う二人を、未だユーチアに気づいてもらえない保護者会の面々が、それでも「うん、うん」とうなずきながら、あるいは感涙しながら、優しく見つめていた。

その夜のマチルダたちのご飯が、料理長ベティーナの手による、『お肉と蒸し野菜増し増しのご褒美ディッシュ』になったのは言うまでもない。

あとがき

はじめまして。月齢と申します。

このたびは『ちびヨメは氷血《ひょうけつ》の辺境伯に溺愛される 初恋』をお手に取っていただき、誠にありがとうございます。

このお話は、読んでくださった方に、ちょっぴりでも笑いや癒しをお届けできたらいいなと願いつつ書き始めました。

世の中暗い話題ばかりなので、クスッと笑えるお話にしたいな。頑張るちびっ子が優しい人々に愛されて、相乗効果でみんなの笑顔が増えるお話。主人公カップルは安心して見ていられる揺るぎなき両想いで、溺愛ハッピーエンド保証付き。そんなお話がいいな……と。

皆様にほんの少しでも笑顔になっていただけたら、作者として本当に幸せです。

書籍化作業もとても楽しくやらせていただきました。

常に優しく（本当に優しく！）細やかなお心遣いとご助言をくださる担当様を始め、書籍化にあたりご助力いただきました編集部の皆様、校正様、販売に携わってくださった皆様。

身悶えするほど可愛いユーチア＆ユーシアや、目つきの悪いイケメンの神そのもののレオンハルトたちを、目を瞠るほど華やかに愛くるしく描いてくださった八千代ハル先生。

そして、いつも『ちびヨメ』をあたたかく応援してくださり作者にたくさんの元気と励みを届けてくださる読者様たちと、今こうしてご縁をいただき、この本をお迎えくださった皆様。

おひとりおひとりに、心より感謝申し上げます。


次巻『ちびヨメは氷血《ひょうけつ》の辺境伯に溺愛される 最愛』にて本編完結となります。ぜひぜひ、ユーチアたちの旅の行く末を見届けていただけたら嬉しいです。

ここまでお付き合いくださり、ありがとうございました。ご感想などございましたら、ぜひぜひ編集部のほうへお寄せいただけますと幸いです。

皆様に「なんだかいいことといっぱい起こる魔法」がかかりますように。

月齢

男たちの
熱き恋に涙
「ひそやかな情熱」遠野春日 ill／円陣闇丸
溢れる
可愛さに笑顔
「眷愛隷属」夜光 花 ill／笠井あゆみ
いろんな萌えに出会える
BL小説
レーベル！
「白虎と政略結婚」櫛野ゆい ill／笹原亜美

初出一覧

ちびヨメは氷血《ひょうけつ》の辺境伯に溺愛される　初恋

ユーチアがグレまちた

※上記の作品は「ムーンライトノベルズ」(https://mnlt.syosetu.com/)掲載の「ちびヨメは氷血の辺境伯に溺愛される」を加筆修正したものです。(「ムーンライトノベルズ」は「株式会社ヒナプロジェクト」の登録商標です)

はじめてのおちゅかい　書き下ろし

弊社ノベルズをお買い上げいただきありがとうございます。
この本を読んでのご意見、ご感想など下記住所「編集部」宛までお寄せください。

リブレ公式サイトで、本書のアンケートを受け付けております。
サイトにアクセスし、TOPページの「アンケート」から
該当アンケートを選択してください。
ご協力お待ちしております。

「リブレ公式サイト」
https://libre-inc.co.jp

ちびヨメは氷血《ひょうけつ》の辺境伯に溺愛される

初恋

著者名　月齢

発行日　2025年4月18日　第1刷発行
2025年6月10日　第2刷発行

発行者　是枝由美子

発行所　株式会社リブレ

〒162-0825 東京都新宿区神楽坂6-46
ローベル神楽坂ビル
電話03-3235-7405（営業）　03-3235-0317（編集）
FAX 03-3235-0342（営業）

印刷所　株式会社光邦

装丁・本文デザイン　AFTERGLOW

定価はカバーに明記してあります。
乱丁・落丁本はおとりかえいたします。

Printed in Japan
ISBN978-4-7997-7158-7